COLLECTION JULES VERNE
BAND 38

Der Triumph des 19. Jahrhunderts

Band 1

Pawlak Taschenbuch Verlag, Berlin, Herrsching

Nachdruck mit freundlicher Genehmigung des
Verlages A. Hartleben, Inh. Dr. Walter Rob, Wien I.
Die Vorlagen für die Umschlagillustrationen der
Collection Jules Verne sind Jules Verne Bänden,
erschienen im A. Hartleben's Verlag, Wien, entnommen.
Umschlaggestaltung: Bine Cordes, Weyarn
Die Orthographie wurde der heutigen Schreibweise angeglichen.

Gesamtherstellung: Elsnerdruck GmbH, Berlin
Printed in Germany
ISBN: 3-8224-1038-1

Inhalt

Erstes Kapitel

Das Morgenrot eines Jahrhunderts der Entdeckungen

Verminderung der Zahl der Entdeckungen während der Kämpfe der Republik und des Kaiserreiches. – Seetzens Reisen in Syrien und Palästina – Haouran und die Umschiffung des Toten Meeres. – Décapole. – Reise durch Arabien. – Burkhardt in Syrien. – Ausflüge in Nubien zu beiden Seiten des Nils. – Pilgerfahrt von Mekka nach Medina. – Die Engländer in Indien. – Weeb an den Quellen des Ganges. – Bericht über eine Reise in Pendschab. – Christie und Pottinger in Sindh. – Dieselben auf dem Wege durch Belutschistan bis nach Persien. – Elphistone in Afghanistan. Persien nach Gardanne, Ad. Dupré, Morier, Macdonald. – Kinair, Price und Ouseley. – Guldenstädt und Klaproth im Kaukasus. – Lewis und Clarke in den Felsengebirgen. – Raffles in Sumatra und in Java.

Das Ende des 18. und der Anfang des 19. Jahrhunderts weisen eine auffallende Abnahme in der Zahl großer Entdeckungen auf. Wir haben früher gesehen, daß die französische Republik eine Expedition zur Aufsuchung La Pérouses ausrüstete und Kapitän Baudin seine ergebnisreiche Kreuzfahrt an den Küsten Australiens durchführte. Das sind aber auch die einzigen Gelegenheiten, bei welchen die von den entfesselten Leidenschaften der Menge und durch brudermörderische Kämpfe gelähmte Regierung ihr Interesse für die Erweiterung der Erdkunde an den Tag zu legen vermochte.

Erst später umgab sich Bonaparte in Ägypten mit einem Generalstabe von Gelehrten und hervorragenden Künstlern. Damals sammelte man auch die Unterlangen zu jenem großen und schönen Werke, das zum ersten Male eine verläßliche, freilich noch lückenhafte Vorstellung von der Zivilisation des Landes der Pharaonen im Altertum verbreitete. Nachdem aus Bonaparte aber erst Napoleon geworden war, wollte der souveräne Egoist, der seiner Leidenschaft, dem Moloch des Krieges, alles andere opferte, von Forscherzügen, Reisen und anzustrebenden Entdeckungen nichts mehr hören; das hätte ihm ja Geld und Leute gekostet. Sein Verbrauch an letzteren beiden war schon zu groß, als daß er sich jenen geringen Aufwand noch hätte erlauben können.

Beweis dafür ist es, daß er sogar den letzten Rest des französischen Kolonialgebietes in Amerika für einige Millionen den Vereinigten Staaten überließ.

Glücklicherweise lastete diese Eisenfaust nicht ebenso schwer auf anderen Völkern. Beschäftigte sie auch der Kampf gegen Frankreich, so fanden sich bei ihnen doch noch Freiwillige, welche das Feld der Erdkunde bebauten, die Archäologie auf wirklich wissenschaftlichen Grundlagen errichteten und die ersten linguistischen und ethnographischen Forschungen anstellten.

Der gelehrte Geograph Malte-Brun (ein Däne von Geburt) schildert in einem Aufsatze, den er im Jahre 1817 in den »Nouvelles Annales des Voyages« veröffentlichte, eingehend und treffend den Stand des geographischen Wissens zu Anfang des 19. Jahrhunderts und die zahlreichen »frommen Wünsche« dieses Faches. Er hebt dabei die schon errungenen Fortschritte in der Schiffahrtskunde, der Astronomie und der Linguistik gebührend hervor. Weit entfernt, ihre Entdeckungen zu verheimlichen, wie die Hudsonbai-Kompanie das aus Eifersucht zu tun beliebte, begründet die Indische Kompanie dagegen Akademien, veröffentlicht Berichte und unterstützt die Reisenden. Selbst aus dem Kriege sucht man Nutzen zu ziehen, wie z. B. die französische Armee in Ägypten das Material zu einem umfangreichen (geographischen) Werke sammelte. Wir werden später sehen, daß sich aller Völker bald ein löblicher Wetteifer bemächtigte.

Ein Land aber vor allen, Deutschland nämlich, war es, das sich zu Anfang des Jahrhunderts durch die wichtigen Entdekkungen seiner Reisenden auszeichnete. Seine ersten Forscher gehen mit so großer Sorgfalt zu Werke und bekunden einen so bestimmten Willen und ein so sicheres Vorgefühl, daß sie den Nachfolgern nur die Bestätigung, höchstens die Weiterführung ihrer Entdeckungen übriglassen.

Als der erste derselben ist Ulrich Jasper Seetzen zu betrachten. Geboren im Jahre 1767 zu Sophiengroden in der Herrschaft Jever (Ostfriesland), trat Seetzen, nach Vollendung seiner Studien in Göttingen, zuerst mit einigen Abhandlungen über Statistik und Naturwissenschaften, zu welchen ihn natürliche Neigung hinwies, an die Öffentlichkeit. Diese Arbeiten erwarben ihm die Aufmerksamkeit der Regierung und veranlaßten seine Ernennung zum Hofrat in der Herrschaft Jever.

Seetzens Zukunftstraum war, wie auch später der Burkhardts, eine Reise in Inner-Afrika; er wollte jedoch mit einer Erforschung Palästinas und Syriens beginnen, Länder, auf welche die im Jahre 1805 in London gegründete »Palestine association« auch die öffentliche Aufmerksamkeit hinlenkte. Seetzen wartete diese Anregung nicht ab, sondern reiste, mit zahlreichen Empfehlungen versehen, schon 1802 nach Konstantinopel ab.

So viele Pilger und Reisende das Heilige Land und Syrien auch früher durchstreift hatten, so besaß man doch nur sehr unzuverlässige Kundschaft von jenen Gebieten. Die physische Geographie stand noch auf einem zu niedrigen Standpunkte, eigentliche Beobachtungen wurden nicht angestellt, und manche Teile, wie der Libanon und das Tote Meer, waren überhaupt noch nicht erforscht worden. Die vergleichende Geographie existierte noch gar nicht. Es bedurfte der unablässigen Bemühungen der genannten englischen Gesellschaft und der tieferen Kenntnisse der Reisenden, sie ins Leben zu rufen. Der nach verschiedenen Seiten gründlich vorgebildete Seetzen erschien deshalb besonders befähigt, jenes Land zu durchforschen, das, so oft es bereist war, doch noch als neu und kaum bekannt gelten konnte.

Nachdem er durch ganz Anatolien gezogen, gelangte Seetzen im Mai 1804 nach Aleppo. Hier verweilte er, beschäftigt mit dem praktischen Studium der arabischen Sprache, ein ganzes Jahr, fertigte Auszüge aus den Werken der Historiker und Geographen des Morgenlandes, bestimmte astronomisch die Lage Aleppos, widmete sich naturgeschichtlichen Studien, sammelte alte Handschriften und übersetzte eine große

Zahl von Volksliedern und Sagen, welche für die eingehende Kenntnis einer Nation ja stets von höchstem Werte sind.

Im April 1805 reiste Seetzen von Aleppo nach Damaskus ab. Sein erster Zug führte ihn durch die im Südosten jener Stadt gelegenen Bezirke von Haouran und Djolan, welche bisher noch kein Reisender besucht hatte. Dieselben spielten übrigens zur Zeit der Römerherrschaft unter den Namen Auranitis und Gaulonitis in der Geschichte der Israeliten eine hervorragende Rolle. Seetzen war also der erste, der ihre geographischen Verhältnisse kennen lehrte.

Weiter nahm der kühne Reisende den Libanon und Baalbek in Augenschein, drang südlich über Damaskus vor, stieg nach Judäa hinab und erforschte den östlichen Teil von Hermon (d.i. der südlichste Teil des Anti-Libanon), den Jordan und das Tote Meer. Hier war der Sitz der zur Zeit der Juden wohl bekannten Völker, der Ammoniter, Moabiter, Galaditer, Bataneer u.a.m. Der südliche Teil dieser Gegend führte zur Zeit der Besitznahme durch die Römer den Namen Peräa, und hier bestand die berühmte Dekapolis, oder der Bund der zehn Städte. Noch hatte kein europäischer Reisender dieses Gebiet besucht; für Seetzen ein hinreichender Grund, hier seine eigentlichen gelehrten Forschungen zu beginnen.

Seine Freunde in Damaskus versuchten ihm zwar diese Reise zu verleiden, indem sie die Schwierigkeiten und Gefahren des von Beduinen stark besuchten Weges schilderten, doch vermochte nichts, seinen Vorsatz zu erschüttern. Bevor er sich nach der eigentlichen Dekapolis wandte und die Städte-Ruinen dieses Bundes aufsuchte, durchstreifte Seetzen das Ländchen Ladscha, das in Damaskus wegen der Beduinen, die es bewohnten, in sehr üblem, aber daneben auch in dem Rufe stand, wichtige Altertümer zu bergen.

Am 12. Dezember 1805 brach Seetzen, der sich vorsorglich mit einem Passe des Paschas versehen hatte, mit einem armenischen Führer von Damaskus auf; letzterer verirrte sich aber schon am ersten Tage, und Seetzen ließ sich durch einen bewaffneten Reiter von Dorf zu Dorf führen.

»Der Teil von Ladscha, den ich gesehen habe«, sagt der Reisende in seinem in den alten »Annales des Voyages« aufbewahrten Berichte, »zeigt sich, wie Haouran, mit einem meist sehr porösen Basalt erfüllt, der an manchen Stellen wirkliche Steinwüsten bildet. Die verfallenen Dörfer liegen gewöhnlich am Abhange von Felsen. Die schwarze Farbe der Basalte, die zusammengestürzten Häuser, Kirchen und Türme, der gänzliche Mangel an Bäumen und Buschwerk – alles verleiht diesen Gegenden ein düsteres, melancholisches Aussehen, das die Seele mit Grauen erfüllt. Fast in jedem Dorfe findet man entweder griechische Inschriften, Säulen oder andere Überreste aus dem Altertum. (Ich habe unter anderem eine Inschrift des Kaisers Marc Aurel kopiert.) Die Türflügel sind hier, wie in Haouran, gewöhnlich aus Basalt gefertigt.«

Kaum war Seetzen in dem Dorfe Gerata angekommen und pflegte einige Augenblicke der Ruhe, als ihm eine Anzahl Berittener ankündigte, daß sie beauftragt seien, ihn im Namen des Gouverneurs von Haouran zu verhaften. Ihr Herr, Omar Aga, hatte vernommen, daß der Reisende sich schon im vorhergehenden Jahre im Lande aufgehalten habe, und in der Meinung, daß jener falsche Pässe bei sich führe, befohlen, ihn vorzuführen.

An Widerstand war nicht zu denken. Ohne hierüber besonders zu erschrecken, zog Seetzen, der die ganze Sache nur als einen widrigen Zufall auffaßte, anderthalb Tage durch Haouran, bis er Omar Aga auf der Straße nach Mekka antraf.

Er wurde von diesem wider Erwarten gut empfangen und konnte schon am nächsten Tage wieder weiterreisen; das Zusammentreffen mit mehreren Arabertruppen auf der Straße aber, denen er nur durch seine unerschrockene Haltung Respekt einflößte, bewies ihm doch, daß Omar Aga ihn wohl hatte ausplündern lassen wollen.

Nach Damaskus zurückgekehrt, hatte Seetzen große Mühe, einen Führer zu finden, der erbötig gewesen wäre, ihn längs des östlichen Ufers des Jordans und um das Tote Meer zu begleiten. Endlich erklärte sich ein gewisser Yusuf al Milky, von Religion ein Grieche, der schon seit dreißig Jahren mit den arabischen Stämmen Handel getrieben und die Gegenden, welche Seetzen besuchen wollte, durchreist hatte, bereit, auf dessen Wünsche einzugehen.

Am 19. Januar 1806 verließen die beiden Reisenden Damaskus. Als Gepäck führte Seetzen nur einige Bündel mit sich, welche die unentbehrlichsten Bücher, Papier zum Trocknen von Pflanzen und einen Vorrat von Drogen enthielten, den er, um als Arzt, für den man ihn überall hielt, zu gelten, unbedingt besitzen mußte. Er trug dabei die Kleidung eines Scheik zweiter Klasse.

Seetzen durchforschte zuerst die beiden Distrikte von Rascheia und Hasbeia, am Fuße des Berges Hermon, dessen Gipfel damals mit Schnee bedeckt erschien, weil jene von ganz Syrien noch am wenigsten bekannt waren.

An der anderen Seite des genannten Berges besuchte der Reisende zunächst Ascha, ein von Drusen bewohntes Dorf; Rascheia, die Residenz eines Emirs, und Hasbeia, wo er bei dem gelehrten Bischof von Szur oder Sceida, an den er einen Empfehlungsbrief besaß, einkehrte. Am meisten erregte die Aufmerksamkeit des Reisenden in diesem Lande eine Asphaltgrube, »deren Produkt man hier dazu benutzte, die Weinberge vor Insekten zu schützen«.

Von Hasbeia wandte sich Seetzen nach Baniaß, dem alten Cäsarea Philippi, jetzt ein elender Flecken von zwanzig Hütten. Fanden sich auch noch Spuren der Umfassungsmauern der ehemaligen Stadt, so war doch nicht das Geringste mehr von dem prächtigen Tempel übrig, den Herodes einst zu Ehren des Augustus errichten ließ.

Der Fluß Baniaß galt bei den Alten als Quelle des Jordan, während der Hasbeny, als weitaus längster Arm jenes Stromes, diesen Namen gewiß weit eher verdient. Seetzen nahm diesen in Augenschein, gleichwie den See Meron oder Samachonitis der Alten.

Hier verließen ihn gleichzeitig seine Maultiertreiber, die ihm um nichts in der Welt bis zur Brücke von Dschir Behat Jacub gefolgt wären, und sein Führer Yusuf, den er auf der Hauptstraße nach Tiberias schickte, um dort zu warten, während er zu Fuß und in Begleitung eines einzigen Arabers nach der gefürchteten Brücke zu aufbrach.

In Dschir Behat Jacub konnte Seetzen aber niemand finden, der ihn am östlichen Ufer des Jordan hätte führen sollen, als ein Eingeborner, welcher gehört hatte, daß jener Arzt sei, ihn bat, seinen an Ophtalmie leidenden, an der Westküste des Tiberiassees wohnenden Scheik zu besuchen.

Seetzen ließ sich diese Gelegenheit nicht entgehen, sondern willigte sofort ein, denn sie gestattete ihm, den Tiberiassee und den Fluß Wady Szemmak kennen zu lernen, obwohl er dabei Gefahr lief, von seinem Führer geplündert, vielleicht am Ende gar ermordet zu werden. Endlich kam er aber glücklich in Tiberias, dem Tabaria der Araber, an, wo Yusuf ihn schon seit mehreren Tagen erwartete.

»Die Stadt Tiberias«, sagt Seetzen, »liegt unmittelbar am Ufer des gleichnamigen Sees und ist nach der Landseite zu von einer ansehnlichen Mauer aus behauenem Basalt umschlossen; dennoch verdient sie kaum den Namen einer befestigten Stadt. Kaum irgendwo zeigt sich eine Spur ihres früheren Glanzes, dagegen erkennt man noch die Ruinen der alten Stadt, die sich bis zu den, eine Stunde weiter östlich gelegenen warmen Bädern erstrecken. Der berühmte Djezar Pascha hat über der Hauptquelle einen Badesaal errichten lasssen. Lägen diese Bäder in Europa, so würden sie wahrscheinlich vor vielen, daselbst bekannten vorgezogen werden. Das Tal, in welchem der See liegt, begünstigt durch die Konzentration der Wärme das Gedeihen der Datteln, Zitronen- und Orangenbäume, sowie der Indigopflanze, während das höher gelegene Land die Erzeugnisse der gemäßigten Klimate liefern könnte.«

Westlich von der Südspitze des Sees findet man die Trümmer der alten Stadt Tarichäa. Hier beginnt zwischen zwei Bergzügen die schöne Ebene El Ghor, leider wenig angebaut und durch nomadisierende Araber unsicher gemacht.

Ohne bemerkenswerten Zwischenfall setzte Seetzen seine Reise durch das Gebiet der Dekapolis weiter fort, nur mußte er sich als Bettler verkleiden, um der Habiger der Eingeborenen zu entgehen.

»Über das Hemd«, so berichtet er, »zog ich einen alten Kambas oder Hausrock und darüber ein altes zerrissenes blaues Frauenhemd; den Kopf bedeckte ich mit einem Fetzen und trug ganz abgenutzte Pantoffeln an den Füßen. Ein zerlumpter, über die Schultern geworfener »Abbaje« schützte mich gegen Kälte und Regen, und ein Zweig diente mir als Stock. Mein Führer, ein griechischer Christ, trug ziemlich das nämliche Kostüm, und in diesem Aufzuge durchwanderten wir zehn volle Tage das Land, oft aufgehalten durch kalte Regenschauer, welche uns bis auf die Haut durchnäßten. Einen ganzen Tag über mußte ich sogar barfuß durch den Schmutz waten, da es unmöglich war, mit Pantoffeln auf dem lehmigen und von Regen durchweichten Boden fortzukommen.«

Draa, das man unfern von hier antrifft, ist nur ein Haufen verlassener Ruinen, ohne eine Spur der Baudenkmäler, denen es früher seine Berühmtheit verdankte.

Der Bezirk von El Botthin, der hierauf folgt, enthält mehrere tausend, im Felsen ausgearbeitete Höhlen, in welchen dessen frühere Bewohner hausten; doch war das auch zu Seetzens Zeiten zum großen Teile noch der Fall.

Mkes war ehemals eine reiche und bedeutende Stadt, worauf noch die zahlreichen Reste von Säulengängen und Grabdenkmälern hinweisen. Seetzen hält dasselbe für identisch mit Gadara, einer der Städte zweiter Klasse im Bunde der Dekapolis.

Wenige Stunden von hier liegen die Ruinen von Abil, dem Abila der Alten. Seetzen vermochte seinen Führer Aoser nicht zu bestimmen, mit dahin zu gehen, da jenen mancherlei über die Araber von Beni Spohar umlaufende Gerüchte zu sehr erschreckten. Er mußte also allein dahin wandern.

»Abil ist gänzlich zerstört und verlassen«, berichtet der Reisende; »von keinem Hause steht heut ein Stein auf dem andern, aber die Ruinen und Trümmer verraten noch den früheren Glanz. Man findet hier schöne Überreste der alten Umfassungsmauer und eine Menge Wölbungen und Säulen aus Marmor, Basalt und grauem Granit. Außerhalb der Mauern entdeckte ich viele Säulen, darunter zwei von außerordentlicher Größe, was die Vermutung nahelegt, daß hier ein umfangreicher Tempel gestanden haben möge.«

Von dem Bezirk von El Botthin aus besuchte Seetzen den von Edschlun. Hier fand er bald die Ruinen von Dscherrasch, welche sogar den Vergleich mit denen von Palmyra und Baalbek aushalten.

»Es erscheint ganz unerklärlich«, sagt Seetzen, »wie diese, früher so berühmte Stadt der Aufmerksamkeit der Altertumsforscher und Liebhaber hat entgehen können. Sie liegt in einer fruchtbaren und gut bewässerten Ebene. Bevor ich jene betrat, fielen mir mehrere Sarkophage mit recht schönen Basreliefs in die Augen, darunter einer dicht am Wege mit griechischer Inschrift. Die Mauern der Stadt sind zwar völlig verfallen, doch erkennt man noch ihre Ausdehnung, welche dreiviertel bis eine Meile betragen haben mag. Die Mauern selbst bestanden durchweg aus behauenem Marmor. Der Raum innerhalb derselben ist uneben und senkt sich nach einem Flusse zu. Von Privathäusern ist kein einziges erhalten, dagegen fand ich noch mehrere öffentliche Gebäude, welche sich durch sehr schöne Architektur auszeichneten; unter anderen zwei prächtige Amphitheater, vollständig aus Marmor, mit vielen Säulen, Nischen und dergleichen, alles noch wohl erhalten, einige Paläste und drei Tempel, davon einen mit einem Peristyl aus zwölf Säulen von korinthischer Ordnung, von denen elf noch aufrecht standen. In einem andern Tempel fand sich eine umgestürzte Säule aus dem schönsten ägyptischen Granit. Ich entdeckte auch noch ein recht gut erhaltenes Stadttor, aus drei mit Pilastern geschmückten Bogen bestehend. Das schönste Baudenkmal, welches ich jedoch fand, war eine lange, von einer anderen gekreuzte Straße, deren beide Seiten je eine Reihe korinthischer Säulen aus Marmor zierte, und welche in der Richtung nach einem halbkreisförmigen, von sechzig ionischen Säulen eingefaßten Platze lief... Am Kreuzungspunkte der beiden Straßen bemerkte man an den vier daselbst gebildeten Ecken je ein großes Piedestal von bearbeiteten Steinen, die früher offenbar Statuen getragen haben... Noch erkennt man einen Teil des früheren Pflasters aus großen, zugeschnittenen Steinen. Ich zählte etwa zweihundert Säulen, welche noch heute ihr Simswerk trugen; die Zahl der am Boden liegenden ist freilich eine weit größere, denn ich sah eigentlich nur die Hälfte der Stadt, und es dürfte sich wohl in der andern Hälfte, jenseits des Flusses, noch eine

Menge merkwürdiger Altertümer finden.«

Nach Seetzens Ansicht kann Dscherrasch nur das alte Gerasa sein, eine Stadt, deren Lage in den Karten bis dahin stets unsicher bezeichnet war.

Der Reisende zog hierauf nach Serka, den Bezirk Jabok der hebräischen Geschichtsschreiber, der die Nordgrenze des Landes der Ammoniter bildet, und weiter durch El Belka, ein ehemals blühendes Land, das jetzt vollkommen verwildert und öde liegt, und in dem man nur einen einzigen Flecken, Szalt, das alte Amathusa, findet. Seetzen besuchte ferner Amman, ehedem das berühmte Philadelphia der zehn Städte, noch jetzt ein Fundort seltener Altertümer; Eleala, eine alte Stadt der Amoriter; Madaba, das zu Moses Zeiten Madba hieß; den Berg Nebo, Diban, die Landschaft von Karrak, die Heimat der Moabiter; die Ruinen von Robba (Rabbath), der Sitz der früheren Könige des Landes, und er gelangte so nach vielen Mühen und Beschwerden durch ein bergerfülltes Gebiet nach der am Südende des Toten Meeres gelegenen Gegend, welche Gor es Szophia genannt wird.

Unter starker Hitze mußte der Reisende über ausgedehnte Salzwüsten ziehen, welche jeder Bewässerung entbehrten. Am 6. April gelangte Seetzen dann nach Bethlehem und bald darauf nach Jerusalem, gepeinigt zwar von den Qualen entsetzlichen Durstes, aber mit der Befriedigung, Landschaften kennengelernt zu haben, die noch kein Reisender vor ihm betreten hatte.

Gleichzeitig sammelte er schätzbare Beobachtungen über die Natur des Wassers im Toten Meere, widerlegte so manche darüber verbreitete Fabel, verbesserte verschiedene Irrtümer in den sonst besten Kartenwerken, indentifizierte mehrere heutige Städte mit solchen des alten Peräa und bestätigte das Vorhandensein zahlreicher Ruinen, welche für den blühenden Zustand dieser Gegend zur Zeit der Römerherrschaft Zeugnis ablegen. Am 25. Juni verließ Seetzen Jerusalem und kehrte auf dem Meere nach Akka (St. Jean d'Acre) zurück.

»Diese Reise bildet einen wirklichen Entdeckungszug«, sagt Vivien de St. Martin in einem Artikel der »Revue Germanique« von 1858.

Seetzen wollte seine Entdeckungen jedoch nicht lückenhaft lassen. Zehn Monate später unternahm er eine zweite Reise um den Asphaltsee und vervollständigte seine früheren Beobachtungen nach vielen Seiten hin.

Später ging der Reisende nach Kairo, wo er zwei volle Jahre verweilte. Ebenda erwarb er die größte Zahl orientalischer Handschriften, welche den Reichtum der Biblothek von Gotha bilden, und sammelte alle möglichen Nachrichten über das Innere des Landes, von denen er, durch vortrefflichen Instinkt geleitet, aber nur diejenigen aufbewahrte, welche die Kennzeichen fast absoluter Verläßlichkeit an sich trugen.

Diese verhältnismäßige Ruhe, so weit sie auch von eigentlicher Untätigkeit entfernt war, konnte doch Seetzens unersättlichen Durst nach weiteren Entdeckungen nicht lange unterdrücken. Im April 1809 verließ er die Hauptstadt Ägyptens und begab sich nach Suez und der Halbinsel des Sinai, den er näher besichtigen wollte, bevor er in Arabien eindrang. Im ganzen sehr wenig bekannt, war Arabien bisher nur von Kaufleuten aus St. Malo besucht worden, die dahin kamen, um »die Bohne von Mekka« einzukaufen. Bis zu Niebuhrs Zeit wurde auch keine wissenschaftliche Expedition ausgesendet, um die Geographie des Landes und die Sitten der Einwohner desselben zu studieren.

Professor Niebuhr, dem zur Erklärung mehrerer Bibelstellen einige Unterlagen fehlten, war die Veranlassung zu dieser Expedition, deren Kosten König Friedrich V. von Dänemark bestritt.

Bestehend aus dem Mathematiker von Haven, dem Naturforscher Forskaal, dem Arzte Doktor Kramer, dem Maler Bauernfeind und dem Genie-Offizier Niebuhr, erfüllte diese Gesellschaft strebsamer, gelehrter Männer die auf sie gerichteten Hoffnungen in wahrhaft glänzender Weise.

Von 1762 bis 1764 besuchten sie Ägypten, den Berg Sinaï, Djedda, segelten nach Loheia und drangen in das Innere des Glücklichen Arabiens ein, wobei jeder das Land vom Gesichtspunkte seines Faches aus erforschte. Anstrengungen und Krankheiten lähmten aber die Kräfte der unerschrockenen Reisenden, und bald war Niebuhr nur allein übrig, die von ihm und seinen Gefährten gesammelten Beobachtungen zu ordnen und zu verwerten. Seine Arbeit stellt eine unerforschliche Fundgrube dar, die man noch heute mit Vorteil ausbeutet.

Man sieht, daß es Seetzen nicht leichtgemacht war, diese Reise seines Vorgängers in Schatten zu stellen. Zur Erreichung dieses Zieles wich er vor keinem Mittel zurück. Nachdem er sich am 21. Juni öffentlich zum Islam bekannt, schiffte er sich in Suez nach Mekka ein, in welcher Stadt er als Pilger Eintritt zu erlangen hoffte. Vor seinem Einzug in die heilige Stadt kam er noch nach Tor und Djedda. Er erstaunte übrigens gewaltig über den Zufluß von Gläubigen und den Charakter dieser Stadt, die für den und von dem Kultus lebte.

»Das Ganze«, sagt der Reisende, »erregte in mir eine so ungewohnte Empfindung, wie ich sie nirgends vorher kennengelernt hatte.«

Es wäre zwecklos, uns bei dieser Reise und bei dem Ausfluge nach Medina länger aufzuhalten. Wir entlehnen später die Beschreibung der heiligen Orte der knappen und trefflichen Schilderung Burkhardts. Dazu besaß man lange Zeit von den Arbeiten Seetzens nur die in den »Annales des Voyages« und in der »Korrespondenz« des Barons Zach enthaltenen Auszüge. Erst im Jahre 1858 wurden die Reisetagebücher Seetzens, und auch da noch lückenhaft, in deutscher Sprache veröffentlicht.

Von Medina kehrte der Reisende nach Mekka zurück, wo er sich eifrig, doch ohne Aufsehen, damit beschäftigte, die Stadt selbst und die Zeremonien des Kultus kennenzulernen, auch die nötigen astronomischen Beobachtungen anstellte, um die Lage dieser Hauptstadt des Islams genau zu bestimmen.

Am 23. März 1810 traf Seetzen wieder in Djedda ein und ging von hier aus mit dem Araber, der ihm noch in Mekka als Religionslehrer gedient hatte, zu Schiffe nach Hodeida, einem der bedeutendsten Häfen von Yemen. Nachdem er durch Beith el Fakih, einen Bergdistrikt, in dem viel Kaffee gebaut wird, gekommen, und in Doran durch Krankheit nahezu einen Monat zurückgehalten worden war, erreichte Seetzen am

2. Juni Saana, die Hauptstadt von Yemen, die er die schönste Stadt des Morgenlandes nennt. Am 22. Juli reiste er wieder nach Aden und traf im November in Mekka ein, von wo aus man die letzten Briefe von ihm erhalten hat. Nach Yemen zurückgekehrt, wurde er wie Niebuhr seiner Sammlungen und Gepäckstücke unter dem Vorwande beraubt, daß er Tiere sammle, um daraus einen Extrakt zur Vergiftung der Quellen zu bereiten.

Seetzen wollte sich aber nicht widerspruchslos berauben lassen, er begab sich auf der Stelle nach Saana, wo er bei dem Iman seine Reklamation anzubringen hoffte. Das war im Dezember 1811. Wenige Tage später verbreitete sich das Gerücht von seinem in Taes eingetretenen Tode und kam bald zu den Ohren der Europäer, welche die arabischen Häfen besuchten.

Es ist heute ohne Bedeutung, zu fragen, wem die Schuld seines Todes beizumessen sei, ob dem Iman, oder denen, die den Forscher ausplünderten; zu bedauern ist es aber, daß ein so gelehrter Reisender, der sich schon in die Sitten und Gebräuche der Araber eingelebt hatte, seine Forschungen nicht weiter fortsetzen konnte und daß der größte Teil seiner Tagebücher und Beobachtungen für immer verlorengegangen ist.

»Seetzen«, sagt Vivien de Saint Martin, »war seit Ludovico Barthema (1503) der erste Reisende, der bis Mekka gelangte und die, dem Grabe des Propheten geweihte Stadt Medina gesehen hat.«

Es erhellt daraus, welchen Wert der Bericht dieses unparteiischen, kenntnisreichen und wahrheitsliebenden Reisenden hätte haben müssen.

Eben als ein unerwarteter Tod dem Streben Seetzens ein Ziel setzte, folgte Burkhardt seiner Fährte und bereitete sich, wie jener, durch einige Züge in Syrien zu einer weit ausgedehnten und eingehenden Erforschung Arabiens vor.

»Es ist eine Seltenheit in der Geschichte der Wissenschaft«, bemerkt Vivien de Saint Martin, »zwei Männer von gleich hohem Werte einander folgen, oder sich gewissermaßen ergänzen zu sehen. Burkhardt schlug nämlich häufig den von Seetzen früher eröffneten Weg ein, und es gelang ihm, lange Zeit durch besonders glückliche Umstände begünstigt, sehr verschiedenartige Züge auszuführen und den schon bekannten Entdeckungen seines Vorgängers manche wichtige und neue hinzufügen.«

Obgleich Burkhardt nicht eigentlich Engländer ist, da seine Wiege in Lausanne stand, so ist er doch unbedingt den Reisenden Großbritanniens zuzurechnen, denn er verdankt es nur seinen Beziehungen zur Sir Josef Banks, dem Naturforscher und Begleiter Cooks, dem Grafen Hamilton, Sekretär der Afrikanischen Gesellschaft und der warmen Empfehlung dieser beiden, daß er in den Stand gesetzt wurde, mit Nutzen zu reisen.

Nach eingehenden Studien, zuerst an den Universitäten zu Leipzig und Göttingen, wo er Blumenbachs Vorlesungen hörte, und später in Cambridge, wo er die arabische Sprache lernte, schiffte sich Brukhardt am 24. Februar 1809 nach dem Orient, und zwar zunächst nach Malta ein. Als Vorbereitung auf die Beschwerden des Lebens eines Reisenden unterzog er sich freiwillig längerem Fasten, ertrug auch den brennendsten Durst und nahm Londoner Pflastersteine als Kopfkissen oder schlief gleich im Staube der Straße.

Um wieviel blieben aber diese knabenhaften Übungen im Entbehren gegen die Anforderungen zurück, welche an ihn als begeisterten Jünger der Wissenschaft herantraten?

Von London nach Syrien abgereist, wo er sich in der arabischen Sprache vervollkommnen wollte, dachte Burkhardt sich sofort nach Kairo zu begeben, und auf dem früher von Hornemann eingeschlagenen Wege nach Fezzan vorzudringen. Wenn er hierher gekommen, wollte er den Umständen überlassen, zu bestimmen, welchem Wege er weiter folgen sollte.

Burkhardt nahm nun den Namen eines Scheich Ibrahim Ibn Abdallah an und gab sich für einen indischen Muselman aus. Um seine Verkleidung glaubhaft erscheinen zu lassen, mußte er wiederholt zur List seine Zuflucht nehmen. Eine nekologische Notiz in den Annales des Voyages meldet, daß Burkhardt, als man ihn ersucht hatte, indisch zu sprechen, ohne Zögern deutsch gesprochen habe. Ein italienischer Dolmetscher, der ihn im Verdacht hatte, ein Giaur zu sein, ging so weit, ihn am Barte zu zupfen, eine Beleidigung, wie man sie schwerer einem Muselman nicht antun kann. Burkhardt war so mit Fleisch und Bein in seiner Rolle aufgegangen, daß er auf der Stelle mit einem gewaltigen Faustschlag antwortete, der den verwegenen Dolmetscher zehn Schritte weit hintaumeln ließ, die Lacher auf seine Seite brachte und sie von seiner Echtheit überzeugte.

Vom September 1809 bis zum Februar 1812 verweilte Burkhardt in Aleppo und unterbrach seine Studien der Sprache und Sitten Syriens nur durch eine zehnmonatige Reise nach Damaskus, Palmyra und nach Haouran – das Land, welches vor ihm nur Seetzen allein besichtigt hatte.

Es wird erzählt, daß Burkhardt bei einem Ausfluge nach Zor, einem nördlich von Aleppo, am Ufer des Euphrat gelegenen Distrikte, des Gepäcks und der Kleider beraubt wurde. Es blieb ihm nur noch seine Hose übrig, als ihm die Frau eines Anführers, die keinen Beuteanteil bekommen hatte, auch noch dieses unentbehrliche Kleidungsstück wegnehmen wollte.

»Diese Züge, heißt es in der ›Revue Germanique‹, lieferten eine Menge Nachrichten über Länder, von denen man außer den unvollständigen Mitteilungen Seetzens keinerlei Kenntnis besaß. Selbst in häufiger besuchten Gegenden wußte Burkhardts Beobachtungstalent viel interessante Einzelheiten aufzufinden, die dem gewöhnlichen Reisenden meist entgehen... Dieses wertvolle Material gab später der Oberst Martin William Bake heraus, der sich auch selbst als Reisender, kenntnisreicher Geograph und tiefgebildeter Gelehrter auszeichnete.«

Burkhardt hatte Palmyra und Baalbek, den Abhang des Libanon, das Tal des Orontes- den See Hhuleh und die Quellen des Jordan in Augenschein genommen und dabei zuerst über eine große Anzahl alter Städte berichtet. Seinen Hinweisungen verdanken wir die sichere Bestimmung der Lage des berühmten Apamäa, obwohl er selbst und sein Herausgeber sich über die Bedeutung ihrer eigenen Angaben getäuscht hatten. Endlich sind seine Züge durch Auranitis, selbst nach denen Seetzens, allseitig reich an geographischen und archäologischen Nachrichten, welche den heutigen Zustand des Landes kennen lehren und helle Streiflichter auf die vergleichende Geographie aller Epochen werfen.

Im Jahre 1812 verließ Burkhardt Damaskus, besuchte das Tote Meer, das Tal von Acaba und den alten Hafen Aziongaber, lauter Gegenden, welche heutzutage ganze Gesellschaften von Engländern, den Murray, Cook oder Bädeker in der Hand, durchstreifen, in die man sich aber damals nur mit Lebensgefahr wagen durfte. In einem Seitentale entdeckte der Reisende die umfänglichen Ruinen von Peträa, der alten Hauptstadt des Steinichten Arabiens, wieder.

Gegen Ende des Jahres befand sich Burkhardt in Kairo. Es schien ihm nicht an der Zeit, sich der eben nach Fezzan ziehenden Krawane anzuschließen. Dagegen zog es ihn weit mehr nach Nubien, als dem für den Geschichtsschreiber, Geographen und Archäologen weit merkwürdigeren Lande. Seit dem Portugiesen Alvares war diese Wiege der ägyptischen Kultur nur von den Franzosen Poncet und Lenoir Duroule, gegen Ende des 17. und zu Anfang des 18. Jahrhunderts, besucht worden, ferner von Bruce, dessen Bericht so vielfach angezweifelt worden ist, und endlich von Norden, der aber über Derr nicht hinauskam.

Im Jahre 1813 durchforschte Burkhardt das eigentliche Nubien, das Gebiet von Kennour und Mohaß. Dieser Ausflug kostete ihm nur zweiundvierzig Francs, freilich eine bescheidene Summe im Vergleiche zu dem Aufwand, den jetzt die kürzesten Reisen in Afrika verursachen. Burkhardt wußte sich aber auch als Mahlzeit mit einer Handvoll Dourrah (Hirse) zu begnügen, und seine ganze Begleitung bestand aus zwei Dromedaren.

Gleichzeitig mit ihm durchstreiften das Land zwei Engländer, die Herren Leph und Swelt, die ihren Weg mit Gold und Geschenken bestreuten und ihren Nachfolgern alle späteren Unternehmungen wesentlich verteuerten.

Burkhardt überschritt die Katarakten des Nils.

»Unfern von hier«, heißt es in dem Berichte, »nahe einer Ortschaft mit Namen Djebel Lamule, haben die arabischen Führer die Gewohnheit, von dem, den sie geleiten, eine Extrabelohnung zu beanspruchen. Sie verfahren dabei wie folgt: sie machen halt, steigen zur Erde herab und errichten aus Sand und Kieselsteinen einen kleinen Haufen, ähnlich dem, den die Nubier auf den Gräbern anzubringen pflegen, das nennen sie »das Grab des Reisenden herstellen«. An diese Demonstration schließt sich eine ziemlich ungestüme Forderung. Als Burkhardt seinen Führer diese Arbeit vornehmen sah, tat er ganz ruhig das gleiche. Dann wendete er sich an jenen mit den Worten: »Hier ist auch *dein* Grab und da wir Brüder sind, ist es nicht mehr als billig, daß wir zusammen unter die Erde gebracht werden!« Der Araber mußte unwillkürlich lachen; dann zerstörte man gegenseitig die unheimlichen kleinen Hügel und bestieg in ungestörter Freundschaft die Kamele wieder. Der Araber zitierte einen Vers aus dem Koran, welcher sagt: »Kein Sterblicher weiß, wo ihm einst seine Ruhestätte gegraben wird.«

Burkhardt wäre auch gerne nach Dongolah vorgedrungen, er mußte sich aber damit begnügen, verschiedene, übrigens sehr interessante Mitteilungen über das Land und über die Mameluken zu sammeln, die sich nach dem Blutbade jener mächtigen Miliz, der Arnauten, damals die Werkzeuge des Paschas von Ägypten, geflüchtet hatten.

Ruinen von Tempeln und alten Städten veranlaßten den Reisenden, wiederholt haltzumachen; unter diesen gab es keine merkwürdigeren, als die von Ibsambul.

»Vor dem Tempel«, so lautet sein Bericht, »der unmittelbar am Ufer des Stromes (des Nils) liegt, stehen sechs kolossale Figuren, die vom Boden bis zu den Knien sechseinhalb Fuß messen; sie stellen Isis und Osiris in verschiedenen Lagen vor...« Alle Mauern und Säulenköpfe sind mit Malereien oder hieroglyphischen Skulpturen bedeckt, aus deren Stil Burkhardt auf ein sehr hohes Alter derselben schließt. »Alles ist aus dem natürlichen Felsen gemeißelt. Die Gesichter scheinen gelb, die Haare der Figuren schwarz gefärbt zu sein. Gegen zweihundert Yards von diesem Tempel entfernt, findet man die Reste eines noch riesigeren Monumentes; es besteht aus vier ungeheuren, fast ganz im Sande vergrabenen Figuren, so daß man nicht unterscheiden kann, ob diese eine stehende oder sitzende Lage haben...«

Wozu sollen wir uns aber bei den Beschreibungen von Denkmälern aufhalten, welche heutzutage genau bekannt, gemessen, gezeichnet, meist auch fotografiert sind? Die Reiseberichte aus jener Zeit bieten ja eigentlich nur das Interesse, den Zustand von Ruinen zu schildern und die Veränderungen beurteilen zu können, welche der Vandalismus der Araber später hervorgebracht hat.

Die von Burkhardt bei diesem ersten Ausfluge durchreiste Strecke umfaßt nur die Uferlandschaften des Nils, also einen sehr schmalen Streifen, und eine Reihe kleiner Täler, welche sich nach dem Strome zu öffnen. Er schätzt die Bevölkerung dieses Gebietes auf etwa 100000 Menschen, die auf einem kulturfähigen Erdstreifen von vierhundertfünfzig Meilen Länge und einer Viertelmeile Breite zerstreut wohnen.

»Die Männer hier sind sehr wohlgebaut, stark und muskelkräftig, an Wuchs den Ägyptern etwas nachstehend, und ohne Backen- oder Schnurrbart, nur mit einem Anflug von Flaum unter dem Kinn. Ihr Gesicht besitzt einen angenehmen Ausdruck, und sie übertreffen die Ägypter entschieden an Mut und Intelligenz. Neugierig und gern über alles fragend, kennen sie doch den Diebstahl nicht. Zuweilen sammeln sie durch fleißige Arbeit in Ägypten ein kleines Vermögen, dagegen mangelt es ihnen völlig an Handels- und Unternehmungsgeist. Die Frauen teilen jene körperlichen Vorzüge; es gibt darunter recht hübsche und alle sind gut gebaut; ihre Züge sind sehr zart und von wohltuendem züchtigen Ausdruck.

Denon hat die Nubier offenbar zu gering geschätzt, wenn auch zuzugeben ist, daß ihre Natur von Bezirk zu Bezirk wechselt; da, wo das anbaufähige Terrain von größerer Breite ist, scheinen sie meist wohlgebildet, während in den Gegenden, wo der fruchtbare Boden sich auf einen schmalen Landstrich beschränkt, die Einwohner kraftloser erscheinen und manchmal wirklich wandelnden Skeletten gleichen.«

Das Land seufzte unter dem despotischen Joche der Kachefs, der Abkömmlinge eines Anführers der Bosniaken, die an Ägypten nur einen bedeutenden jährlichen Tribut entrichten. Dennoch dient derselbe ihnen zum Vorwand, die unglücklichen Fellahs auf jede Weise zu unterdrücken. Burkhardt erzählt ein Beispiel von der frechen Rücksichtslosigkeit, mit der die Kachefs bei ihren Razzias verfahren.

»Hassan Kachef«, sagte er, »brauchte Hafer für seine Pferde; er geht deshalb, von vielen Sklaven begleitet, durch die Felder; bei einem hübschen Stück Hafer trifft er den Eigentümer desselben.

›Ihr benutzt Euer Feld sehr schlecht‹, herrscht er diesen an; ›Ihr besät das Feld mit Hafer, wo Ihr vortreffliche Wassermelonen erbauen könntet, welche den doppelten Ertrag liefern würden. Nun, hier habt Ihr Melonenkerne (er gibt dabei dem Bauer eine Handvoll), sät sie auf Euer Feld, und ihr Sklaven, mäht diesen gewöhnlichen Hafer ab und schafft ihn zu mir.‹«

Nachdem er bis zum März 1814 der Ruhe gepflegt, unternahm Burkhardt einen neuen Zug, diesmal aber nicht längs der Ufer des Nils, sondern in die eigentliche nubische Wüste. Da er wußte, daß die Armut die wirksamste Leibwache bildet, schickte der vorsichtige Reisende seinen Diener zurück, verkaufte sein Kamel und schloß sich, nur einen Esel mit sich führend, einer Karawane kleinerer Kaufleute an.

Die Karawane brach nach Daru, einem zur Hälfte von Fellahs, zur Hälfte von Ababden bewohnten Dorfe auf. Über die ersteren hatte der Reisende bittere Klage zu führen, nicht weil sie ihn als Europäer erkannt hätten, sondern weil sie ihn im Gegenteil für einen Türken aus Syrien ansahen, der in der Absicht gekommen wäre, ihnen einen Teil des Sklavenhandels, dessen Monopol sie gewissermaßen besaßen, zu entreißen.

Es wäre nutzlos, hier die Namen der Brunnen, Hügel und Täler jener Wüsten aufzuzählen. Wir ziehen es vor, nach dem Berichte des Reisenden die physikalischen Verhältnisse der Gegend zu schildern.

Bruce, der hier gewesen war, malt dieselbe mit zu düsteren Farben und übertreibt, um seine Verdienste mehr hervorzuheben, auch die Schwierigkeiten des Weges. Wenn man Burkhardt Glauben schenkt, so wäre dieser sogar minder trostlos, als der Weg von Aleppo nach Bagdad, oder von Damaskus nach Medina. Die nubische Wüste besteht keineswegs aus einer grenzenlosen Sandsteppe, deren tötliches Einerlei nirgends unterbrochen scheint. Sie enthält da und dort sogar Felsen, manchmal von zwei- bis dreihundert Fuß Höhe, und wohl auch von ausgedehnten Doums- oder Akazienhainen beschattet. Die so durchsichtige Belaubung dieser Bäume bietet freilich nur einen trügerischen Schutz gegen die fast lotrechten Strahlen der Sonne. Daher auch das arabische Sprichwort: »Rechnen auf den Schutz eines Großen und auf den Schatten der Akazie.«

In Ankheyre oder Uadû Berber erreichte die Karawane den Nil, nachdem sie über Schiggre gezogen, wo sich inmitten der Berge die schönsten Quellen finden. Die einzige mit einem Zuge durch diese Wüste verbundene Gefahr liegt darin, den Brunnen von Nedjeym ausgetrocknet zu treffen, und wenn man sich sonst nicht vom Wege verirrt, was mit guten Führern kaum vorkommen kann, so hat man ernsthaftere Hindernisse nicht zu fürchten.

Die Schilderung der Leiden, welche Bruce hier erduldet haben will, muß also wesentlich abgeschwächt werden, obgleich der Bericht des schottischen Reisenden sonst meist der Wahrheit die Ehre gibt.

Die Bewohner des Berberlandes scheinen die Barbarins Bruces, die Berabras d'Anvilles und die Barauras Poncets zu sein. Ihre Formen sind schön und ihre Gesichtszüge unterscheiden sich wesentlich von denen der Neger. Sie erhalten sich diese Reinheit des Blutes, indem sie nur Töchter ihres Stammes oder eines anderen arabischen Volkes zu Frauen wählen. Die Schilderung, welche Burkhardt von den Sitten und dem Charakter dieses Volkes entwirft, ist zwar recht merkwürdig, aber keineswegs erbaulicher Art. Nur schwer könnte man eine Idee von der Korruption und Versunkenheit der Bewohner von Berber geben. Als Mittelpunkt lebhaften Handels, als Sammelplatz der Karawanen und als Sklavendepot vereinigt diese kleine Stadt alles, um sie zu einem Lieblingsplatz von Banditen zu machen.

Die Handelsleute aus Daorou, auf deren Schutz Burkhardt bisher sehr mit Unrecht gezählt hatte, während sie ihn nur auszubeuten suchten, schlossen ihn, als sie Berber verließen, von ihrer Gesellschaft aus, und der Reisende mußte nun Aufnahme bei den Führern und Eseltreibern suchen, die ihm bereitwillig entgegenkamen.

Am 10. April wurde die Karawane, wenig südlich von einem Nebenflusse des Mogrea (dem Mareb Bruces), durch den Mek von Damer gebrandschatzt. Letzteres ist ein Fakir-Dorf, welches reinlich und gut erhalten, recht vorteilhaft gegen den Schmutz und die Ruinen von Berber absticht. Diese Fakire treiben Hexerei in jeder Richtung, von der einfachen Magie bis zur schamlosesten Charlatanerie. Einer derselben, sagt man, hatte sogar ein Lamm in dem Magen eines Mannes blöken lassen, das dieser geraubt und verzehrt hatte. Die höchst unwissenden Völker nehmen derlei für bare Münze, und man muß leider gestehen, daß das nicht wenig zur Erhaltung der Ordnung und Ruhe in der Stadt, wie zum Gedeihen des ganzen Landes beiträgt.

Von Damer aus gelangte Burkhardt nach Schendy, wo er einen ganzen Monat verweilte, ohne daß jemand in ihm den Ungläubigen argwöhnte. Unbedeutend zur Zeit der Reise Bruces, zählte Schendy später nicht weniger als tausend Häuser. Daselbst wurde lebhafter Handel getrieben, bei dem die Dourrah (Hirse), Sklaven und Kamele die Stelle der Zahlungsmittel vertraten. Die gesuchtesten Artikel waren Gummi, Elfenbein, Gold in Stangen und Straußenfedern.

Die Zahl der jährlich in Schendy verkauften Sklaven erreichte nach Burkhardt wenigstens fünftausend, davon zweitausendfünfhundert für Arabien, vierhundert für Ägypten, tausend für Dongola und die Küsten des Roten Meeres.

Der Reisende benutzte seinen Aufenthalt nahe der Grenze von Sennar, um auch über dieses Königreich Kenntnisse zu erwerben. Man erzählt unter anderen Eigentümlichkeiten, daß der König eines Tages den Gesandten Mehemed Alis eingeladen habe, einer Musterung seiner Reiterei, die er für unüberwindlich hielt, beizuwohnen; der Gesandte bat ihn darauf, auch einmal das Exerzieren der türkischen Artillerie in Augenschein zu nehmen. Bei dem ersten Krachen der kleinen, von Kamelen getragenen Feldgeschütze ergriffen da die Reiterei, das Fußvolk, die Zuschauer, der ganze Hof und der König mit eiligst die Flucht!

Burkhardt verkaufte seinen kleinen Warenvorrat; der Nörgeleien der ägyptischen Kaufleute, seiner Reisegesellschafter, überdrüssig, schloß er sich nun an eine Krawane von Suakim in der Absicht an, das bis dahin gänzlich unbekannte Land, welches sich bis über die letzte Stadt Schendy hinaus erstreckte, zu durchstreifen. Von Suakim aus hoffte er sich nach Mekka einschiffen zu können, wo er von den Hadjis für seine weiteren Projekte eine wirksame Unterstützung erwartete.

»Die Hadjis«, sagt er, »bilden eine geschlossene Körperschaft, und niemand wagt, ein Mitglied derselben anzugreifen, aus Furcht, sich der Rache aller übrigen auszusetzen.«

Die Karawane, der sich Burkhardt anschloß, bestand aus hundertfünfzig Kaufleuten und dreihundert Sklaven. Zweihundert Kamele trugen schwere Lasten Tabak und »Dammur«, d.i. ein in Sennar fabrizierter Stoff.

Das erste, unserem Reisenden in die Augen fallende interessantere Objekt war der Atbara, dessen mit großen Bäumen bedeckte Ufer nach einem Zug durch verlassene Wüsten einen erquickenden Anblick gewährten.

Dem Laufe des Flusses folgte man nun bis zu dem fruchtbaren Bezirke von Taka. Die weiße Haut des Scheich Ibrahim – wir wissen, daß Burkhardt sich diesen Namen beigelegt hatte – entlockte in den meisten Dörfern der weiblichen Bewohnerschaft, welche Araber viel seltener zu Gesicht bekamen, gar manchen Schreckensschrei.

»Eines Tages«, erzählt der Reisende, »erklärte mir ein Landmädchen, der ich Zwiebeln abgekauft hatte, sie werde mir noch mehr geben, wenn ich ihr meinen entblößten Kopf zeige. Ich verlangte dafür acht Stück, die sie mir sofort einhändigte. Als sie aber, nachdem ich den Turban abgenommen, einen ganz weißen, glattgeschorenen Schädel sah, wich sie voller Entsetzen zurück und erwiderte auf meine im Scherz gestellte Frage, ob sie sich einen Mann mit solchem Kopfe wünschte, unter allen Zeichen des Abscheus, daß sie lieber den häßlichsten, von Darfour hergeschleppten Sklaven wählen würde.«

Kurz vor Goz Radjel bemerkte Burkhardt ein Bauwerk, das man ihm als Kirche oder Tempel bezeichnete, denn das Wort hat diese zwei Bedeutungen. Er ging schon darauf zu, als ihn seine Gefährten zurückriefen.

»Die ganze Umgegend steckt voller Räuber; du kannst keine hundert Schritte gehen, ohne angefallen zu werden!«

War jenes nun ein ägyptischer Tempel oder vielleicht ein aus der axumitischen Herrschaft herrührendes Bauwerk? Darüber vermochte der Reisende keine Gewißheit zu erlangen.

Die Karawane kam endlich nach dem Lande Taka oder El Gasch, eine große, im Juni und Juli von austretenden kleinen Flüssen überschwemmte Ebene, welche durch den abgesetzten Schlamm ungemein fruchtbar wird. So steht auch der hier gewachsene und in Djedda zu Markte gebrachte Dourrah im Preise um zwanzig Prozent höher als die ägyptische Hirse.

Die Bewohner, Hadendoas genannt, sind verräterisch, diebisch, blutdürstig und ihre Weiber fast ebenso sittenlos wie die Frauen von Schendy und Berber.

Will man von Taka aus nach Suakim und dem Ufer des Roten Meeres gehen, so muß man eine Kette von Kalkbergen übersteigen, in der man Granit nur bei Schinterab findet. Der Weg über die Gebirge bietet übrigens keine besonderen Schwierigkeiten. Der Reisende gelangte auch ohne Unfall am 26. Mai in Suakim an.

Burkhardt sollte aber noch keineswegs aller Mühsal enthoben sein. Der Emir und der Aga hatten sich verständigt, ihn zu berauben, und er sah sich schon einer Behandlung wie der geringste Sklave ausgesetzt, als der Anblick der Fermans, die er von Mehemed Ali und Ibrahim Pascha besaß, die Szene vollkommen veränderte. Statt ins Gefängnis zu wandern, wovon er bedroht war, wurde der Reisende nun zu dem Hause des Aga geführt, der ihm Wohnung geben und eine junge Sklavin zum Geschenk machen wollte.

Diese zwanzig bis zweiundzwanzig Tage dauernde Fahrt zwischen dem Nil und dem Roten Meere war die erste, welche ein Europäer ausgeführt hat. Ihr verdankte das Abendland die erste verläßliche Kunde über die teils nomadisierenden, teils seßhaften Völkerstämme jener Gegend. Burkhardts Beobachtungen sind von bleibendem Interesse, so daß es kaum eine lehrreichere und gleichzeitig ansprechendere Lektüre geben dürfte.

Burkhardt ging am 7. Juli an Bord eines einheimischen Schiffes und erreichte nach elf Tagen Djeddah, das den Hafen Mekkas bildete.

Djeddah ist am Ufer des Meeres erbaut und mit Mauern umgeben, welche, wenn auch gegen Artillerie ohnmächtig, doch hinreichen mögen, die Stadt gegen die Wahabiter zu verteidigen. Die letzteren, die sogenannten »Puritaner des Islam«, bilden eine Dissidentensekte, deren Hauptaufgabe in der Zurückführung der mohammedanischen Religion zu ihrer ursprünglichen Einfachheit besteht.

»Eine Batterie«, sagt Burkhardt, »schützt den Eingang von der Seeseite und beherrscht den ganzen Hafen. Da sieht man auf seiner Lafette ein außergewöhnlich großes Geschütz, welches Kugeln von fünfhundert Pfund Gewicht schleudert und im ganzen arabischen Golf so berühmt ist, daß schon das Ansehen, in dem es steht, Djeddah einen gewissen Schutz verleiht.«

Eine der größten Unannehmlichkeiten der Stadt beruht in ihrem Mangel an Trinkwasser, das aus etwa zwei Meilen entfernten Brunnen herbeigeschafft werden muß. Ohne Gärten, ohne Grün, ohne Dattelpalmen und trotz einer Bevölkerung von zwölf- bis fünfzehntausend Seelen – eine Zahl, die sich zur Zeit der Pilgerfahrten mehr als verdoppelt – bietet Djeddah einen ganz absonderlichen Anblick. Seine Bevölkerung ist keineswegs eine ortseingeborne; sie besteht vielmehr aus Eingebornen von Hadramazt, Yemen, oder aus Indern von Surate und Bombay, endlich aus Malayen, die, auf Pilgerfahrten hierher gekommen, den Stamm der Stadtbewohner bildeten.

Mitten unter sehr eingehenden Schilderungen der Sitten, Lebensweise, Warenpreise und der Anzahl der Kaufleute, begegnet man in Burkhardts Bericht mehr als einer interessanten Anekdote.

Bei Erwähnung der eigentümlichen Gewohnheiten der Bewohner Djeddahs, sagt der Reisende:

»Fast jedermann pflegt des Morgens eine Kaffeetasse voll »Ghi«, d.i. zerlassene Butter, zu sich zu nehmen. Nachher trinkt man Kaffee, der als hervorragendes Stärkungsmittel angesehen wird, und daran haben sich die Leute von frühester Jugend an so sehr gewöhnt, daß sie sich sehr unwohl fühlen würden, wenn sie diesen Gebrauch aussetzten. Leute aus besseren Ständen begnügen sich, die Tasse flüssiger Butter zu trinken. Die unteren Klassen fügen jener aber noch eine halbe Tasse hinzu, die sie durch die Nasenlöcher einsaugen, in der Meinung, dadurch der schlechten Luft den Eintritt in den Körper durch diese Öffnung zu verschließen.«

Am 24. August verließ der Reisende Djeddah, um sich nach Taïf zu begeben. Der Weg zieht sich durch eine Kette von Bergen, durch Täler mit romantischen Landschaften und überraschend üppigem Grün dahin. Burkhardt wurde hier für einen englischen Spion gehalten und scharf überwacht. Trotz des scheinbar wohlwollenden Empfangs seitens des Paschas, konnte er sich doch nicht frei bewegen und mußte fast auf alle Beobachtungen verzichten.

Taïf ist, wie es scheint, berühmt durch die Schönheit seiner Gärten; Rosen und Weintrauben werden von hier nach allen Teilen von Hedjaz ausgeführt. Die Stadt betrieb überhaupt beträchtlichen Handel und erfreute sich des besten Gedeihens, bis sie von den Wahabitern geplündert wurde.

Die Überwachung, der sich Burkhardt ausgesetzt sah, beschleunigte seine Abreise, und schon am 7. September schlug er den Weg nach Mekka ein. Sehr bewandert im Koran und vertraut mit den Vorschriften des Islam, war Burkhardt vollkommen befähigt, die Rolle eines Pilgers zu spielen. Die erste darauf bezügliche Maßregel seinerseits bestand darin, sich, wie es das Gesetz dem nach Mekka ziehenden Pilger vorschreibt, mit dem »Ihram« zu bekleiden; d. h. mehrere Stücke Kattun ohne Naht, deren eines um die Hüften geschlungen, das andere um Hals und Schultern geworfen wird. Des Pilgers erste Pflicht in Mekka ist es, nach dem Tempel zu gehen, selbst bevor er sich um Obdach bekümmert. Burkhardt versah das ebensowenig wie die Einhaltung aller für diesen Fall bestehenden Riten und Zeremonien, lauter Sachen von speziellem, aber eben deshalb zu beschränktem Interesse, um hier länger zu verweilen.

»Mekka«, sagt Burkhardt, »darf eine hübsche Stadt genannt werden. Ihre Straßen sind breiter als sonst die Straßen im Morgenlande. Die Häuser sind hoch und aus Steinen gebaut; die zahlreich nach der Straße zu liegenden Fenster verleihen ihnen ein freundlicheres und mehr europäisches Ansehen, als das der Häuser in Ägypten und Syrien, welche nach außen zu nur sehr wenig Fenster zeigen... Jedes Haus hat seine Terrasse, deren zementbelegter und etwas geneigter Boden das Wasser durch Rinnen nach der Straße zu abführt. Diese Plattformen sind durch eine Mauer abgeschlossen; im ganzen Orient ist es nämlich für jeden Mann verpönt, sich daselbst zu zeigen; man würde ihn beschuldigen, die Weiber zu belauschen, welche auf der Terrasse den größten Teil ihrer Zeit mit dem Trocknen des Getreides oder der Wäsche und anderen häuslichen Verrichtungen zubringen. Der einzige öffentliche Platz der Stadt ist der Hof der Moschee. Bäume gibt es nur wenig, kein Garten erquickt das Auge, dagegen ist die Szene während der Pilgerfahrten durch eine Menge wohlversehener Verkaufsstände belebt, die man überall aufgeschlagen sieht. Außer fünf bis sechs umfänglicheren, dem Sherif gehörigen Gebäuden, zwei Medressen oder Gelehrtenschulen, welche aber jetzt als Kornmagazine dienen, und der Moschee selbst, nebst einigen dazugehörigen Bauwerken und Schule, kann sich Mekka keines öffentlichen Gebäudes rühmen und steht hierin gegen andere orientalische Städte von gleichem Umfange wesentlich zurück.«

Die Straßen sind nicht gepflastert, und da man Schleusen hier nicht kennt, so bilden sich gelegentlich Wasserlachen und Schmutztümpel, welche jeder Beschreibung spotten.

Zum Genuß verwendet man nur Regenwasser, denn dasjenige, welches die Senkbrunnen liefern, ist so salzhaltig, daß es fast zu nichts brauchbar erscheint.

Da, wo sich das Tal in der Mitte der Stadt am meisten verbreitert, erhebt sich die Beithu'llah oder El Haram genannte Moschee, ein Bauwerk, das seine Berühmtheit nur dem Umstande verdankt, daß es die heilige Kaaba enthält, denn in anderen Städten des Morgenlandes gibt es mindestens ebenso große und oft weit schönere Moscheen.

Dieselbe liegt auf einem länglichen, nach Osten zu von vierfacher, nach den anderen Seiten von dreifacher Kolonnade eingeschlossenen Platze, die Säulen sind untereinander durch Bogenwölbungen verbunden; je vier und vier tragen eine mit Mörtel beworfene und geweißte Kuppel. Einige Säulen bestehen aus weißem Marmor, andere aus Granit oder Porphyr, die meisten aber aus gewöhnlichem, in den Bergen bei Mekka gebrochenem Stein.

Die Kaaba selbst ist so häufig zerstört und wieder hergestellt worden, daß an ihr eigentlich nichts von hohem Alter ist. Sie war übrigens schon vor der Moschee, die sie heute umschließt, vorhanden.

»Die Kaaba selbst«, schreibt der Reisende, »ist auf einem zwei Fuß hohen und stark geneigten Unterbau angebracht. Mit ihrem platten Dache bietet sie aus gewisser Entfernung ganz das Bild eines Würfels. Die einzige in dieselbe führende, und nur zwei oder dreimal des Jahres geöffnete Pforte befindet sich an der Nordseite und etwa sieben Fuß über der Erde, so daß man nur über eine hölzerne Treppe hineingelangen kann... An der nordöstlichen Ecke, nahe der Tür, ist der berühmte »schwarze Stein« eingesetzt, der, etwa vier oder fünf Fuß über dem Boden, einen Teil der Wandecke selbst bildet... Die Natur dieses Steines läßt sich nur schwer feststellen, so sehr ist heutzutage die Oberfläche desselben durch die Küsse und Berührungen von nach Millionen zählenden Pilgern abgeschliffen. Die Kaaba hüllt ein großes, schwarzes Stück Seidenstoff vollständig ein, so daß nur das Dach frei bleibt. Diese Decke oder Vorhang heißt »Kesua«, wird jährlich zur Zeit der Pilgerfahrten erneuert und von Kairo, wo man denselben auf Kosten des Großherrn herstellt, hierher geschafft.«

Bisher besaß man noch keine genaue Beschreibung von Mekka und seinem Heiligtum. Deshalb teilten wir hier einige Auszüge aus dem Originalwerke mit, welche leicht zu vermehren wären, denn es enthält z. B. eine eingehende Schilderung des heiligen Brunnens, Zemzem benannt, dessen Wasser als unfehlbares Heilmittel gegen allerlei Gebrechen gilt, der Pforte des Heils, des Makan-Ibrahim, ein Denkmal mit dem

Stein, auf welchem Abraham ausruhte, als er die Kaaba baute, und der noch den Eindruck seiner Knie zeigt, sowie endlich aller Gebäude, welche die Umfassungsmauer des Tempels einschließt.

Seit der so eingehenden und vollständigen Beschreibung Burkhardts haben diese Orte ihr Aussehen nicht geändert. Noch immer stimmt die große Menge von Pilgern hier dieselben Lobgesänge an. Nur die Menschen haben gewechselt.

An die Darstellung der Festlichkeiten bei den Pilgerfahrten und der religiösen Begeisterung der Gläubigen schließt sich ein anderes Bild, das die Folgen dieser großen Menschenansammlungen, die aus allen Teilen der Erde herbeiströmen, mit sehr düsteren Farben zeichnet.

»Das Ende der Pilgerfahrten«, sagt er, »gibt der Moschee freilich ein wesentlich anderes Aussehen; Krankheiten und eine große Sterblichkeit, die Folgen der oft unerhörten Beschwerden der Reise, und begünstigt durch den geringen Schutz, den Ihram bietet, ebenso wie die ungesunden Wohnstätten in Mekka, die schlechte Nahrung, manchmal wohl gar der vollständige Mangel an solcher, füllen den Tempel mit Leichen an, die man dahin schleppt, um der Gebete des Imam teilhaftig zu werden; oder es lassen sich auch viele Kranke hierher, und wenn ihre letzte Stunde naht, unter die Kolonnaden bringen, um durch den Anblick der Kaaba geheilt zu werden, oder doch des Trostes zu genießen, ihr Leben an dem heiligen Orte zu beenden. Da sieht man arme, von Hunger und Krankheiten hart mitgenommene Pilger ihren siechen Leib unter den Kolonnaden hinschleppen, und wenn ihnen die Kraft ausgeht, die Hand auszustrecken, um ein Almosen zu erbetteln, stellen sie neben eine Matte, auf der sie liegen, einen Napf, um zu empfangen, was das Mitleid ihnen vielleicht spendet. Fühlen sie ihre letzten Augenblicke herannahen, so bedecken sie sich mit ihren zerfetzten Kleidern, und nicht selten vergeht noch ein ganzer Tag, bevor der Tod sie erlöst.«

Wir schließen unsere Zitate aus Burkhardts Arbeit mit dem Urteile, das er über die Bewohner Mekkas fällt.

»Wenn die eigentlichen Einwohner Mekkas besondere Eigenschaften besitzen, so beschränkt sich das darauf, daß sie zuvorkommend, gastfrei, heiter und stolz sind, aber trinkend, spielend und rauchend die Vorschriften des Koran ganz öffentlich übertreten. Betrug und Meineid gelten bei ihnen kaum noch als Verbrechen, obwohl darüber stets ein großes Geschrei erhoben wird. Jeder ereifert sich über den Verfall der Sitten, aber keiner geht zur Verbesserung derselben mit gutem Beispiele voran.«

Am 15. Januar 1815 reiste Burkhardt mit einer kleinen Pilgerkarawane zum Besuche des Grabes des Propheten ab. Der Weg nach Medina, wie der zwischen Djeddah und Mekka wird gewöhnlich in der Nacht, also zur ungünstigsten Zeit für Beobachtungen, und im Winter zurückgelegt, wodurch er weit beschwerlicher wird, als er wohl am hellen Tage wäre. Man zieht dabei durch ein mit Gesträuch und Dattelbäumen erfülltes Tal, dessen recht gut angebauter östlicher Ausgang Uadi Fatme heißt, aber mehr unter der einfachen Bezeichnung El Uadi bekannt ist. Etwas weiter hin findet sich das Tal Es Ssafra, berühmt durch seine umfangreichen Dattelpflanzungen und als Hauptmarkt für alle benachbarten Volksstämme.

»Die Dattelpalmenhaine«, sagt der Reisende, »haben eine Ausdehnung von nahezu vier Meilen; sie gehören teils den Bewohnern von Ssafra, teils den Beduinen der Umgegend, welche zum Begießen des Bodens Tagelöhner halten und erst zur Zeit der Fruchtreife selbst dahin kommen. Die Dattelpalmen gehen durch Handel oft von einer Person zur andern über; man verkauft sie einzeln... Der an den Vater, dessen Tochter man heiratet, zu zahlende Preis besteht gewöhnlich in drei Dattelbäumen. Alle sind in tiefem Sande gepflanzt, den man in der Mitte des Tales sammelt und um die Wurzeln der Bäume aufhäuft; derselbe muß jährlich erneuert werden, denn gewöhnlich führen ihn wilde Sturzwässer mit sich fort. Jeder kleine Garten ist mit einer Lehm- oder Steinmauer eingefaßt. Die Besitzer wohnen in Weilern oder einzelnen, unter den Bäumen verstreuten Häusern. Der bedeutendste Bach des Tales entspringt in einem Haine in der Nähe des Marktplatzes, und an seiner Quelle erhebt sich eine kleine Moschee. Einige große Kastanienbäume beschatten diese; ich habe dergleichen in Hedjaz nirgends wieder gesehen...«

Dreizehn Tage brauchte Burkhardt, um von Mekka nach Medina zu gelangen. Diese lange Reise war für ihn aber nicht verloren, denn er sammelte dabei viele Nachrichten über die Araber und die Wahabiter. Wie in Mekka ist es auch hier des Pilgers erste Pflicht, das Grab und die Moschee Mohammeds zu besuchen. Doch sind alle Zeremonien bequemer und kürzer, und der Reisende braucht nur eine Viertelstunde, um alles abzumachen.

Schon der Aufenthalt in Mekka hatte auf Burkhardt ziemlich nachteilig eingewirkt. In Medina wurde er nun vom kalten Fieber befallen, das erst täglich auftrat, dann unter Hinzutritt von Erbrechen dreitägig wurde. Bei der ungeschickten Hilfe seines Sklaven – »ein armer Teufel, der sich besser zur Abwartung eines Kamels als zur Pflege seines geschwächten und hilflosen Herrn eignete« – wäre er bald dazu gekommen, sich nicht mehr von seinem Teppich erheben zu können.

Über drei Monate an Medina gefesselt durch ein Fieber, das er dem ungesunden Klima, dem abscheulichen Wasser und den vielen, zur Zeit herrschenden Krankheiten verdankte, mußte Burkhardt auf seinen früheren Plan verzichten, nachdem er durch die Wüste bis Akaba ziehen wollte, um von hier aus auf nächstem Wege Yambo zu erreichen, von wo aus er sich nach Ägypten einzuschiffen gedachte.

»Medina ist nach Aleppo«, sagt er, »die bestgebaute Stadt, die ich im Morgenlande gesehen habe. Sie besteht durchgängig aus Stein; die Häuser sind meist zwei Stockwerke hoch und mit flachem Dache versehen. Da man sie jedoch nicht weißt und der Stein von Natur von bräunlicher Farbe ist, so erhalten sie ein düsteres Aussehen und sind auch oft sehr schmal, d.h. kaum zwei bis drei Schritte breit. Jetzt bietet Medina einen wahrhaft trostlosen Anblick; man läßt die Häuser einfach verfallen. Ihre Besitzer, welche früher durch den Pilgerstrom eine große Einnahme erzielten, sehen diese vermindert, seitdem die Wahabiter den Besuch des Grabes des Propheten, den sie als gewöhnlichen Sterblichen betrachten, verpönt haben. Der größte Schatz Medinas, der diese Stadt auf gleiche Stufe mit Mekka stellt, ist die große Moschee mit dem Grabe Mohammeds... Diese erreicht nicht ganz den Umfang der von Mekka, ist aber etwa nach demselben Plane angelegt. Sie bildet einen geräumigen Hof, von allen Seiten mit Gallerien umgeben und mit einem kleinen Einzelgebäude in der Mitte. Nahe der südöstlichen Ecke befindet sich das berühmte Grab... ein grün angestrichenes Eisengitter umgibt die Stätte. Letzteres ist von schöner, filigranartiger Arbeit und mit kupfernen Inschriften durchflochten. Die Mauer des ganzen enthält vier Tore, von denen jedoch drei stets geschlossen bleiben. Leute von Stand haben hier unentgeltlichen Zutritt, andere können sich denselben von den vornehmsten Eunuchen für etwa fünfzig Piaster erkaufen. Im Inneren sieht man noch eine Art Vorhang um das eigentliche Grab, der nur wenige Schritte von demselben absteht...«

Nach einem Geschichtsschreiber Medinas verhüllt jener Vorhang ein viereckiges Bauwerk aus schwarzen, von zwei Säulen getragenen Steinen, das im Innern die Grabstätten Mohammeds und seiner zwei ältesten Schüler, Abu Bekrs und Omars, enthält. Man sagt auch, daß diese Gräber sehr tief seien und daß der Sarg, der Mohammeds Asche birgt, mit Silber bekleidet sei und eine Marmorplatte trage mit der Inschrift: »Im Namen Gottes, leihe ihm Deine Gnade!«

Die früher in Europa verbreiteten Märchen über das Grab des Propheten, wie z. B. das, wonach dessen Sarg frei in der Luft schweben sollte, sind in Hedjaz selbst unbekannt.

Die Schätze der Moschee sind zum großen Teile von den Wahabitern geraubt worden, doch darf man annehmen, daß ihnen die verschiedenen Wächter des Grabes schon zuvorgekommen sind.

In Burkhardts Bericht finden sich noch viele interessante Einzelheiten über Medina, dessen Bewohner und Umgebungen und über die gewöhnlichen Wallfahrtsorte. Wir haben demselben nicht zu viel entlehnt, um den Leser, der die Sitten und Gebräuche der Araber noch eingehender kennenzulernen wünscht, nicht die Lust an dem Originalwerke zu verleiden.

Am 25. April 1815 schloß sich Burkhardt einer Karawane an, die ihn nach Yambo brachte, in welcher Stadt damals die Pest herrschte. Auch der Reisende erlag bald einem Anfalle der Krankheit. Er wurde dabei so schwach, daß er nicht einmal auf das Land überzusiedeln vermochte. An eine Einschiffung war gar nicht zu denken, denn alle segelbereiten Fahrzeuge lagen voll kranker Soldaten. Er mußte also achtzehn Tage in der ungesunden Stadt aushalten, bevor er auf einem kleinen Schiffe Platz fand, das ihn nach Cosseïr und von da nach Ägypten führte.

Bei der Rückkehr nach Kairo erfuhr Burkhardt das Ableben seines Vaters. Die Konstitution des Reisenden war durch die Krankheit schon tief erschüttert, so daß er im Jahre 1816 nicht einmal imstande war, den Sinaï zu besteigen. Naturhistorische Studien, die Ordnung seiner Reisetagebücher und vielfältiger Briefwechsel beschäftigten ihn bis Ausgang 1817, zu welcher Zeit er sich der Karawane nach Fezzan anschließen wollte. Da ergriff ihn ein hitziges Fieber, dem er in wenig Tagen erlag. Seine letzten Worte waren: »Schreibt meiner Mutter, daß mein letzter Gedanke ihr gehört habe.«

Burkhardt war ein Reisender wie er sein soll. Unterrichtet, genau bis zum Kleinlichen, mutig, ausharrend, von offenem entschlossenem Charakter, hat er wirklich kostbare Arbeiten hinterlassen. Der Bericht über seine Reise in Arabien, dessen Inneres er leider nicht besuchen konnte, ist so vollständig, so verläßlich, daß dieses Land durch ihn besser bekannt wurde, als selbst einzelne Teile Europas.

»Niemals«, schrieb er in einem Briefe an seine Mutter vom 17. März 1817, »habe ich ein Wort über das, was mir vor Augen kam, gesagt, das ich nicht nach allen Seiten hin voll vertreten könnte, denn ich habe mich nicht so vielen Gefahren ausgesetzt, um nur einen Roman zu schreiben...«

Die Forscher, welche jene Länder nach Burkhardt besuchten, sind einstimmig über die Genauigkeit seiner Angaben und in dem Lobe seiner Wahrheitsliebe, seiner Kenntnisse und Scharfsichtigkeit.

»Wenige Reisende nur«, sagt die ›Revue Germanique‹, »besaßen in so hohem Grade die feine und schnelle Auffassung, welche ein Geschenk der Natur, aber so selten ist, wie alle hervorragenden Eigenschaften. Er zeichnete sich wirklich durch eine Art Sehergabe aus, die ihm, auch wo er nicht selbst beobachten konnte, stets das Richtige erkennen ließ; auch seine mündlichen Erkundigungen haben im allgemeinen einen hohen Wert und übertreffen jedenfalls die meisten derartigen Nachrichten. Gediegen nach allen Seiten und durch Nachdenken und fleißiges Studium zeitig geistig gereift (Burkhardt zählte, als der Tod ihn hinraffte, erst dreiunddreißig Jahre), ging er stets gerade auf sein Ziel los und hielt er am rechten Orte an. Seine stets klare Darstellung enthält, man möchte sagen, mehr Tatsachen als Worte, und doch lesen sich seine Berichte mit wunderbarem Reize, so daß man in ihm den Menschen ebenso lieben, wie den Gelehrten hochachten lernt.«

Während die biblischen Länder den Gegenstand der Untersuchungen Seetzens und Burkhardts bildeten, sollte Indien, das Ursprungsland der meisten europäischen Sprachen, der Mittelpunkt vielfacher Studien werden, welche Linguistik, Literatur und Religion ebenso wie die Geographie umfaßten. Wir beschäftigen uns hier nur mit den zahlreichen Problemen der physischen Geographie, deren Lösung die Kämpfe der Ostindischen Kompanie und die durch sie begünstigten Forschungen allmählich herbeiführen sollten.

In einem früheren Bande schilderten wir die Errichtung der portugiesischen Herrschaft in Indien. Die im Jahre 1599 zwischen Spanien und Portugal abgeschlossene Union hatte den Verfall der portugiesischen Kolonien herbeigeführt, welche in die Hände der Holländer und Engländer fielen. Letztere verliehen das Monopol des Handels mit Indien sehr bald einer Gesellschaft, die eine hervorragende geschichtliche Rolle spielen sollte.

Zu jener Zeit gerade hatte der Großmogul Akbar, der siebente Nachkomme Timur Lengs, auf den Trümmern der Radjput-Staaten in Hindostan und Bengalen ein mächtiges Reich begründet. Dasselbe blühte infolge der persönlichen Eigenschaften Akbars, die ihm den Beinamen »Wohltäter der Menschheit« erwarben, eben im reichsten Glanze. Schah Djaham folgte ganz der väterlichen Tradition; Aureng Zeb aber, ein Enkel Akbars, ließ, von unersättlichem Ehrgeiz getrieben, seine Brüder ermorden, den Vater gefangensetzen und bemächtigte sich der Herrschaft. Während das Mongolenreich sich des tiefsten Friedens erfreute, legte ein geistvoller Abenteurer, Sewadji, den Grund zu dem maharattischen Kaiserreiche. Die religiöse Unduldsamkeit Aureng Zebs, sowie seine arglistige Politik führten zu einer Erhebung der Radjputen und zu einem Kampfe, der, die Hilfsquellen des Reiches verzehrend, dasselbe in seinen Grundfesten erschütterte. Der Tod des großen Usurpators bezeichnet auch den Untergang seines Reiches.

Bisher war es der Indischen Kompanie noch nicht gelungen, den schmalen Landstreifen, den sie längs ihrer Häfen besaß, zu erweitern, sie wußte jedoch die einander widersprechenden Bestrebungen der Nabobs und der Rajahs von Hindostan geschickt zu benützen. Immerhin gewann die Englisch-ostindische Kompanie erst nach der Einnahme von Madras durch La Bourdonais, 1746, und während des Kampfes gegen Dupleix merklich an Ausdehnung und Einfluß.

Durch eine hinterlistige, illoyale und wahrhaft gemeine Politik der Gouverneure Clive und Hastings, welche einmal durch Gewalt, ein andermal durch Treubruch und Bestechung auf Kosten ihrer Ehre die Größe ihres Vaterlandes begründeten, besaß die Kompanie zu Ende des letzten Jahrhunderts ein ungeheures, von sechzig Millionen Seelen bevölkertes Gebiet. Es umfaßte dasselbe Bengalen, Behar, nebst den Provinzen Madras, Benares und den Circas im Norden. Nur der Sultan von Mysore, Tippo Saïb, widersteht energisch dem Andringen der Engländer, kann sich aber gegenüber der Koalition, die Oberst Wellesley gegen ihn zustande zu bringen gewußt hat, nicht halten. Jetzt ohne nennenswerte Feinde, beschwichtigt die Kompanie kleinere Widerstandsversuche durch Pensionen und nötigt unter dem Vorwande, sie beschützen zu wollen, den letzten unabhängigen Rajahs englische Garnisonen auf, welche auf deren Unkosten unterhalten werden.

Man sollte glauben, die englische Herrschaft hätte überall nur den Haß gegen sich entzünden müssen. Mitnichten. Die Kompanie tastete niemals die Rechte des einzelnen an und erstrebte vorläufig keine Änderungen in der Religion, den Sitten und Gesetzen der Länder.

So ist es auch nicht zu verwundern, daß Reisende, welche sich in nicht eigentlich unterworfene Gebiete wagten, doch nur wenig gefährdet wurden. Die Indische Kompanie hatte nämlich von Stunde ab, als die politischen Händel ihr freie Hand ließen, die Erforschung ihres ausgedehnten Gebietes allseitig ermutigt. Gleichzeitig sandte sie auch Reisende nach den Grenzländern, um über diese verläßliche Auskunft zu erhalten. Im folgenden wollen wir diese verschiedenen Züge kurz betrachten.

Einer der merkwürdigsten und ältesten ist der Webbs nach den Quellen des Ganges.

Die Kenntnisse, welche man bis dahin über diesen Fluß besaß, waren ebenso lückenhaft als einander widersprechend. Deshalb organisierte die Regierung von Bengalen, in richtiger Würdigung der Vorteile, welche eine Untersuchung dieser großen Wasserader der Entwicklung des Handels erschließen mußte, im Jahre 1807 eine Expedition, bestehend aus den Herren Webb, Raper und Hearsay, denen man eine Anzahl Sipahis, Dolmetscher und eingeborne Diener als Begleitung mitgab.

Die Expedition traf am 1. April 1808 in Herduar, einer unbedeutenden Stadt am linken Ufer des Stromes, ein, deren Lage am Eingang dieser reichen Ebene von Hindostan sie jedoch zu einem sehr besuchten Wallfahrtsorte machte. Hier verrichtet man während der heißen Jahreszeit die vorgeschriebenen Reinigungen in den Wellen des heiligen Flusses.

Da es nun keine Wallfahrt ohne Ausstellung und Verkauf von Reliquien gibt, so ist Herduar auch der Sitz eines umfänglichen Marktes; man findet hier aber ebenso Pferde, Kamele, als Antimon, Asa foetida, gedörrte Früchte, Shawls, Pfeile, Musselin und Gewebe aus Baumwolle oder Wolle, Erzeugnisse aus dem Pendjab, aus Kabulistan und Kaschmir. Ferner verkaufte man Sklaven von drei bis zu dreißig Jahren für zehn bis fünfhundert Rupien. Diese Messe, auf der sich so verschiedene Physiognomien, Sprachen und Trachten begegnen, bietet wirklich einen höchst merkwürdigen Anblick.

Am 12. April reiste die englische Mission von Gangautri ab

und folgte einer mit weißen Maulbeer- und Feigenbäumen besetzten Straße bis Guruduar. Etwas weiter hinauf traf man auf Wassermühlen von höchst einfacher Konstruktion zu beiden Seiten eines mit Weiden und Himbeersträuchern umsäumten Baches. Der Boden hier war zwar fruchtbar, die Tyrannei der Regierung hinderte die Bewohner aber, aus demselben gehörigen Nutzen zu ziehen. Bald wurde das Land bergiger, doch gediehen noch Pfirsiche, Aprikosen, Nußbäume und andere europäische Baumarten. Nun führte der Weg mitten in höhere Bergketten hinein, die sich an den Himalaya anzuschließen schienen.

Am Fuße eines Hügels fand man bald den Baghirati, der im weiteren Verlaufe den Namen Ganges annimmt. Zur Linken begrenzten den Fluß hohe, unfruchtbare Berge, zur Rechten desselben breitete sich ein reiches Talgelände aus. Bei dem Dorfe Tchivali baute man im großen den zur Bereitung des Opiums dienenden Mohn; die Bauern dort hatten, wahrscheinlich bedingt durch die Zusammensetzung des Wassers, alle Kröpfe.

In Djoswara überschritt man eine, in dortiger Gegend »Djoula« genannte Seilbrücke von eigentümlicher, gefährlicher Konstruktion.

»Man treibt auf jeder Seite«, erzählt Webb, »zwei starke Pfähle, drei Fuß voneinander entfernt, in das Uferland ein und verbindet dieselben mit einem Querholze; daran werden ein Dutzend oder noch mehr dicke Seile befestigt und über das Wasser gespannt. Diese bilden zwei Pakete mit einem Fuß Zwischenraum; unter ihnen spannt man eine Strickleiter hin, welche mit den oberen Seilen, die als Brustwehr dienen, verknüpft ist. Schwache Äste, welche zweieinhalb bis drei Fuß auseinander liegen, bilden die Gangbahn der Brücke. Da man beständig befürchtet, dieselben unter der geringsten Last brechen zu sehen, hält jeder, der das lustige Bauwerk überschreitet, die anderen, sozusagen das Geländer bildenden Stricke unter den Armen. Schon bei dem ersten Schritte, den man auf diesem schwebenden Stege wagt, erschrickt man nicht wenig, denn das Ganze schwankt nicht unbedeutend nach beiden Seiten hin und her, woneben das Brausen des Stromes darunter auch nicht gerade zur Beruhigung beiträgt. Die Brückenbahn ist übrigens so schmal, daß zwei Personen, die einander begegnen, gezwungen sind, sich ganz an die Seite zu drücken. um vorüberzukommen.«

Die Gesellschaft passierte hierauf Baharat, deren meisten Häuser seit dem Erdbeben 1803 noch nicht wieder hergestellt waren. Der hier abgehaltene Markt, die Schwierigkeit der Lebensmittelbeschaffung in den höher gelegenen Dörfern und ihre zentrale Lage – hier laufen die Straßen von Djemauhi, Kedar Nath und Srinagar zusammen – haben diesem Orte stets eine gewisse Bedeutung gesichert. Von Batheri aus wurde der Weg so schlecht, daß man alles Gepäck zurücklassen mußte. Die Straße verengerte sich zu einem, neben tiefen Abgründen hinlaufenden Fußsteige, auf dem das Gerölle von Kieseln und Felstrümmern bald jedes weitere Fortkommen zur Unmöglichkeit machte.

Devaprayaga liegt am Zusammenfluß des Baghirati und der Analcanda. Der erstgenannte strömt heftig schäumend von Norden herab, der zweite, ruhigere Wasserlauf ist tiefer und breiter, steigt aber während der Regenzeit bis auf vierzig Fuß über sein gewöhnliches Niveau, die Vereinigung dieser beiden Flüsse nun bildet den Ganges.

Dieser Örtlichkeit betrachtet man als heilig, und die Brahminen wußten das recht erfolgreich zu benutzen, indem sie kleinere Weiher herstellten, in denen sich die Pilger, natürlich gegen Entgelt, waschen können, ohne in Gefahr zu kommen, von der Strömung fortgerissen zu werden.

Die Analcanda wurde mittels einer »Dindla«, d.i. etwa eine Schiebebrücke, überschritten.

»Eine solche besteht«, heißt es in dem Berichte, »aus drei bis vier stärkeren, an den beiden Ufern befestigten Stricken, an welchen mittels Reifen ein kleiner Kasten von achtzehn Zoll im Quadrat hängt. Der Reisende setzt sich in denselben und wird so an einem Stricke von einem am anderen Ufer aufgestellten Mann hinübergezogen.«

Am 13. Mai traf die Expedition in Srinagar ein; das erregte die Neugier der Einwohner in so hohem Grade, daß der Magistrat einen Boten an die Engländer mit der Bitte abschickte, diese möchten in der Stadt einwenig spazierengehen.

Srinagar, welches Oberst Hardwick schon 1796 besuchte, war durch das Erdbeben von 1803 vollständig zerstört und in demselben Jahre auch von den Gorkhalis erobert worden. Hier traf Webb wieder mit einer Abteilung seiner Leute zusammen, die er auf der Straße, welche er selbst nicht benutzen konnte, nach Gangautri gesendet hatte. Diese hatten die Quellen des Ganges wirklich besucht.

»Ein großer Felsblock«, sagt er, »von dessen beiden Seiten das sehr seichte Wasser herabrinnt, zeigte eine entfernte Ähnlichkeit mit dem Körper und dem Maule einer Kuh; aus einer Höhle an der Oberfläche, welches die Phantasie als ein Kuhmaul erkannte und deswegen mit dem gleichbedeutenden Worte »Gaumokhi« bezeichnete, kommt das Wasser des Flusses nach gewöhnlicher Annahme hervor. Weiter kann man unmöglich vordringen; es stellt sich dem ein Berg, steil wie eine Mauer, entgegen. Der Ganges schien unter dem Schnee an dessen Fuße zu entspringen; das Tal erreichte hier sein Ende; noch niemand hat dasselbe überschritten.«

Auf der Rückreise schlug die Gesellschaft einen anderen Weg ein. Sie besichtigte die Vereinigung des Ganges mit dem Keli Ganga oder Mandacni, einem großen, aus den Bergen von Kerdar herkommenden Fluß, begegnete unterwegs ungeheuren Herden mit Getreide beladener Ziegen und Schafe, zog durch eine Menge Engpässe und Schluchten, kam durch die Städte Badrinath und Manah und traf unter strenger Kälte und heftigem Schneetreiben am Wasserfalle von Barsu ein.

»Letzterer bildet«, sagt Webb, »das ersehnte Ziel frommer Pilger, welche hierher wallfahrten, um sich von dem Staubregen des heiligen Wassers benetzen zu lassen. Das Bett der Analcanda schlängelt sich bis zu dem südwestlichen Ende des Tales hin, ist aber von wahrhaften Schneebergen verdeckt, welche sich hier wahrscheinlich seit Jahrhunderten angehäuft haben.«

Webb erzählt auch verschiedenes über die Frauen von Manah. Sie tragen am Halse, in den Ohren und der Nase Zierate aus Gold und Silber, welche mit ihrer, übrigens recht groben Kleidung gar nicht übereinstimmen. Einzelne Kinder hatten an dem Halse und an den Armen Ringe und Ketten von Silber im Werte von sechshundert Rupien.

Im Winter liegt diese Stadt, die einen lebhaften Handel mit Thibet treibt, völlig unter dem Schnee vergraben. Die Bewohner ziehen sich dann auch nach benachbarten Städten zurück.

In Badrinath besuchte die Gesellschaft den wegen seiner Heiligkeit weit berühmten Tempel. Der Bau selbst, wie der Anblick, den er bietet, lassen gar nicht ahnen, welch ungeheure Summen seine Unterhaltung verschlingt. Er ist eines der ältesten und verehrtesten Heiligtümer Indiens. Die Abwaschungen nimmt man hier in Bassins mit warmem schwefelhaltigen Wasser vor.

»Es gibt daselbst eine Menge warmer Quellen«, sagt der Bericht, »alle mit besonderer Benennung und Wirksamkeit, was die Brahminen ohne Zweifel mit großem Vorteil ausnützen. So sieht der arme Pilger, der nach und nach die vorgeschriebenen Waschungen vornimmt, seine Börse freilich in gleichem Grade wie seine Sünden abnehmen und die zahlreichen Zölle, welche man ihm für diesen Weg zum Paradiese abfordert, müssen ihm wohl den Gedanken nahelegen, daß dieser schmale Weg nicht der mindest kostspielige ist.«

Der Tempel besitzt siebenhundert, ihm von der Regierung zuerkannte Dörfer, entweder durch Anlehen oder von reichen Privatleuten erkauft, die sie als Opfer darbrachten.

Am 1. Juni befand sich die Expedition in Djosimah. Hier erhielt der als Führer dienende Brahmine von der Regierung in Nepal den Befehl, die Reisenden schnellstens nach den Gebieten der Kompanie zurückzubefördern. Jene erkannte nun, freilich etwas spät, auch selbst, daß diese Besichtigung seitens der Engländer mehr einen politischen als einen geographischen Zweck verfolgt habe. Einen Monat später kehrte Webb nebst seinen Begleitern nach Delhi zurück, nachdem er den Oberlauf des Ganges festgestellt und die Quellen des Baghirati und der Analcanda aufgesucht, d. h. also, nach allen Seiten den von der Kompanie beabsichtigten Zweck erreicht hatte.

Im Jahre 1808 beschloß das englische Gouvernement, eine neue Expedition nach dem Pendjab abgehen zu lassen, das jener Zeit unter der Herrschaft Rendjeit Singhs stand. Der anonyme Bericht über dieselbe, der in den »Annales des Voyages« erschien, enthält mehrere interessante Einzelheiten. Wir teilen also einige Auszüge daraus mit.

Am 6. April traf der englische Offizier, dem diese Mission anvertraut war, in Herduar ein, einer Stadt, welche zur Zeit der jährlich abgehaltenen Messe den Sammelplatz von wenigstens einer Million Menschen bildet. In Boria, zwischen der Jumna und dem Seteedje, konnte sich der Reisende der indiskreten Neugier der Weiber, die ihn mit aller Gewalt sehen wollten, nicht entziehen.

»Ihre Blicke und Gesten«, sagt der Bericht, »drückten die höchste Bewunderung aus. Die drängten sich, aus vollem Halse lachend, heran: meine Gesichtsfarbe erregte ihre Heiterkeit. Sie richteten eine Menge Fragen an mich, wollten wissen, ob ich keinen Hut trüge, ob ich das Gesicht der Sonne aussetze, ob ich nur unter einem Schutzdache ausginge und auf dem, in meinem Zelte stehenden Tische schlafe. Mein Bett stand übrigens im Zelte an der Seite, doch waren dessen Vorhänge geschlossen. Dann besichtigten sie eingehend die Leinwand des Zeltes und alles, was sich darin vorfand. Sie hatten alle recht hübsche Gesichter, mit mildem, angenehmem Ausdrucke; ihr olivenfarbener Teint kontrastierte wohltuend gegen ihre weißen wohlgeformten Zähne, eine Eigenschaft, welche alle Bewohner des Pendjab gemein haben.«

Der englische Offizier besuchte weiter Mustafabad, Mulana und Umballa. Das Land, durch welches er kam, bewohnten meist Shiks, deren Charakter sich durch Wohltätigkeit, Gastfreundschaft und Wahrheitsliebe recht vorteilhaft auszeichnet. Der Verfasser nennt dieselben die beste Menschenrasse in Indien. Die nächsten Stationen bildeten dann Patiata, Makeuara, Feguara, Oudamitta, bis wohin Lord Lake bei der Verfolgung eines Maharattenhäuptlings im Jahre 1805 vorgedrungen war, und endlich Umritsar, welche alle ohne Schwierigkeiten erreicht wurden.

Umritsar ist besser gebaut, als die meisten anderen Städte von Hindostan. Es bildet den bedeutendsten Handelsplatz für Shawls und Safran, sowie für andere Waren aus dem Dekkan.

»Am 14. besuchte ich«, erzählt der Reisende, »mit weißen Schuhen an den Füßen und unter Beobachtung der gebräuchlichen Zeremonien den Amretsir oder das Becken des Unsterblichkeitstrankes, von dem die Stadt ihren Namen hergeleitet hat. Es besteht aus einem Bassin von etwa hundertfünfunddreißig Schritten Seitenlänge, aus Backsteinen erbaut, in dessen Mitte sich ein hübscher, Gurugowind Singh geweihter Tempel befindet, zu dem man auf einem Dammwege gelangt; derselbe ist äußerlich und im Innern gleichmäßig verziert und der Rajah läßt wiederholt auf eigene Kosten noch neue Zierrate anbringen. An diesem geheiligten Orte liegt unter einem seidenen Himmel das von Guru in Guru-mukthir-Schrift abgefaßte Buch der Gesetze. Der Tempel selbst heißt Hermendel, oder der Wohnsitz Gottes. Den Dienst an demselben besorgen fast achthundert ›Akalis‹ oder Priester, welche sich von den freiwilligen Spenden der den Tempel besuchenden Gläubigen ganz bequeme Häuser erbaut haben. Obwohl die Priester eine unbegrenzte Hochachtung genießen, halten sie sich doch keineswegs frei von Fehlern. Sobald sie Geld haben, verschwenden sie es ebenso leicht, wie sie es erwarben. Der Zulauf von schönen Frauen, welche alle Morgen nach dem Tempel ziehen, ist wahrhaft wunderbar. Dieselben übertreffen in der Eleganz ihrer Erscheinung, der Wohlgestalt der Körperformen und durch die regelmäßigen Gesichtszüge bei weitem die Frauen der anderen Volksklassen von Hindostan.«

Nach Umritsar besuchte der Offizier Lahore. Er war sehr begierig zu sehen, was von dieser ehemals so großen Stadt zu Anfang unseres Jahrhunderts noch übrig wäre.

»Die sehr hohen Mauern«, sagt er, »sind äußerlich mit allem Luxus des orientalischen Geschmackes verziert, sonst aber ebenso in Verfall wie die Moscheen und Häuser der Stadt. Hier sah man die zerstörende Hand der Zeit, wie in Delhi und Agra. Schon sind die Ruinen von Lahore ebenso umfänglich wie die jener alten Hauptstadt.«

Drei Tage nach seiner Ankunft wurde der Reisende von Rendjeit Singh empfangen, der ihn zuvorkommend aufnahm und sich mit ihm hauptsächlich über militärische Angelegenheiten unterhielt. Der Rajah war damals siebenundzwanzig Jahre alt. Sein Gesicht hätte man hübsch nennen können, wenn ihn die Pocken nicht eines Auges beraubt hätten; sein Auftreten war einfach, leutselig und doch erkannte man in ihm den Herrscher. Nachdem er noch das Grab des Schah Djahan, den Schalamar und andere hervorragende Bauwerke von Lahore in Augenschein genommen, reiste der Offizier nach Delhi und nach den Besitzungen der Kompanie zurück. Man verdankte ihm die bessere Kenntnis einer interessanten Landschaft, welche die unersättliche Habgier der englischen Verwaltung bald genug reizen sollte.

Im folgenden Jahr (1809) hatte die Kompanie eine aus den Herren Nicolas Hankey Smith, Henry Ellis, Robert Taylor und Henry Pottinger bestehende Gesandtschaft an die Emire von Sindhy abgeschickt. Die Begleitmannschaft führte der Kapitän Charles Christie.

Die Gesandtschaft ging zu Schiffe bis Keratchi. Der Gouverneur dieses Forts wollte die Ausschiffung nicht gestatten, bevor er nicht Verhaltungsbefehle von den Emiren erhalten hätte. Dadurch entstand ein lästiger Schriftwechsel, infolge dessen Smith einige verächtliche Redensarten in bezug auf den Titel und Rang des General-Gouverneurs gegenüber dem der Emire zu Ohren kamen. Der Gouverneur des Forts entschuldigte sich mit seiner Unkenntnis der persischen Sprache und gelobte, die Personen, von welchen jene Beleidigungen ausgingen, nach Belieben des Gesandten hinrichten oder blenden zu lassen. Diese Erklärung genügte den Engländern, welche auf die Bestrafung des Schuldigen verzichteten.

In ihren Briefen schlugen die Emire einen ziemlich verächtlichen Ton an; sie zogen gleichzeitig ein Heer von 8000 Mann zusammen und legten den Engländern alle erdenklichen Hindernisse in den Weg. Nach langen Verhandlungen, die nicht ohne wiederholte Demütigungen des britischen Stolzes abgingen, erhielten die Gesandten die Erlaubnis, nach Hayderabad weiterzureisen.

Jenseits Keratchi, dem Hauptausfuhrhafen von Sindhy, erstreckte sich längs des Meeres eine ungeheure Ebene ohne Baum und Strauch. Fünf Tagereisen brauchte man, dieselbe zu durchziehen, um nach der, jener Zeit verlassenen und zerstörten früheren Hauptstadt von Sindhy, nach Tatah, zu gelangen. Früher stand dieselbe durch Kanäle mit dem Sindh, einem gewaltigen Flusse, der an seiner Mündung mehr einem Meeresarme gleicht, in Verbindung, wo Pottinger die genauesten, vollständigsten und nützlichsten Nachrichten sammelte.

Vorher war man schon übereingekommen, daß sich die Gesandtschaft unter irgendwelchem plausiblen Grunde teilen und auf verschiedenen Wegen nach Hayderabad ziehen solle, um von der Geographie des Landes so viel als möglich kennenzulernen. Man gelangte auch glücklich dahin, doch entstanden hier dieselben Schwierigkeiten wegen des Empfanges der Gesandten, die sich den erniedrigenden Anforderungen der Emire nicht fügen wollten.

»Der Abhang, auf dem die Ostseite der Festung von Hayderabad liegt«, sagt Pottinger, »die Giebel der Häuser und auch die Festungswerke selbst, alles war mit einer großen Menge Menschen beiderlei Geschlechts bedeckt, die uns durch Zurufe und andere Zeichen ihr Wohlwollen erkennen zu geben suchten. Angekommen an dem Palaste, wo sie absteigen sollten, wurden die Engländer von Ouli Mohammed Khan und mehreren Offizieren von hohem Rang empfangen; diese gingen vor uns her nach einer geräumigen offenen Terrasse, an deren Ende die Emire saßen. Da jene Terrasse mit den kostbarsten persischen Teppichen belegt war, entledigten wir uns der Schuhe. Als der Gesandte den ersten Schritt nach den Emiren zu tat, erhoben sich alle drei und blieben stehen, bis er den ihm bestimmten Platz eingenommen hatte; ein gesticktes Tuch, das denselben bedeckte, unterschied ihn von den der anderen Mitglieder der Gesandtschaft. Die Prinzen richteten zuerst an uns sehr höfliche Fragen bezüglich unserer Gesundheit. Sonst verlief die Zusammenkunft wie eine rein zeremonielle Audienz, unter gegenseitigen Komplimenten und Höflichkeitsbezeugungen... Die Emire trugen große Mengen kostbarer Steine, außer denen, welche die Griffe und Scheiden ihrer Säbel und Dolche schmückten, und man sah an ihren Gürteln Smaragde und Rubinen von außerordentlicher Größe blitzen. Sie saßen nach dem Alter geordnet, der älteste in der Mitte, der zweite zur Rechten, der jüngste zur Linken. Ein Teppich aus leichtem Filz bedeckte den Raum und auf demselben lag wieder eine wenigstens daumendicke Matte aus Seide, genau so groß, daß die drei Fürsten darauf Platz hatten.«

Der Bericht schließt mit einer Beschreibung von Hayderabad – eine Festung, welche dem Angriff eines europäischen Feindes wohl kaum Widerstand leisten könnte – und mit verschiedenen Bemerkungen über die Natur der Gesandtschaft, welche zum Teile den Zweck verfolgte, den Franzosen den Eintritt in Sindhy zu verwehren. Sofort nach Abschluß eines dahinzielenden Vertrages kehrten die Engländer nach Bombay zurück.

Dieser Reise verdankte die Kompanie die genauere Kenntnis eines ihrer Grenzländer und gewann dadurch schätzbare Nachrichten über die Hilfsquellen und Erzeugnisse eines Landstriches, den jener große Strom, der Indus der Alten, durchzog, der, aus dem Himalaya entspringend, bequem zur Abfuhr der Naturprodukte eines ungeheuren Gebietes dienen mußte. War auch der erreichte Zweck mehr politischer als geographischer Natur, so blieb doch nebenbei der Nutzen für die Wissenschaft nicht aus.

Das Wenige, was man bisher über das Gebiet zwischen Kabulistan, Indien, Persien und über das Indische Meer wußte, war ebenso unzuverlässig als lückenhaft.

Sehr befriedigt mit den Erfolgen der Gesandtschaft des Kapitän Christie und des Leutnant Pottinger, beschloß die Kompanie, den Genannten eine andere nicht minder schwierige Mission anzuvertrauen; sie sollten sich nämlich zu Lande, zuerst durch Belutschistan, zu dem General Malcolm, dem Gesandten am persischen Hofe, begeben und über die zu durchreisenden ausgedehnten Gebiete vollständigere und sicherere Nachrichten einziehen, als man solche bis jetzt besaß.

Durch Belutschistan mit seiner fanatischen Bevölkerung durfte man nicht wagen, in europäischer Kleidung zu reisen. Christie und Pottinger wandten sich deshalb an einen Hindu-Kaufmann, der für die Gouvernements von Bombay und Madras Pferde lieferte, und dieser versah sie mit Empfehlungsbriefen an seine Beauftragten nach Kelat, der Hauptstadt von Belutschistan.

Am 2. Februar 1810 schifften sich die beiden Offiziere in Bombay nach Sonminy, dem einzigen Hafen der Provinz Lhossa, ein, woselbst sie, nach kurzem Aufenthalt in Porebender, an der Küste von Guzarate glücklich anlangten.

Das ganze Land, welches die Reisenden nun bis Bela durchzogen, bildete nur einen ungeheuren, mit Dschungeln überwucherten Salzsumpf. Der »Djam« oder Gouverneur dieser Stadt war ziemlich intelligent. Er stellte an die Engländer eine Menge Fragen, aus denen das Streben, sich zu unterrichten, deutlich hervorging, und vertraute dem Häuptling des Bezendjo-Stammes, der zu den Belutschen gehört, die Aufgabe an, die Reisenden nach Kelat zu führen.

Die Temperatur hatte sich, gegenüber der in Bombay, auffallend geändert. Pottinger und Christie litten in den Gebirgen ganz außerordentlich von der Kälte, welche so weit ging, daß das Wasser in ihren Schläuchen gefror. »Kelat«, sagt Pottinger, »die Hauptstadt von Belutschistan – daher ihr Name, denn Kelat bedeutet: ›die Stadt‹ – liegt auf einer Anhöhe im Westen einer wohlangebauten Ebene oder Talsohle von etwa acht Meilen Länge und drei Meilen Breite. Der größte Teil dieser Landschaft ist von Gärten eingenommen. Die Stadt selbst bildet ein Viereck. Drei Seiten derselben umschließt eine gegen zwanzig Fuß hohe Lehmmauer mit Bastionen von zweihundert zu zweihundert Schritten, welche ebenso wie die Mauer selbst von Schießscharten für Gewehrfeuer durchlöchert sind... Ich fand keine Gelegenheit, das Innere des Palastes zu besichtigen; äußerlich bietet er nur den Anblick eines ungeordneten Haufens von Lehmhäusern mit flachen, terrassenförmigen Dächern; um das Ganze läuft eine niedrige Mauer mit Brustwehr und Schießscharten. Die Stadt selbst zählt wohl 2500 Häuser, ziemlich halb so viel mögen die Vorstädte aufweisen. Sie bestehen aus halbgebrannten Ziegelsteinen und Fachwerk und sind mit Lehmmörtel beworfen. Die Straßen sind im allgemeinen breiter, als man sie sonst in asiatischen Städten findet. Die meisten haben auf beiden Seiten für Fußgänger eine Art Trottoir; in der Mitte läuft ein offener

Bach hin, der durch die große Menge Unrat und Abfälle, welche man hineinzuwerfen pflegt, und das sich oft daran anstauende Regenwasser zu einer großen Unbequemlichkeit wird, da dessen Reinigung durch keinerlei Vorschriften geregelt ist. Zur Unsauberkeit und Unreinlichkeit der Stadt trägt auch die Gewohnheit bei, die oberen Etagen der Häuser weit über die unteren nach der Straße zu vorspringen zu lassen, wodurch die unteren Stockwerke immer dunkel und feucht bleiben. Der Bazar von Kelat ist groß und mit Waren reichlich versehen. Tagtäglich werden hier Fleisch und Küchengewächse verkauft, doch fehlt es auch nicht an Waren anderer Art, welche alle ziemlich billig zu haben sind.«

Die Bevölkerung zerfällt nach Pottinger in zwei deutlich unterschiedene Klassen, die Belutschis und Brahuis, welche jede selbst wieder eine Menge einzelner Stämme bilden. Die erste Klasse erinnert durch Aussehen und Sprache an den Perser der Neuzeit; die Brahuis dagegen bewahren in ihrem Idiom eine Menge alter Wörter aus der Hindusprache. Zahlreiche Vermischungen beider Klassen haben endlich zur Entstehung einer dritten geführt.

Die aus den Bergen von Mekhran stammenden Belutschen sind Tunniten und betrachten als solche die vier ersten Imans als die rechtmäßigen Nachfolger Mohammeds. Sie haben als Hirtenvolk die Fehler und Vorzüge eines solchen. Auf der einen Seite sehr gastfreundlich, sind sie jedoch sehr träg und verbringen ihre Zeit mit Spielen und Rauchen. Gewöhnlich begnügen sie sich mit nur zwei Frauen und entziehen sie, weniger eifersüchtig als andere Muselmanen, nicht so streng dem Blicke der Fremden. Dagegen besitzen sie eine große Anzahl Sklaven beiderlei Geschlechts, die sie jedoch freundlich behandeln. Als vortreffliche Schützen sind sie leidenschaftliche Jäger, dabei sehr mutig, und lieben die Razzias, welche sie als »Tchepaos« bezeichnen. Meist unternehmen diese Raubzüge die Nheruis, der wildeste und räuberischste Stamm der Belutschen.

Die Brahuis haben vielleicht noch ausgesprochener die Nomaden-Natur bewahrt. Die Männer sind erstaunlich tätig und kräftig; gleich abgehärtet gegen die Kälte der Berge wie gegen die versengende Hitze der Ebene. Im allgemeinen klein von Gestalt, aber ebenso kühn, ebenso geschickte Schützen und ihr gegebenes Wort hochhaltend, zeigen sie doch weniger Raublust als die Belutschen.

»Ich habe kein anderes asiatisches Volk gesehen«, sagt Pottinger, »das ihnen ähnlich wäre, denn viele derselben haben braunen Bart und Haare.«

Nach nur kurzem Aufenthalt in Kelat gedachten die Reisenden, die sich noch immer für Pferdehändler ausgaben, ihren Weg fortzusetzen; statt aber der Landstraße von Kandahar nachzugehen, zogen sie durch ein trauriges, unfruchtbares, dünn bevölkertes Land, das der im Sommer fast ganz austrocknende Caïsser bewässert. An der Grenze von Afghanistan kamen sie in eine kleine Stadt, namens Noschky, oder Nouchky.

Hier machten sie mehrere Belutschen, welche ihnen freundschaftlich gesinnt schienen, darauf aufmerksam, daß sie Khorassan und Herat, die Hauptstadt jenes Landes, auf der Straße von Sedjistan nur schwierig würden erreichen können.

»Reist über Kedja und Benpour oder Serhed«, empfahl man ihnen, »nach Kerman, einem Dorfe an der Ostgrenze von Belutschistan, und zieht von da aus nach Nermanchir hinein!«

Dieser Ratschlag erweckte in Christie und Pottinger sofort den Gedanken, zwei verschiedene Wege einzuschlagen. Das widersprach allerdings ihren Instruktionen, aber »wir fanden«, sagt Pottinger, »eine Entschuldigung dafür in den unbestreitbaren Vorteilen einer geteilten Route, die uns jedenfalls mehr geographische und statistische Auskunft liefern mußte, als wenn wir zusammengeblieben wären.«

Christie reiste zuerst auf der Straße nach Douchak ab. Ihm werden wir später folgen.

Wenige Tage nachher erhielt Pottinger von seinem Korrespondenten in Kelat brieflich die Nachricht, daß die Emire von Sindhy Leute zu ihrer Verfolgung ausgesendet hätten, da sie trotz ihrer Verkleidung erkannt worden seien, und den Rat, um ihrer eigenen Sicherheit willen, baldmöglichst aufzubrechen.

Am 25. März schlug also der Leutnant den Weg nach Seravan, einer kleinen Stadt an der afghanischen Grenze, ein. Unterwegs fand Pottinger eigentümliche Bauwerke, Gräber oder Altäre, deren Einrichtung man den »Gübern«, d. s. Feueranbeter, welche heute Parsis heißen, zuschreibt.

Seravan liegt sechs Meilen von den Seravani-Bergen, inmitten einer unfruchtbaren kahlen Gegend, welche sehr häufig an Dürre, Mangel und Hungersnot zu leiden hat.

Pottinger besuchte hierauf den Bezirk von Kharan, bekannt durch die Kraft und Behendigkeit seiner Kamele, und zog durch die Wüste, welche die Südspitze von Afghanistan einnimmt. Der Sand derselben ist ungemein fein und kaum fühlbar; er bildet, vom Wind in Bewegung gesetzt, Hügel von zehn bis zwanzig Fuß Höhe mit tiefen Tälern dazwischen. Selbst bei ganz ruhigem Wetter schweben viele feine Teilchen in der Luft, geben dadurch Veranlassung zu oft wunderbaren Spiegelungen und verursachen, indem sie in die Augen, in die Nase und den Mund eindringen, neben intensiver Reizung dieser Teile, einen wahrhaft unerträglichen Durst.

Beim Betreten des Gebietes von Mekhran mußte Pottinger den Charakter eines »Pyrzadeh« oder Heiligen annehmen, da hier eine sehr räuberische Menschenklasse wohnt, unter der er in seiner Eigenschaft als Händler schwerlich unangenehmen Zwischenfällen entgangen wäre.

Auf das Dorf Goul, im Bezirk von Daïzouk, folgen der zerstörte Flecken Asmanabad, dann Hefter und die Stadt Pourrah, wo Pottinger sich genötigt sah, seine Eigenschaft als »Frangui« zu bekennen, und das zum großen Ärger seines Führers, der seit den zwei Monaten ihres Beisammenseins nicht den geringsten Verdacht geschöpft, und dem er wiederholte Proben seiner Rechtgläubigkeit gegeben hatte.

Erschöpft von Anstrengungen und gänzlich ohne Mittel, erreichte Pottinger Benpour, einen schon im Jahre 1809 von dem Sipahikapitän Grant besuchten Orte. Im Vertrauen auf das gute Andenken, welches der genannte Offizier hinterlassen, begibt sich der Reisende zu dem »Serdar«. Dieser aber, statt ihm die nötigen Mittel zur Fortsetzung seiner Reise zu gewähren und sich mit dem dürftigen Geschenk, das Pottinger ihm bieten konnte, zu begnügen, weiß ihm sogar noch ein paar Pistolen abzunehmen, die ihm bei seinen Wanderungen gewiß von großem Nutzen gewesen wären.

Basman ist die letzte bewohnte Ortschaft von Belutschistan. Hier besucht man eine heiße Schwefelquelle, welche die Belutschen als ausgezeichnetes Heilmittel bei vielerlei Hautkrankheiten ansehen.

Die Grenzen von Persien sind noch keineswegs wissenschaftlich festgestellt. Es existiert vielmehr ein breiter Landstreifen, der nicht etwa als neutral gilt, sondern der Gegenstand fortwährenden Streites und der Schauplatz blutiger Kämpfe ist.

Die kleine Stadt Regan in Nermanchir bietet einen recht hübschen Anblick. Sie besteht aus einem Fort oder vielmehr befestigtem Dorfe mit hohen, gutunterhaltenen und bastionierten Mauern.

Weiter, im eigentlichen Persien, trifft man auf Bemm, eine früher bedeutende Stadt, worauf noch die ausgedehnten Ruinen in der Umgegend hindeuten. Von dem Gouverneur daselbst wurde Pottinger sehr herzlich empfangen.

»Als er in meine Nähe kam«, erzählte der Reisende, »wandte er sich nach seinen Leuten mit der Frage um, ob ich der Frangui sei. Diese bejahten es; er gab mir darauf mit der Hand ein Zeichen, ihm zu folgen, und sein Blick, der mich von Kopf bis zu den Füßen maß, verriet das Erstaunen, das ihm meine Erscheinung abnötigte; mein Aussehen war freilich der Art, daß es seine etwas verächtlichen Blicke wohl entschuldigte. Ich trug ein grobes Belutschihemd und Beinkleider, die ursprünglich weiß gewesen waren. Da ich diese aber sechs Wochen am Leibe hatte, spielte ihre Farbe schon mehr ins Bräunliche und außerdem hingen sie fast in Fetzen um mich herum; hierzu nehme man noch einen blauen Turban, einen alten Strick, der mir als Gürtel diente, und einen großen Stock in der Hand, der mich beim Wandern unterstützte und mir unterwegs die Hunde abwehren half.«

Trotz der zerlumpten Erscheinung der Person, die sich ihm vorstellte, nahm der Gouverneur Pottinger zuvorkommender auf, als man von einem Muselman erwarten konnte, und stellte ihm auch einen Führer nach Kerman zur Verfügung.

Am 3. Mai gelangte der Reisende nach dieser Stadt mit dem Gefühle, den schwersten Teil seines Zuges hinter sich zu haben und jetzt wohl gerettet zu sein.

Kerman ist die Hauptstadt des alten Karamaniens; unter afghanischer Herrschaft war es eine blühende Stadt, wo man Shawls fabrizierte, die mit denen von Kaschmir wetteiferten.

Hier war Pottinger Zeuge eines, in jenen Ländern, wo man Menschenleben nicht hoch anschlägt, ziemlich häufigen Schauspieles, das ein Europäer aber niemals ohne Schrecken und Abscheu mitansehen kann.

»Am 15. Mai«, sagt der Reisende, »saß der Fürst selbst zu Gericht über einige Leute, welche der Ermordung eines ihrer Diener angeklagt waren. Man kann sich nur schwer eine Vorstellung von der Angst und der Aufregung machen, in der die Bewohner den ganzen Tag über schwebten. Die Tore der Stadt wurden geschlossen, damit niemand entweichen könne. Ohne vorherige Benachrichtigung wurden einzelne als Zeugen vorgeladen. Ich sah zwei oder drei solche nach dem Palaste führen, aus deren Zügen die Angst so lebhaft sprach, als seien sie schon selbst zum Tode verurteilt. Um drei Uhr nachmittags verkündete der Fürst das Urteil über die Angeklagten, welche überführt worden waren. Dem einen stach man die Augen aus, dem anderen spaltete man die Zunge. Jenen schnitt man zur Strafe die Ohren, die Nase und die Lippen ab; wieder anderen beide Hände, die Finger oder die Zehen. Ich hörte, daß der Fürst während dieser Verstümmelung der Unglücklichen an demselben Fenster saß, wo ich ihn sah, und ohne das geringste Zeichen von Teilnahme oder Abscheu vor der Szene, die sich vor ihm abspielte, mit aller Ruhe seine Befehle erteilte.«

Von Kerman wandte sich Pottinger nach Chere Bebig, eine Stadt, welche gleich weit von Yezd, Chiraz und Kerman liegt; dann nach Ispahan, wo er die Freude hatte, seinen Gefährten Christie wieder anzutreffen, und endlich nach Meragha, wo er den General Malcolm fand. Bombay hatten die beiden Reisenden vor sieben Monaten verlassen. Christie hatte seitdem 2250, Pottinger 2412 Meilen zurückgelegt.

Kehren wir jetzt zurück, um zu sehen, wie es Christie auf seiner gefährlichen Fahrt erging. Im ganzen besser und bequemer, als er selbst zu hoffen wagte!

Er hatte Noschky am 22. März verlassen und war durch die Vachouty-Berge und ein unangebautes, fast wüstes Land bis zum Ufer des Helmend gezogen, der in den Hamoun-See mündet.

»Der Helmend«, sagt Christie in seinem Berichte an die Kompanie, »läuft erst an Kandahar vorüber, ändert seine südwestliche Richtung in eine westliche um und tritt, etwa vier Tagereisen weit von Douchak, nach Sedjistan über; erst beschreibt er hier einen Bogen um das Gebirge und bildet darauf einen See. In Pellalek, wo wir uns befanden, ist er gegen eintausendzweihundert Fuß breit und sehr tief; sein Wasser ist sehr schön. Bis auf eine halbe Meile befruchtet er das Land zu beiden Seiten durch seine Überschwemmungen; weiterhin, wo die Steppe beginnt, strömt er zwischen hohen Uferwänden. Die Gelände an seiner Seite sind mit üppigen Tamarinden bedeckt und liefern eine treffliche Weide.«

Sedjistan selbst, das an beiden Seiten dieses Stromes liegt, umfaßt nicht mehr als fünfhundert Quadratmeilen. Bewohnt sind davon nur die Ufer des Helmend, dessen Bett sich Jahr für Jahr mehr vertieft.

In Elomdar ließ Christie einen Hindu aufsuchen, an den er empfohlen war. Dieser riet ihm, seine Belutschen zu entlassen und als Pilger aufzutreten. Wenige Tage später kam er nach Douchak, das auch Djellahabad genannt wird.

»Die Ruinen dieser alten Stadt«, erzählt der Reisende, »bedecken ein Terrain von derselben Ausdehnung wie Ispahan. Erbaut wurde dieselbe, wie alle Städte in Sedjistan, aus halbgebrannten Ziegeln, die Häuser hatten zwei Stockwerke und Kuppeldächer. Die neue Stadt Djellahabad ist reinlich, hübsch und im Wachsen begriffen; sie zählt etwa zweitausend Häuser und besitzt einen leidlichen Bazar.«

Von Douchack nach Herat kam Christie ohne besondere Beschwerden, nur durfte er gewisse Vorsichtsmaßregeln nicht vernachlässigen, um für einen Pilger gehalten zu werden.

Herat liegt in einem bergumrahmten und von einem Flusse

bewässerten Tale, so daß man überall nur Gärten und Weinberge erblickt. Die Stadt bedeckt einen Flächenraum von vier Quadratmeilen und wird von einer durch Türme verstärkten Mauer mit Wassergräben umschlossen. Große Bazars mit sehr vielen Verkaufsstellen, und die Mechede Djuma oder Freitags-Moschee bilden die vorzüglichen Bauwerke derselben. Fast keine Stadt möchte so viel öde Plätze und auf der anderen Seite eine so zusammengepferchte Bewohnerschaft aufweisen. Christie schätzt letztere auf 100 000 Seelen. Sie treibt vielleicht von allen, eingebornen asiatischen Fürsten unterworfenen Städten den ausgedehntesten Handel. Ein Knotenpunkt des Verkehrs zwischen Kabul, Kandahar, Hindostan, Kaschmir und Persien erzeugt Herat auch selbst sehr gesuchte Waren und Naturprodukte, Safran, Pferde und Asa foetida.

»Letztere Pflanze«, sagt Christie, »wächst bis zu der Höhe von zwei bis drei Fuß, der Stengel mißt zwei Zoll im Durchmesser; oben läuft derselbe in eine Dolde aus, welche gereift gelb aussieht und einem Blumenkohlkopfe ähnelt. Die Hindus und Belutschen lieben dieselben sehr; sie verzehren sie tagtäglich, nachdem der Stengel unter glühender Asche geröstet und die Dolde, wie gewöhnlich alle Küchengewächse, gedämpft worden ist; dennoch behält sie stets etwas von ihrem ekelerregenden Geschmack und Geruch bei.«

So wie viele andere asiatische Städte besitzt Herat sehr schöne öffentliche Gärten, die man damals jedoch nur wegen ihrer, im Bazar zum Verkauf gebrachten Erzeugnisse pflegte.

Nach einmonatigem Aufenthalte in Herat verließ Christie, als Pferdehändler auftretend, die Stadt wieder, wobei er das Gerücht zu verbreiten wußte, er werde nach einer Pilgerfahrt nach Meched hierher zurückkehren. Zunächst wanderte er nun nach Yezd, durch eine von den Ouzbecks verwüstete Gegend, in der diese auch alle zum Ansammeln des Regenwassers bestimmten Zisternen zerstört hatten.

Yezd ist eine zwar große, aber nur dünn bevölkerte Stadt am Eingang einer Sandwüste. Man nennt sie auch »Dar oul Ebadet« oder den Sitz der Anbetung. Sie ist berühmt wegen der Sicherheit, die hier herrscht und mächtig zum Emporblühen des Handels mit Hindostan, Khorassan, Persien und Bagdad beigetragen hat.

»Der Bazar«, sagt Christie, »ist sehr groß und mit Waren reichlich ausgestattet. Ohne die der Guebrer enthält die Stadt 20000 Häuser; die Wohnstätten der ersteren schätzt man wohl auf 4000. Die Bewohner sind rührig und arbeitsam, werden leider aber grausam bedrückt.«

Von Yezd nach Ispahan, wo er im Palaste des Emir Oud Daoule abstieg, hatte Christie eine Strecke von hundertsiebzig Meilen auf recht guter Straße zurückgelegt. Hier fand er zu seiner großen Freude, wie schon oben erwähnt, seinen Gefährten Pottinger wieder; die beiden Offiziere hatten alle Ursache, sich gegenseitig zu beglückwünschen über den Ausgang ihrer Mission und die Gunst des Schicksals, die es ihnen ermöglicht hatte, durch sonst so fanatische Länder eine so lange Wegstrecke unangefochten zurückzulegen.

Schon der von uns wiedergegebene Auszug beweist wohl, daß Pottingers Bericht besonders wertvoll war. Weit verläßlicher als die Arbeiten seiner Vorgänger, hat er eine Menge geschichtlicher Tatsachen, kurze Erzählungen und höchst interessante geographische Schilderungen zur allgemeinen Kenntnis gebracht.

Seit Mitte des 18. Jahrhunderts hat Kabulistan unaufhörlich den Schauplatz mörderischer Bürgerkriege gebildet. Verschiedene Bewerber, die sich mehr oder minder ein Anrecht auf dessen Thron zuschrieben, haben überall mit Feuer und Schwert gewütet und aus diesem sonst reichen und blühenden Lande eine Wüste gemacht, in der nur die Trümmer verschwundener Städte von einem Gedeihen Zeugnis ablegen, das man als für immer erstorben wähnen sollte.

Gegen 1808 regierte in Kabul Shujau Oul Moulk. England hatte damals, mehr als man vermutete, durch den Plan Napoleons, dasselbe in Indien anzugreifen, und durch die Versuche, den Schah von Persien durch seinen Gesandten, den General Gardane, zu einem Bündnis zu bewegen, beunruhigt, eine Gesandtschaft an den Herrscher von Kabul abgeschickt, um diesen für das Interesse der Kompanie zu gewinnen.

Hierzu wurde Mountstuart Elphistone ausersehen, der uns einen recht interessanten Bericht über seine Mission hinterlassen hat. Ihm verdankt man ganz neue Aufschlüsse über jenes Gebiet und die Volksstämme, welche daselbst hausen. Heut hat sein Buch eine erneute Bedeutung gewonnen, und man liest nur mit um so größerer Aufmerksamkeit die den Kyberiern und anderen Bergbewohnern gewidmeten Abschnitte, während sich daselbst sehr ernste Ereignisse vor unseren Augen abspielen.

Von Delhi im Oktober 1808 abgereist, kam Elphistone nach Canound, wo eine Wüste mit beweglichem Sand beginnt, und betrat darauf den Bezirk Shekhawuttee, der von Radjputen bevölkert ist. Gegen Ende Oktober erreichte die Gesandtschaft Singauna, eine hübsche Stadt, deren Gouverneur ein leidenschaftlicher Opiumraucher war.

»Es war ein kleiner Mann«, sagt der Reisende, »dessen große Augen vom unmäßigen Opiumrauchen entzündet schienen. Sein auf beiden Seiten nach den Ohren zu aufgekämmter Bart verlieh ihm ein wildes, abschreckendes Aussehen.«

Djounjounha, dessen Gärten durch einen angenehmen erfrischenden Eindruck inmitten dieser Steppen überraschen, ist dem Rajah von Bikanir nicht unterworfen, dessen Einkünfte eine Million Mark nicht übersteigen. Es erscheint unerklärlich, woher der Fürst diese immerhin beträchtlichen Revenuen aus einem dürren unfruchtbaren Lande schöpfen kann, in dem sich nach allen Richtungen Millionen von Ratten, ganze Herden von Gazellen und wilden Eseln umhertummeln.

»Der Fußsteg durch die sandigen Berge war sehr schmal«, sagt Elphistone gelegentlich der Schilderung des Zuges seiner Karawane, »kaum zwei Kamele konnten nebeneinander gehen. Sobald eines dieser Tiere nur ein wenig vom Wege abwich, sank es in den Sand wie in Schnee ein, so daß das geringste Hinderniß an der Spitze des Zuges die ganze Karawane zum Anhalten zwang. Ebensowenig konnten die vordersten den Weg fortsetzen, wenn das Ende des Zuges stillhielt, und da man fürchten mußte, daß sie sich in Ermangelung eines Führers verirren könnten, so gab man mit Trommeln und Trompeten fortwährend Signale, um jeder Trennung der einzelnen Glieder vorzubeugen.«

Denkt man hierbei nicht an den Marsch einer Armee? Konnten diese kriegerischen Töne und der Glanz der Waffen und Uniformen unter jenem Zug noch eine friedliche Gesandtschaft vermuten lassen? Könnte man nicht auf Indien die bekannte Redensart anwenden, welche in Spanien alle fremdartig erscheinenden Sitten und Gebräuche erklären soll, und von Cosas de India sprechen, wie man Cosas de España sagt?

»Der Mangel an Wasser«, berichtet der Gesandte weiter, »und die schlechte Qualität desjenigen, welches wir trinken mußten, wirkte auf unsere Soldaten und Diener bald sehr verderblich ein. Wenn der Überfluß an Wassermelonen zwar geeignet erschien, ihren Durst zu stillen, so ging das doch nicht ohne Nachteil für die Gesundheit ab. Die meisten Eingeborenen aus Indien, welche uns begleiteten, litten an schleichendem Fieber und Anfällen von Dysenterie. Vierzig Mann starben während der ersten Woche unseres Aufenthaltes in Bikanir.«

Von Bikanir kann man dasselbe sagen, was Lafontaine über schwimmende Holzstücke äußerte:

»Von weitem scheint es etwas zu sein, und in der Nähe ist es nichts.«

Der äußere Eindruck der Stadt ist ein ganz vorteilhafter; im Innern besteht sie aber nur aus ungeordneten Hütten mit Mauern aus »Lehmkleister«. Jener Zeit war das Land von fünf Herren überfallen und die kriegführenden Parteien schickten einen Boten nach dem andern an den englischen Gesandten ab, um, wenn nicht materielle Hilfe, so doch dessen moralische Stütze zu erlangen.

Elphistone wurde von dem Rajah von Bikanir feierlich empfangen.

»Die Hofhaltung desselben«, sagt er, »unterschied sich wesentlich von allen, die ich jemals in Indien gesehen hatte. Die Männer waren weißer als die Hindus, ähnelten an Gesichtszügen noch den Juden und trugen alle prächtige Turbans. Der Rajah selbst und dessen Angehörige hatten buntfarbige, reich mit Edelsteinen verzierte Mützen auf. Der Rajah stützte sich während der Audienz auf einen stählernen Schild, der in der Mitte aufgetrieben und am Rande mit Rubinen und Diamanten besetzt war. Sehr bald nach unserem Eintritt schlug der Rajah vor, uns der Hitze und der Belästigung durch die Volksmenge zu entziehen... Wir setzten uns nach indischer Sitte auf den Erdboden und der Rajah begann ein Gespräch, in welchem er unter anderem äußerte, er sei der Vasall des Herrschers von Delhi, und da Delhi unter englischer Oberhoheit stehe, erkenne er in meiner Person gern die Souveränität meiner Regierung an. Er ließ darauf die Schlüssel des Forts bringen, die er mir anbot, doch schlug ich dieselben aus, da ich nach dieser Richtung keine Machtvollkommenheit hatte. Erst nach langem Hin- und Herreden verstand sich der Rajah dazu, seine Schlüssel zu behalten. Später trat eine Gesellschaft von Bajaderen auf; Tänze und Gesänge hörten dann bis zur Zeit unserer Abreise nicht wieder auf.«

Von Bikanir aus führt der Weg durch eine Wüste, in der die Städte Moujghur und Bahawulpore liegen, wo eine dichtgedrängte Volksmenge die Gesandtschaft erwartete. Der Hyphasus, jener Strom, auf dem sich einst die Flotte Alexanders wiegte, entsprach nicht den Erwartungen, welche jene Erinnerung erregte. Am Tage nach dem Eintreffen daselbst kam Bahaweel Khan, der Gouverneur einer der Ostprovinzen von Kabul, an. Dieser überbrachte dem englischen Gesandten reiche Geschenke, welche er längs des rechten Hyphasusufers bis Moultan beförderte. Letztere Stadt ist durch ihre Seidenwebereien weit und breit berühmt. Der Gouverneur derselben war ganz starr vor Schrecken, als ihm die Ankunft der Engländer zu Ohren kam, und beratschlagte mit anderen, wie er sich zu verhalten haben möchte, wenn jene die Stadt durch einen Überfall eroberten oder deren Übergabe verlangen sollten.

Bald schwand indessen seine Angst und die Zusammenkunft mit ihm wurde ein recht herzliche. Elphistones Schilderung derselben scheint zwar etwas übertrieben, ist aber doch merkwürdig genug.

»Der Gouverneur«, sagt er, »begrüßte Herrn Strachey (den Sekretär der Gesandtschaft) auf echt persische Weise. Beide begaben sich nach einem zur Unterhaltung gewählten Zelte, was nicht ohne große Unordnung abging. Das Volk schlug sich rings um sie und Reiter zwängten sich schonungslos durch die Reihen der Fußgänger. Stracheys Pferd wurde fast umgerissen und er hatte die größte Mühe, sich im Gleichgewichte zu halten. Schon in der Nähe des Zeltes hatten sich der Khan und sein Gefolge vom richtigen Wege verirrt und stürzten sich nun so stürmisch auf die Reiterschar daneben, daß diese kaum imstande war, eine Schwenkung zu machen, um jenen einen Durchgang zu öffnen. Als die in Unordnung geratenen Truppen nach dem Zelte eilten, entflohen die Diener des Khans, welche darüber unklar sein mochten, was hier vorging; alles wurde dabei umgerissen und zur Erde geworfen, so daß uns die Leinwand fast über dem Kopf zusammenfiel. Das Innere füllte sich mit einer tobenden Menge, während auch vollständige Dunkelheit herrschte. Der Gouverneur und zehn seines Gefolges setzten sich nieder, die anderen blieben unter Waffen. Der Besuch dauerte nur kurze Zeit. Der Gouverneur betete fortwährend inbrünstig seinen Rosenkranz ab und stammelte nur die Worte: ›Sie sind willkommen! Hoch willkommen!‹ Dann meinte er, ›die große Volksmenge könnte mir wohl lästig fallen‹, und zog sich zurück.«

Der Bericht klingt amüsant. Es verschlägt ja nicht viel, ob er durchgehends der Wahrheit entspricht. Am 31. Dezember überschritt die Gesandtschaft den Indus und gelangte in ein sorgfältig und zweckmäßig angebautes Land, das in keiner Weise an Hindostan erinnerte. Von Engländern, welche sie für Mongolen, Afghanen oder Hindus hielten, hatten die Bewohner noch niemals reden gehört. In der wundersüchtigen Bevölkerung waren auch die seltsamsten Gerüchte in Umlauf.

In Dera mußte man einen ganzen Monat verweilen, um einen »Mehmandar« oder Anführer der Gesandten abzuwarten. Zwei Mann von der Gesellschaft benutzten diese Muße, um den Pic Tukhte Soleiman, d. i. der Thron Solimans, zu besuchen, auf dem der Sage nach die Arche Noahs nach der Sintflut sitzengeblieben sein soll.

Am 7. Februar erfolgte die Abreise von Dera, von wo aus die Gesandtschaft durch lauter reizende Gegenden bis Peschaver zog, wohin sich der König begeben hatte, denn der

Hof residierte sonst nicht in dieser Stadt.

»Am Tage unserer Ankunft«, heißt es in dem Berichte, »wurde uns das Essen aus der könglichen Küche geliefert. Die Gerichte waren wirklich vortrefflich. Später ließen wir indes das Fleisch nach unserer Art zubereiten; trotzdem unterließ der König nicht, uns Frühstück, Mittagessen und ein leichtes Abendbrot zu senden, außerdem noch Nahrungsmittel und Futter für zweitausend Mann, zweihundert Kamele und für eine große Anzahl Elefanten. Unser Gefolge war nun lange nicht so zahlreich, dennoch hatte ich die größte Mühe, nach Verlauf eines Monats bei Seiner Majestät eine geringe Beschränkung dieser unnützen Verschwendung durchzusetzen.«

Wie vorauszusehen, zogen sich die Verhandlungen wegen einer Vorstellung bei Hofe lange Zeit hin. Endlich kam es zu einer Einigung, und der Empfang gestaltete sich so herzlich, wie es die diplomatischen Gepflogenheiten nur zuließen. Der König erschien bedeckt mit Diamanten und anderen edlen Steinen; er trug eine goldene Krone und auf einer Armspange glänzte der bekannte »Kohinoor«, der größte existierende Diamant, den jetzt wohl jeder in Nachbildungen gesehen hat.

»Ich muß gestehen«, sagt Elphistone, »daß, wenn manche Gegenstände und der ungewöhnliche Reichtum der königlichen Prachtgewänder mein Erstaunen erregte, ich dagegen doch vieles unter meinen Erwartungen fand. Alles wies weniger auf die gedeihliche Entfaltung eines mächtigen Staatswesens hin, als es den Verfall einer früher blühenden Monarchie verriet.«

Daneben erwähnt der Gesandte die Habgier, mit der die Offiziere des Königs sich auf die von den Engländern dargebrachten Geschenke stürzten, außer mehreren anderen Einzelheiten, die ihn sehr peinlich berührten.

Eine zweite Zusammenkunft mit dem Könige ließ bei Elphistone jedoch einen besseren Eindruck zurück.

»Man dürfte schwerlich glauben«, sagt er, »daß ein morgenländischer Monarch so viel gute Lebensart entwickeln könne, wie dieser König, der, wo er offenbar zu gefallen strebte, doch seine Würde vollkommen zu wahren wußte.«

Die mit Ausnahme der Ostseite umschlossene Ebene von Peschaver wird von drei Armen des Kabulflusses bewässert, welche sich hier untereinander und mit mehreren kleinen Bächen vereinigen. Die Landschaft ist ausnehmend fruchtbar. Auf jedem Schritte sieht man Pflaumen, Pfirsiche, Birnen, Quitten, Granaten und Datteln in Menge. Die Bevölkerung, welche in der von der Gesandtschaft durchzogenen Steppe nur sehr dünn gesät wohnte, drängte sich hier so sehr zusammen, daß Leutnant Macartney nicht weniger als zweiunddreißig Dörfer zählte.

Peschaver selbst mag gegen 100000 Menschen bergen, welche in dreistöckigen Häusern aus Backsteinen wohnen. Die hervorragendsten Bauwerke der Stadt bilden viele Moscheen, von denen keine besonders merkwürdig erscheint, eine schöne Karawanserei und der Ballahissaur, ein befestigtes Schloß, in dem der König die Gesandtschaft empfing. Die Mischung von Bewohnern verschiedener Rassen und die wechselnden Kostüme erzeugen ein jeden Augenblick sich veränderndes Bild, ein wahres menschliches Kaleidoskop, das zum Vergnügen des Fremden geschaffen scheint. Perser, Afghanen, Kyberier, Hazaurehs, Duraner usw., Pferde, Kamele, Dromedare aus Bactriana, Zweifüßler und Vierfüßler – der Naturforscher findet überall Stoff, zu beobachten und zu beschreiben.

Den Hauptreiz der Stadt wie des ganzen Indiens bilden aber ihre Gärten, und die Menge sowie der Wohlgeruch der Blumen, vorzüglich der Rosen.

Die Lage des Königs war gerade damals keine befriedigende, da dessen Bruder, den er früher durch eine Volkserhebung entthront, die Waffen gegen ihn ergriffen und Kabul erobert hatte. Ein längerer Aufenthalt der Gesandtschaft schien nicht rätlich. Sie schlug also den Weg nach Indien wieder ein und zog über Attock und das durch seine landschaftlichen Reize berühmte Tal von Hussun Abdul. Hier gedachte Elphistone zu warten, bis die Waffen das Schicksal des Thrones von Kabul entschieden haben würden. Er erhielt jedoch Briefe, die seine Rückkehr beschleunigten. Übrigens hatte das Glück Sjuhau nicht begünstigt; er wurde völlig geschlagen und konnte sich nur durch die Flucht retten.

Die Gesandtschaft zog demnach weiter und kam durch das Land der Sikhs, mit einer sehr kräftigen, halbnackten und auch halb wilden Bevölkerung.

»Die Sikhs – welche einige Jahre später furchtbar von sich reden machen sollten –«, sagt Elphistone, »sind groß, mager, aber sehr stark. Sie tragen kaum andere Kleidungsstücke als kurze Hosen, welche nur bis zur Hälfte des Schenkels reichen. Über die Schultern werfen sie zuweilen einen Mantel aus Tigerfellen. Ihre Turbans sind nicht breit, aber sehr hoch und vorn abgeplattet. Das Scheren des Bartes oder der Haare kennen sie nicht. Ihre Waffen bestehen aus dem Bogen und der Flinte. Vornehmere Leute bedienen sich sehr eleganter Bogen, die sie auch bei jedem freundschaftlichen Besuche mit sich führen. Fast ganz Pendjab ist Rendjet Sing untertan, der noch 1805 einer der zahlreichen Häuptlinge des Landes war. Zur Zeit unserer Reise hatte er sich die Oberhoheit über alles von den Sikhs bewohnte Land gesichert und den Titel eines Königs angenommen.«

Die weitere Rückreise der Gesandtschaft nach Delhi verlief ohne bemerkenswerte Zwischenfälle. Dieselbe brachte außer der Schilderung der unter ihren Augen vorgekommenen Ereignisse sehr wertvolle Kunde über die Geographie von Afghanistan und Kabulistan, über die klimatischen Verhältnisse und über die Erzeugnisse des Tier-, Pflanzen- und Steinreiches jener ausgedehnten Länder mit heim.

Die Abstammung der Bewohner, die Geschichte, Regierungsweise, Gesetzgebung, die Verhältnisse des weiblichen Geschlechtes, die Religion, Sprache und der Handel werden in ebenso vielen interessanten Kapiteln des Elphistoneschen Berichtes erörtert, die auch die besten Journalisten der neuesten Zeit schonungslos geplündert haben, als die letzte englische Expedition nach Afghanistan beschlossen wurde.

Die Arbeit endigt mit einer sehr eingehenden Untersuchung über die Volksstämme Afghanistans und mit einer Zusammenstellung zahlreicher, für jene Zeit besonders wertvoller Urkunden über die Nachbarländer.

Alles in allem ist Elphistones Bericht merkwürdig, interessant geschrieben, nach mehr als einer Seite höchst schätzbar und selbst heute noch von hohem Werte.

Der Eifer der Kompanie erlahmte niemals. Kaum war eine Mission zurückgekehrt, so reiste eine andere nach anderer Richtung und mit veränderten Instruktionen ab. Es kam jener darauf an, mit ihrer Umgebung Fühlung zu behalten, über die so wetterwendische Politik der asiatischen Despoten unterrichtet zu bleiben und vorzüglich ein Bündnis der verschiedenen Völker gegen die Usurpatoren ihres mütterlichen Bodens zu verhindern. Im Jahre 1812 veranlaßte ein anderer, übrigens friedlicherer Gedanke die Reise Moorcrofts und des Kapitäns Hearsay, nach dem in der Provinz Oundes, einem Teile Klein-Thibets, gelegenen Mansarowar-See.

Hierbei handelte es sich nur darum, eine Herde langhaariger Ziegen aus Kaschmir, deren feine Wolle zur Herstellung jener auf der ganzen Erde berühmten Shawls dient, nach Indien überzuführen.

Daneben ging man noch darauf aus, die Behauptung der Hindus, daß der Ganges jenseits des Himalaya im Mensarowar-See entspringe, zu widerlegen.

Es war eine schwierige und gefahrvolle Aufgabe. Zunächst galt es dabei, nach Nepal einzudringen, dessen Regierung den Eintritt in das Land möglichst zu erschweren pflegte, und nachher auch noch ein anderes Gebiet zu betreten, von dem schon die Einwohner von Nepal, noch viel mehr natürlich die Engländer, ausgeschlossen waren, nämlich die genannte Provinz Oundes.

Die Reisenden verkleideten sich zunächst als Hindupilger. Ihr Gefolge bestand aus fünfundzwanzig Personen, unter denen ein Diener sich freiwillig verpflichtet hatte, stets Schritte von vier Fuß Länge zu machen, um auf diese, wenig verläßliche Weise den zurückgelegten Weg zu messen.

Die Herren Moorcroft und Hearsay begaben sich nach Bereily und folgten der von Webb eingehaltenen Richtung bis Djosimath, das sie am 26. Mai 1812 verließen. Die letzte Kette des Himalaya überschritten sie unter den größten Schwierigkeiten, infolge der Seltenheit von Dörfern, dem Mangel an Trägern und Nahrungsmitteln und dem erbärmlichen Zustande der Wege jener in so großer Höhe über dem Meere gelegenen Gegenden.

Sie besuchten jedoch Daba, wo sich eine bedeutende Lamanerie befindet, Gortope, Maïsar und die eine Viertelmeile von Tintapouri gelegenen warmen Schwefelquellen.

»Diese entspringen«, heißt es in dem, in den ›Annales des Voyges‹ veröffentlichten Originalberichte, »aus zwei, etwa sechszölligen Mündungen und einem gegen drei Meilen langen und fast durchweg zehn bis zwölf Fuß über seine Umgebungen emporragenden Kalklager, das durch die Niederschläge entstanden ist, welche das Wasser bei seiner Abkühlung absetzt. Das Wasser selbst steigt vier Zoll über die Fläche in die Höhe. Es ist sehr klar und so warm, daß man die Hand nicht lange hineinhalten kann. Die ganze Umgebung wird von einer dichten Dampfwolke umhüllt. Bei seinem Hinfließen über eine ziemlich horizontale Fläche höhlt das Wasser verschieden geformte Bassins aus, welche sich, je nachdem sich dessen gelöste Bestandteile darin niederschlagen, später wieder verengern; endlich wächst der Boden derselben so weit empor, daß das Wasser eine neue Vertiefung bildet, die es nun eine gewisse Zeit lang anfüllt. So fließt es immer von einem Bassin zum anderen, bis es in die Ebene gelangt. Der erdige Niederschlag, den es im Anfang, nahe einer der Quellenmündungen hinterläßt, ist so weiß wie der reinste Stuck, weiterhin erscheint er hell-, noch später safrangelb. An der anderen Quelle zeigt er eine rosenrote, im weiteren Verlaufe dunklere Grundfarbe. In der Kalkablagerung, die schon Jahrhunderte alt zu sein scheint, vermag man überall diese wechselnden Färbungen nachzuweisen.«

Tintapouri, die Residenz eines Lama, bildet schon von altersher einen sehr besuchten Wallfahrtsort der Gläubigen. Dafür zeugt z. B. eine vierhundert Fuß lange, gegen vier Fuß dicke Mauer, welche über und über mit Gebeten und Sprüchen bedeckt ist.

Am 1. August brachen die Reisenden von hier nach dem Mansarowar-See auf und ließen den Ravahnrad-See, der einen Hauptarm des Setledje speisen soll, rechts liegen.

Der Mansarowar-See breitet sich am Fuße ausgedehnter

Wiesen aus, welche im Süden gigantische Berge begrenzen. Hier liegt das größte Heiligtum der Hindus, ein Ansehen, das diese Stelle wohl nur ihrer Entfernung von Hindostan, den Beschwerden und Gefahren der Reise hierher und der notwendigkeit, Geld und Provisionen selbst bei sich zu führen, zu verdanken scheint.

Aus diesem Gewässer soll, nach der Annahme der Hindus, der Ganges neben dem Setledje und dem Kali entspringen. Über das Irrige der ersten Angaben war Moorcrost keinen Augenblick in Zweifel. Um sich von dem Werte der beiden anderen zu überzeugen, wandelte er längs der hügligen und oft tief eingeschnittenen Ufer des Sees hin und sah dabei zwar viele Wasserläufe in denselben münden, keinen einzigen aber daraus abfließen. Möglicherweise hat der Mansarowar-See vor dem Erdbeben, das Srinagar zerstörte, einen Abfluß gehabt, doch fand Moorcroft davon keine Spur. Zwischen dem Himalaya und der Caïlas-Bergkette gelegen, mißt der unregelmäßig gestaltete See gegen fünf Meilen in der Länge und vier in der Breite.

Ein Zweck der Mission war hiermit erreicht; Moorcroft und Hearsey wandten sich also nach Indien zurück, kamen durch Gangri und besuchten auch den Rawahnrad-See; Moorcroft fühlte sich jedoch zu schwach, denselben eingehender zu besichtigen, er kehrte nach Tintapouri, weiterhin nach Daba zurück und hatte bei Überschreitung der Ghats, welche Hindostan von Thibet trennen, schwer zu leiden.

»Der von den schneebedeckten Bergen von Bouthan herabfallende Wind«, heißt es in dem Berichte, »ist durchdringend kalt. Der Weg nach jenen Bergen ist aufwärts lang und beschwerlich, der abwärtsführende steil und schlüpfrig, so daß er die größte Vorsicht erheischt. Wir hatten im allgemeinen viel auszustehen. Infolge der Unachtsamkeit der Treiber waren unsere Ziegen von der Straße abgewichen und grasten am Rande eines Abgrundes, fünfhundert Fuß über demselben. Ein Hirt vertrieb sie von der gefährlichen Stelle, wobei sie einen sehr steilen Abhang hinabliefen. Die letzten der Herde stießen an verschiedene Steine, welche polternd hinunterstürzten und die vorderen zu beschädigen drohten; es war da wirklich wunderbar mit anzusehen, mit welcher Gewandtheit diese im Laufen doch den herabrollenden Steinen auszuweichen wußten.«

Bald darauf bedrängen Gorkhalis, die sich bisher begnügten, den Reisenden allerlei Hindernisse in den Weg zu legen, diese sehr ernsthaft und versuchen sie aufzuhalten. Einige Zeit hielt die Entschlossenheit der Engländer die wilden Fanatiker noch in gemessener Entfernung; mit deren zunehmender Anzahl wuchs aber auch ihr Mut, so daß sie endlich das Lager der Reisenden überfielen.

»Zwanzig Männer stürzten sich auf mich«, erzählt Moorcroft; der eine packte mich am Halse, stemmte mir das Knie in die Lenden und versuchte mich durch Zusammenschnürung meiner Krawatte zu erwürgen; ein anderer befestigte mir einen Strick an dem einen Bein und zerrte mich nach rückwärts. Das Gewehr, worauf ich mich stützte, entfiel mir und ich sank zu Boden. Man schleifte mich geknebelt fort, bis ich die Besinnung verlor. Als ich wieder zu mir kam, malte sich auf den Gesichtern der Räuber die wildeste Freude. Aus Furcht, mich noch entwischen zu sehen, hielten mich zwei Soldaten an einem Stricke fest und versetzten mir von Zeit zu Zeit Schläge, wahrscheinlich, um mir meine peinliche Lage in Erinnerung zu bringen. Mr. Hearsay hatte einen so plötzlichen Überfall nicht vermutet; er spülte sich ruhig den Mund aus, als das Getümmel anfing, und hörte meine Hilferufe nicht. Bei dem Mangel an Waffen für alle konnten unsere Leute nichts besonderes ausrichten; einige entflohen, ich weiß nicht wie; andere wurden eingefangen, ebenso wie Mr. Hearsy. Letzteren knebelte man zwar nicht wie mich, hielt ihn aber an den Armen fest.«

Der Anführer der Räuberbande erklärte nun den Engländern, sie seien ertappt worden, das Land in Verkleidung als Hindu-Pilger bereist zu haben. Einem von Moorcroft als Ziegenhirt engagierten Fakir gelang es inzwischen, mit zwei Schreiben an die englischen Behörden zu entkommen. Letztere unternahmen sofort die nötigen Schritte, und am 1. November wurden die Reisenden in Freiheit gesetzt. Man suchte sich nicht nur auf alle mögliche Weise zu entschuldigen, sondern lieferte auch alle geraubten Gegenstände wieder aus, und der Rajah von Nepal erteilte ihnen besondere Erlaubnis, sein Land unbehelligt zu verlassen. Ende gut. Alles gut!

Der Vollständigkeit wegen sind hier noch Frasers Zug nach dem Himalaya und Hodgsons Erforschung der Gangesquellen im Jahre 1817 zu erwähren.

Kapitän Webb hatte, wie früher erwähnt, den Lauf des genannten Flusses von dem Tale von Dhoum bis Cadjani, in der Nähe von Reital, persönlich besichtigt. Kapitän Hodgson reiste am 28. Mai 1817 von letzterem Orte ab und erreichte drei Tage später die Quellen des Ganges, jenseits Gangautri. Er sah die Ursprungsquelle daselbst unter dem flachen Gewölbe einer enormen Schneemasse von mindestens dreihundert Fuß lotrechter Höhe hervordringen. Sie bildete schon einen recht ansehnlichen Wasserlauf von siebenundzwanzig Fuß Breite bei achtzehn Zoll Tiefe.

Aller Wahrscheinlichkeit nach tritt hier der Ganges zuerst ans Tageslicht. Die weiteren Fragen, wie weit er unter dem halbgefrornen Schnee dahinfließe, ob er nur aus dem Schmelzwasser desselben entsteht oder aus dem Schoße der Erde quillt, hätte Kapitän Hodgson zwar gern erörtert, als er aber trotz Abmahnung der Führer höher zu steigen suchte, versank er bis an den Hals im Schnee und hatte große Mühe, sich wieder herauszuarbeiten. Die Stelle, an welcher der Ganges entspringt, liegt am eigentlichen Himalaya 19900 Fuß über dem Meere.

Hodgson stellte auch Nachforschungen über die Quelle der Jumna an. In Djemautri mißt die zwischen zwei perpendikulären Granitwänden gelagerte Schneemasse, aus der jener Fluß hervorbricht, hundertvierzig Fuß in der Breite und mehr als vierzig Fuß im senkrechten Durchmesser. Die Quelle selbst befindet sich am südöstlichen Ende des Himalaya.

Wohl hat sich die Herrschaft der Engländer in Indien auf einen ungeheueren Umfang erweitert, aber eben dieser Umstand birgt auch gewisse Gefahren. Alle jene verschiedenen Völker, von denen manche eine ruhmreiche Vergangenheit hinter sich hatten, wurden nur durch das bekannte politische Prinzip unterworfen, welches darin besteht, erst zu teilen und dann zu herrschen. Könnten dieselben aber nicht eines Tages ihre gegenseitigen Eifersüchteleien beiseite setzen und sich geschlossen gegen die Engländer wenden?

Die Kompanie verhält sich dieser Aussicht gegenüber immer »kühl bis ans Herz hinan«, und alle ihre Schritte sind nur darauf gerichtet, das bisher so bewährte System in immer größerem Umfange zur Anwendung zu bringen. Gewisse Nachbarstaaten, die noch mächtig genug erscheinen, den Glanz der britischen Herrschaft einigermaßen zu verdunkeln, könnten etwaigen Mißvergnügten als Zufluchtsort dienen und zum Ausgangspunkte gefährlicher Entwicklungen werden. Von allen Grenzstaaten mußte aber vorzüglich Persien am schärfsten überwacht werden, und zwar nicht allein wegen der Nachbarschaft Rußlands, sondern auch, weil Napoleon einen drohenden Gedanken hatte laut werden lassen, an dessen Ausführung ihn nur seine Kriege in Europa hinderten.

Im Jahre 1807 nämlich wurde General Gardane, der sich seine Epauletten schon in den Feldzügen der Republik verdient und sich später bei Austerlitz, Jena und Eylau ausgezeichnet hatte, zum bevollmächtigten Minister in Persien mit der Aufgabe ernannt, den Schah Feth Ali zu einem Bündnis gegen England und Rußland zu bewegen. Diese Wahl war deshalb eine glückliche zu nennen, weil einer der Vorfahren des General Gardane schon mit einer ähnlichen Mission am Hofe des Schah betraut gewesen war. Gardane ging durch Ungarn und über Konstantinopel nach Kleinasien; als er aber in Persien eintraf, hatte Abbas Mirza seines Vaters Feth Alis Thron inne.

Der neue Schah empfing zwar den französischen Gesandten mit Auszeichnung, überhäufte ihn mit Geschenken und verlieh den Katholiken und den französischen Kaufleuten gewisse Privilegien, das war aber auch der ganze Erfolg seiner Sendung, welcher der jenerzeit überwiegende Einfluß des englischen Generals Malcolm entgegenwirkte. Als Gardane sich von dem Mißlingen aller seiner Versuche überzeugt und jede Hoffnung auf Erfolg aufgegeben hatte, kehrte er im folgenden Jahre nach Frankreich zurück.

Sein Bruder Ange de Gardane, der ihn als Sekretär begleitete, verfaßte einen kurzen Reisebericht, eine Arbeit, welche zwar verschiedene bemerkenswerte Aufschlüsse über persische Altertümer enthält, aber von dem durch die Engländer veröffentlichten Werke doch bei weitem übertroffen wurde.

In Verbindung mit Gardanes Mission steht auch der Bericht eines französischen Konsuls, Adrien Dupré, der zu jener Gesandtschaft gehörte. Derselbe erschien unter dem Titel: »Reise nach Persien von 1807–1809 durch Anatolien, Mesopotamien, von Konstantinopel bis zum Ausgang des Persischen Golfes und von da nach Irwan, nebst Schilderung der Sitten, Gebräuche und des Handels der Perser, des Hofes von Teheran, und einer kurzen Übersicht der Völkerstämme Persiens«.

Das Werkchen selbst erfüllt größtenteils, was der Titel verspricht, und liefert zur Geographie und Ethnographie Persiens einen recht schätzenswerten Beitrag.

Die Engländer, welche sich in jenem Lande weit länger aufhielten als die Franzosen, kamen schon dadurch in die Lage, weit vollständigeres Material zu sammeln und alle ihnen zukommenden Nachrichten gewissenhafter zu sichten.

Die Arbeiten zweier Männer besonders galten lange Zeit als Hauptquellen; an erster Stelle die Berichte James Moriers. Die Muße, welche diesem seine Stellung als Sekretär der Gesandtschaft ließ, benutzte er dazu, sich mit den Sitten der Perser aufs eingehendste bekanntzumachen, und daraufhin veröffentlichte er nach der Heimkehr nach England mehrere orientalische Romane, welche durch ihren Reichtum an Bildern, durch die Treue der Schilderung und den ungewohnten Hintergrund einen außerordentlichen Erfolg errangen.

Neben diesen aber ist John Macdonald Kinneyrs großes geographisches Werk über das persische Reich zu erwähnen. Diese epochemachende Arbeit, welche alle bisher gekannten weit hinter sich ließ, gibt indes nicht nur Auskunft über die Grenzen des Landes, über dessen Berge, Ströme und klimatische Verhältnisse, sondern behandelt auch ausführlicher die Regierung, Verfassung, Militärkräfte, den Handel, die Erzeugnisse des Tier-, Pflanzen- und Mineralreiches und die Bevölkerung und Einkünfte des Landes.

Nach einem einleitenden, höchst anschaulichen Gesamtbilde der materiellen und geistigen Hilfsquellen des persischen Reiches, geht Kinneyr zur Beschreibung der verschiedenen Provinzen desselben über, welche sich auf eine Unmenge interessanter Urkunden stützt, die seine Arbeit bis auf die neueste Zeit zur vollständigsten und unparteiischsten aller bisher erschienenen machen.

Kenneyr hatte von 1808 bis 1814 Kleinasien, Armenien und Kurdistan nach den verschiedensten Richtungen durchstreift. Sein Aufenthalt an vielen Orten, und Sendungen, mit denen er betraut wurde, gaben ihm vielfache Gelegenheit, selbst zu sehen und zu vergleichen. Als Kapitän im Dienste der Kompanie, als politischer Agent bei dem Nabob von Carnatic, oder als einfacher Reisender, immer hatte Kinneyr ein wachsames Auge, und manche Ereignisse und Aufstände, deren Ursachen vielen anderen Forschern unbekannt geblieben wären, fanden ihre Erklärung durch seine Vertrautheit mit den Sitten, Gebräuchen und dem Charakter der Orientalen.

Zu gleicher Zeit hatte ein anderer Kapitän der Indischen Kompanie, William Price, der im Jahre 1810 der Gesandtschaft Sir Gore Ouselys in Persien als Dolmetscher und Sekretär beigegeben war, sich mit der Entzifferung der Keilschrift beschäftigt. Darin hatten sich schon viele andere versucht, aber nur ganz sonderbare phantastische Resultate erzielt. Wie die aller seiner Zeitgenossen erschienen auch Prices Ansichten sehr gewagt und seine Erklärungen wenig befriedigend; er verstand es aber, ein gewisses Publikum für die Lösung dieses schwierigen Problems zu erwärmen, indem er selbst in Niebuhrs und anderer Orientalisten Fußstapfen trat.

Ihm verdankt man die Schilderung des Zuges der englischen Gesandtschaft an den persischen Hof, neben welcher er auch zwei Abhandlungen über die Altertümer von Persepolis und Babylon veröffentlichte.

Der Bruder Sir Gore Ouselys, William Ousely, der jenen gleichfalls als Sekretär begleitete, hatte seinerseits den Aufenthalt in Teheran zum Studium der persischen Sprache benutzt; auf die Geographie und politische Ökonomie dehnte er dasselbe jedoch nicht aus, sondern beschränkte sich auf Inschriften, Medaillen, Manuskripte, Literatur, mit einem Wort, auf die intellektuelle und materielle Geschichte des Landes. So verdankt man ihm unter anderem eine Ausgabe Firdusis und anderer Werke, welche neben den von uns schon erwähnten immerhin beitrugen, die Kenntnisse des Reiches der Schahs nicht unwesentlich zu vervollständigen.

Es gab auch noch eine andere, halb asiatische, halb europäische Gegend, welche man jetzt allmählich besser kennenlernte. Wir meinen die Länder des Kaukasus.

Schon in der ersten Hälfte des 18. Jahrhunderts hatte ein russischer Arzt, Johann Anton Güldenstädt, Astrachan und Kislar am Terek und an der äußersten Grenze der russischen Besitzungen besucht; er war nach Georgien gekommen, wo ihn der Zar Heraclius mit Auszeichnung empfing; er hatte Tiflis und das Land der Truchmenen gesehen und war bis Imeritien vorgedrungen. Im zweiten Jahre seiner Reisen, 1773, besuchte er die Kabardei, Ost-Kumanien, untersuchte die Ruinen von Madjary, gelangte nach Tscherkask und Asow, suchte die Mündungen des Don auf und beabsichtigte, diese ausgedehnte Forschungsfahrt mit Besichtigung der Krim zu beschließen, als er nach St. Petersburg zurückgerufen wurde.

Güldenstädts Reisen sind von dessen eigener Hand nur unvollständig erschienen, da ihn der Tod mitten in der Arbeit dahinraffte, dagegen wurden dieselben von einem jungen Preußen, Heinrich Julius von Klaproth, der später die nämlichen Gegenden besuchte, in Petersburg herausgegeben.

Geboren in Berlin am 11. Oktober 1783, zeigte Klaproth schon im zartesten Alter ganz erstaunliche Anlagen zum Studium der orientalischen Sprachen. Mit fünfzehn Jahren schon lernte er ohne fremde Hilfe Chinesisch, und sofort nach Vollendung seiner Ausbildung an der Univesität zu Halle und in Dresden trat er mit der Herausgabe seines »Asiatischen Magazins« (Weimar 1801 u. flg.) an die Öffentlichkeit. Durch den Grafen Potocki nach Rußland gezogen, wurde er daselbst als Hilfslehrer für orientalische Sprachen an die Akademie von St. Petersburg berufen.

Klaproth gehörte nicht zu jener sonst so achtenswerten Klasse von Stubengelehrten, welche sich damit begnügen, über ihren Büchern zu brüten. Er betrachtete die Wissenschaft vielmehr von weiterem Gesichtspunkte aus. Für ihn gab es nur den einzigen Weg zur vollkommenen Kenntnis der Sprachen Asiens und der Sitten seiner Bewohner – diese an der Quelle zu erforschen.

Klaproth suchte deshalb um die Erlaubnis nach, den Gesandten Golowkin, der sich durch Asien nach China begeben sollte, begleiten zu dürfen. Gleich nach erhaltener Genehmigung brach der gelehrte Reisende allein nach Sibirien auf, wo er nach und nach bei den Samojeden, Tungusen, Baschkiren, Jakuten, Kirghisen und anderen, die ungeheuren Steppen jenes Landes bevölkernden Stämmen verweilte. Zuletzt kam er nach Jakutsk, wo er mit dem Gesandten Golowkin zusammentraf. Nach kurzem Aufenthalte in Kiachta überschritt dieser am 1. Januar 1806 die chinesische Grenze.

Der Vizekönig der Mongolei mutete dem Gesandten aber allerlei Zeremonien zu, welche dieser für erniedrigend ansah, und als weder der eine noch der andere zum Nachgeben zu bewegen war, blieb dem Gesandten nichts übrig, als nach Petersburg umzukehren. Da es nicht in Klaproths Interesse lag, den von ihm schon zurückgelegten Weg einzuschlagen, und er es natürlich vorzog, andere, ihm noch unbekannte Völkerschaften zu besuchen, so schlug er eine Route durch das südliche Sibirien ein und erwarb sich während dieser zwanzigmonatigen Reise eine hochwichtige Sammlung Bücher in chinesischer, thibetanischer, mongolischer und der Mandschu-Sprache, die er bei seiner großen Arbeit mit dem Titel »Asia polyglotta« als Unterlagen benützte.

Nach seinem Wiedereintreffen in St. Petersburg zum außerordentlichen Mitgliede der Akademie ernannt, wurde er auf Graf Potockis Vorschlag mit einer historischen, archäologischen und geographischen Mission nach dem Kaukasus betraut. Ein volles Jahr verbrachte Klaproth, oft gefährdet durch die räuberischen Bewohner jener schwer zugänglichen Gegenden, auf Reisen und besuchte dabei die Landschaften, welche Güldenstädt gegen Ende des vorigen Jahrhunderts durchstreift hatte.

»Tiflis«, sagt Klaproth – und seine Beschreibung erscheint

merkwürdig, wenn man sie mit der anderer zeitgenössischer Schriftsteller vergleicht – »Tiflis, das seinen Namen von den hier befindlichen Thermalquellen entlehnte, besteht eigentlich aus drei Teilen: dem eigentlichen Tiflis oder der alten Stadt, aus Kala, oder der Festung, und aus der Vorstadt Isni. Von dem Kur bewässert, zeigt diese Stadt in der Hälfte ihres Umfanges nur Schutt und Trümmer; ihre Straßen waren so eng, daß ein ›Arba‹, d.i. ein hoch aufgetürmter Wagen, wie man sie häufig auf Bildern aus dem Oriente erblickt, kaum hindurchgelangen konnte, und das gilt nur von den verhältnismäßig breitesten, durch andere vermochte sich kaum ein einzelner Reiter zu drängen. Die schlecht gebauten Häuser aus Kieseln und mittels Lehm verbundenen Backsteinen dauerten kaum fünfzehn Jahre aus. Tiflis hatte zwei Marktplätze, doch war hier alles ausnehmend teuer, Shawls, sowie Seidenstoffe, d.h. die Erzeugnisse der Nachbarländer in Asien standen hier höher im Preise als in St. Petersburg.«

Tiflis kann man nicht erwähnen, ohne dabei von dessen warmen Quellen zu sprechen. Wir geben hierüber Klaproths eigene Worte wieder:

»Die berühmten warmen Bäder waren ehedem prächtig, sind aber jetzt in Verfall, obwohl man noch einige mit marmorbekleideten Wänden findet. Das wenig schwefelhaltige Wasser soll sehr heilkräftig sein. Die Bewohner, vorzüglich die Frauen, benutzen es bis zum Übermaße; letztere verweilen öfters ganze Tage darin und führen deshalb ihre Mahlzeiten gleich mit sich.«

Die Hauptnahrung, wenigstens in den Berglandschaften, besteht hier in »Phouri«, d.i. ein hartes unschmackhaftes Brot, dessen eigentümliche Zubereitung unseren sybaritischen Vorstellungen sehr zuwiderläuft.

»Wenn der Teig hinreichend geknetet ist«, sagt der Bericht, »entzündet man mit sehr trockenem Holze ein helles, lebhaftes Feuer in vier Fuß hohen, zwei Fuß breiten und in den Erdboden versenkten irdenen Gefäßen. Sobald sich eine tüchtige Glut entwickelt hat, schütteln die Georgierinnen die Hemden und rotseidenen Beinkleider darüber aus, um das Ungeziefer aus ihrer Kleidung hineinfallen zu lassen. Erst nachher wirft man den in etwa zwei faustgroße Stücke geteilten Teig in die Töpfe; sofort wird die Öffnung mit einem Deckel geschlossen, über den noch Lumpen gehäuft werden, damit keine Wärme entweichen kann und das Brot gut durchbäckt. Dieser Phouri ist nichtsdestoweniger stets schlecht gebacken und sehr schwer verdaulich.«

Nach Beschreibung der Grundlage jeder Mahlzeit der armen Bergbewohner, wollen wir nun mit Klaproth einer fürstlichen Tafel beiwohnen.

»Man breitete vor uns«, sagt er, »ein langes gestreiftes, eine und eine halbe Elle breites und sehr schmutziges Tischtuch auf, legte jedem Teilnehmer ein drei Spannen langes, zwei breites und kaum zwei fingerdickes Weizenbrot vor und brachte nachher eine Menge kleiner Messingschälchen mit Schaffleisch, Reis in Bouillon, gebratenen Hühnchen und in Scheiben geschnittenem Käse. Dem Fürsten und den Georgiern setzte man geräucherten Lachs mit frischen Kräutern vor, weil eben Neumond war. In Georgien weiß man nichts von Löffeln, Gabeln und Messern, man trinkt die Suppe gleich aus der Schüssel, langt das Fleisch mit den Händen zu und zerreißt es mit den Fingern in mundgerechte Stücke. Ist man gegen jemand sehr freundschaftlich gesinnt, so wirft man ihm wohl ein saftiges Stückchen zu. Die Gerichte werden übrigens auf das Tischtuch aufgetragen. Zum Schlusse der Tafel servierte man Weintrauben und gedörrte Früchte. Während des Essens ging fleißig recht guter, im Lande erzeugter Rotwein herum, der tatarisch »Traktir«, georgisch »Ghwino« heißt, und aus einer sehr flachen, mehr einer Untertasse ähnlichen Silberschale getrunken wurde.«

Wenn dieses Sittengemälde an sich interessant ist, so ist es nicht weniger die Art und Weise, wie Klaproth die verschiedensten Erlebnisse darstellt. Man lese z. B. folgenden Bericht des Reisenden über einen Ausflug nach den Quellen des Terek, deren Lage Güldenstädt zwar genau bestimmt, die er aber selbst nicht gesehen hatte:

»Ich brach von Outsfars Kan am 17. März, an einem schönen, frischen Morgen auf. Fünf Osseten bildeten meine Begleitung. Nach einer halben Stunde Weges begannen wir auf einer steilen beschwerlichen Straße emporzusteigen und kamen so an die Stelle, wo der Outsfar Don in den Terek fällt. Von hier aus hatten wir eine Meile noch schlechteren Weg am rechten Ufer des, gewöhnlich kaum zehn Schritt breiten, jetzt aber durch das Schmelzen des Schnees angeschwollenen Flusses. Diese Seite desselben ist übrigens unbewohnt. Weiter bergaufgehend, erreichten wir den Fuß des Khoki oder Istir Koki. Endlich gelangten wir nach einer Stelle, an der uns große, im Flußbette aufgehäufte Felsblöcke den Übergang nach dem Dorfe Tsiwratte Kan gestatteten, wo ein Frühstück eingenommen wurde; hier vereinigen sich die einzelnen kleineren Wasserläufe, welche zusammen den Terek bilden. Befriedigt durch die glückliche Erreichung unseres Zieles, goß ich ein Glas Ungarwein in den Fluß und brachte eine zweite Libation dem Genius des Berges dar, aus dem der Terek seine Quellen herleitet. In der Meinung, ich verrichtete eine Zeremonie, betrachteten mich die Osseten dabei mit andächtiger Verwunderung. Ich ließ an die glatte Wand eines großen Schieferfelsens mit roter Farbe das Datum meiner Reise, sowie meinen Namen nebst denen der begleitenden Osseten anschreiben, und begab mich dann noch etwas höher hinauf bis zu dem Dorfe Ressi.«

In seinem Reiseberichte, aus dem wir leicht noch weitere Auszüge geben könnten, stellt Klaproth alle Nachrichten und Aufschlüsse zusammen, die er über die Völkerschaften des Kaukasus erhalten konnte, und betont vorzüglich die merkwürdige Ähnlichkeit der georgischen Dialekte mit denen des finnischen und wogulischen (ugrischen) Sprachstammes.

Bezüglich der Lesghier, welche im östlichen Kaukasus wohnen und deren Gebiet Daghestan oder Lezghistan genannt wird, sagt Klaprot, »daß man die Bezeichnung Lesghier nur so gebrauchen darf, wie man sich früher der Namen Scythen oder Tataren bediente, womit nur Bewohner des nördlichen Asiens gemeint waren«; etwas später fügt er hinzu, daß jene keineswegs eine einzige Nation bilden, was schon die große Anzahl gebräuchlicher Dialekte verrät, »welche indessen einer und derselben Quelle zu entstammen scheinen, während sich nur im Laufe der Zeit beträchtliche Abweichungen eingebürgert haben.« Hierin verbirgt sich ein eigentümlicher Widerspruch: entweder bilden die Lesghier, wenn sie alle dieselbe Sprache reden, wirklich eine zusammengehörige Nation, oder wenn letzteres nicht der Fall wäre, können sie auch nicht verschiedene Dialekte sprechen, welche aus der nämlichen Quelle herstammen.

Nach Klaproth zeigen die lesghischen Wörter viele Übereinstimmung mit anderen Sprachen des Kaukasus und des nördlicheren Asiens, vorzüglich mit den finnischen und samojedischen Dialekten Sibiriens.

Westlich und nordwestlich von den Lesghiern trifft man die Metzdjeghis oder Tchetchensen, wahrscheinlich die ältesten Bewohner des Kaukasus. Damit stimmt freilich Pallas nicht überein, der jene vielmehr für einen abgesonderten Zweig der Alanen ansieht. Die Sprache der Tchetchensen zeigt viele Ähnlichkeiten und Analogien mit den samojedischen, wogulischen und anderen Sprachen Sibiriens, ja, sogar mit slavischen Dialekten.

Die Tscherkessen oder Cirkassier sind die Sykher der Griechen. Sie bewohnten ehemals den östlichen Kaukasus und die Halbinsel Krim, haben ihren Sitz aber sehr oft gewechselt. Ihre Sprache weicht von den anderen kaukasischen Idiomen wesentlich ab, obgleich die Tscherkessen, gleich den Wogulen und Ostjaken – man erinnert sich, daß die lesghische Sprache und die der Tchetchensen mit jenen sibirischen Idiomen verwandt war – einem und demselben Stamme angehören, der sich in sehr entlegener Zeit in mehrere Zweige teilte, von denen einen wahrscheinlich die Hunnen bilden. Die Aussprache des Tscherkessen-Idioms ist ungemein schwierig; gewisse Konsonanten desselben erfordern einen so starken Kehllaut, daß kein Europäer diesen wiederzugeben vermöchte.

Im Kaukasus findet man ferner die Abazen, welche die Küsten des Schwarzen Meeres, wo sie seit dem Altertume sitzen, niemals verlassen haben, und die Osseten oder Ossen, die zum Stamme der indogermanischen Völker gehören. Sie nennen ihr Land Ironistan und sich selbst Iron. Klaproth betrachtet sie als sarmatische Meder, nicht nur aufgrund dieses Namens, der ihn an Iran erinnert, sondern auch wegen ihrer Sprache,

»welche besser als historische Dokumente, ja, sogar zweifellos beweist, daß jene mit den Medern und Persern von einerlei Abkunft sind«. Diese Anschauung erscheint uns etwas hypothetisch, da man zu Klaproths Zeiten die Sprache der Meder noch zu wenig kannte – noch harrten die Keil-Inschriften ja ihrer Enträtselung – um über die Ähnlichkeit des Idioms der Osseten mit jener Sprache urteilen zu können.

»Hat man in diesem Volke aber«, fährt Klaproth fort, »die sarmatischen Meder der Alten wiederentdeckt, so überrascht es noch mehr, in ihnen die Alanen wiederzuerkennen, welche den Norden des Kaukasus bewohnten.«

Und weiter:

»Aus allem Vorhergehenden ergibt sich unzweifelhaft, daß die Osseten, die sich heute selbst Iranen nennen, die Meder sind, welche sich ehedem Iranen nannten, und welche Herodot mit dem Namen Arier bezeichnet. Jene sind also die sarmatischen Meder des Altertums und gehörten zu der im Kaukasus von den Szythen gegründeten Kolonie. Sie sind die Asen oder Alanen des Mittelalters; sie fallen endlich zusammen mit den Iassen der russischen Chroniken, nach denen ein Teil des Kaukasus als iassische Berge bezeichnet wird.«

Es ist hier nicht der Ort, diese Identifizierungen, welche der Kritik manche Handhabe bieten, näher zu beleuchten. Begnügen wir uns, eine andere Bemerkung Klaproths zu verzeichnen, die nämlich, daß die Aussprache des Ossetischen Anklänge mit niederdeutschen und slavischen Dialekten bieten soll.

Was die Georgier betrifft, so unterscheiden sich diese, sowohl durch die Sprache, als durch ihre köperlichen und geistigen Eigenschaften ganz wesentlich von den Nachbarvölkern. Sie zerfallen in vier Hauptstämme: die Karthulis, Mingrelier, Suanen, die Bewohner der südlichen Alpenregion des Kaukasus, und die Lazen, ein wilder, von Raub und Plünderung lebender Stamm.

Wie man sieht, sind die von Klaprot gesammelten Aufschlüsse sehr beachtenswert und werfen ein unerwartetes Licht auf die Wanderzüge der alten Völker. Diesen Reisenden unterstützte ein wirklich ungewöhnlicher Scharfblick und ein wunderbares Gedächtnis. Auch der Linguistik hat der gelehrte Berliner schätzenswerte Dienste geleistet. Betrübend erscheint an dessen Bilde nur, daß die Eigenschaften des Menschen, sein Zartgefühl und die Milde des Charakters, nicht auf gleicher Höhe mit der Gelehrtheit und Findigkeit des Professors stehen.

Wir verlassen nun die Alte Welt und wenden uns zur Schilderung der Forschungsreisen in der jungen Republik der Vereinigten Staaten Nordamerikas.

Sobald die Bundesregierung von den Bedrängnissen des Krieges befreit, sie selbst staatlich anerkannt und gesetzmäßig errichtet war, richtete sich die öffentliche Aufmerksamkeit nach jenen pelzliefernden Ländern, welche nach und nach Engländer, Spanier und Franzosen herbeigelockt hatten. Die Bai von Noatka nebst den benachbarten Küstenstrecken – entdeckt von dem großen Cook, den berühmten Seefahrern Quadra, Vancouver und Marchand – gehörte zum amerikanischen Gebiete. Schon keimte die Monroe-Doctrin, welche später so viel Staub aufwirbeln sollte, in den Köpfen der Staatsmänner jener Zeit.

Entsprechend einem im Kongreß gestellten Antrage, wurden der Kapitän Meryweather Lewis und der Leutnant William Clarke beauftragt, den Missouri von dessen Mündung in den Mississippi bis zur Quelle zu erforschen, die Felsengebirge auf kürzestem und leichtestem Wege zu überschreiten, um eine Verbindung zwischen dem Golf von Mexiko und dem Stillen Ozean einzuleiten. Gleichzeitig sollten jene Offiziere mit den Indianern, welche sie etwa träfen, Handelsbeziehungen anzuknüpfen suchen.

Die Expedition bestand aus regulären Soldaten und Freiwilligen und zählte, die Offiziere mitgerechnet, im ganzen dreiundvierzig Mann. Diese führten ein Flußschiff und zwei Pirogen mit sich.

Am 14. Mai 1804 verließen die Amerikaner den Wood River, der in den Mississippi fällt, um in den Missouri einzufahren. Nach verschiedenen, in dem von Gaß veröffentlichten Tagebuche eingestreuten Bemerkungen erwarteten die Teilnehmer dieses Zuges sowohl auf natürliche schwere Hindernisse, als auch auf riesengleiche Wilde zu treffen, die einen unbezwinglichen Haß gegen die Weißen hegen sollten.

Während der ersten Tage dieser ungeheuren Bootsfahrt, mit der von früher her nur die Orellanas und La Condamines auf dem Amazonenstrom zu vergleichen waren, hatten die Amerikaner das Glück, gleichzeitig mit einigen Sioux einem alten Franzosen und ehemaligem kanadischen Waldläufer zu begegnen, welcher der Sprache der meisten Stämme im Missouritale mächtig und erbötig war, jene als Dolmetscher zu begleiten.

Nach und nach kamen sie nun an den Nebenflüssen Osaga, Kansas, la Plate oder Shallow River und dem Weißen Fluß vorüber. Dabei trafen sie wiederholt auf Indianer, vorzüglich auf Osagen und Sioux oder Mahas, welche ihnen alle in offenbarem Verfalle erschienen. Von den letzteren hatte ein Stamm so schwer durch die Blattern gelitten, daß die Überlebenden, in einem Anfalle von blinder Raserei, ihre von der Krankheit verschont gebliebenen Frauen und Kinder erschlugen und aus dem verpesteten Gebiete entflohen.

Weiterhin fand man die Ricaris oder Rees, die man anfänglich für die rechtlichsten, umgänglichsten und tätigsten von allen bisher Gesehenen hielt. Einige Diebstähle stimmten freilich sehr bald die hohe Vorstellung herab, die man sich von ihrem ehrenwerten Charakter gemacht hatte. Auffälligerweise beschäftigte sich dieser Stamm nicht ausschließlich mit der Jagd, sondern erbaute auch Getreide, Erbsen und Tabak.

Anders verhielt es sich mit den, kräftiger als ihre Stammverwandten entwickelten Mandanen. Bei ihnen findet man dieselbe merkwürdige Gewohnheit wie in Polynesien, die Toten nicht zu begraben, sondern sie auf einem Gerüste lange Zeit zur Schau auszustellen.

Clarkes Bericht liefert uns einige Kenntnis von diesem merkwürdigen Volksstamme. Die Mandanen sehen in dem göttlichen Wesen nur die Fähigkeit, zu heilen. Sie erkennen deshalb auch nur zwei Gottheiten an, welche als »der Große Arzt« und »der Geist« bezeichnet werden. Soll man wohl annehmen, daß das Leben für sie eine so überwiegende Bedeutung hat, daß sie alles anbeten, was jenes zu verlängern imstande scheint?

Auch ihr Ursprung ist nicht minder interessant. Anfänglich bewohnten sie ein am Ufer eines Sees gelegenes unterirdisches Dorf. Als aber ein Weinstock seine Wurzeln so tief trieb, daß sie bis zu ihnen hinabreichten, gelangten einige Mandanen an demselben emporkletternd nach der Oberfläche der Erde. Auf ihre begeisterte Schilderung der ausgedehnten Jagdgebiete und des Reichtums an Wild und Früchten hin, beschloß das dadurch bestochene Volk sofort, nach jenen von der Natur so begünstigten Gegenden auszuwandern. Schon hatte die Hälfte des Stammes die Erdoberfläche erreicht, als der Weinstock unter dem Gewicht einer besonders wohlbeleibten Frau nachgab und damit den übrigen Mandanen die Möglichkeit abschnitt, aus der Tiefe emporzuklimmen. Nach diesem Leben erwarten sie auch in jene ursprüngliche unterirdische Heimat zurückzukehren; doch gelangen nur diejenigen dahin, welche mit reinem Gewissen sterben; die übrigen werden in einen großen See gestürzt.

Bei diesem Volksstamme also schlugen unsere Forschungsreisenden am 1. November ihr Winterquartier auf. Sie errichteten sich so bequeme Hütten, wie es ihre verfügbaren Mittel zuließen, und überließen sich, trotz sehr rauher Temperatur, während des ganzen Winters dem Vergnügen der Jagd, die für sie übrigens bald zur Notwendigkeit geworden war.

Nach dem Wiederauftauen des Missouri gedachten sie ihren Zug fortzusetzen; als aber das größere Boot mit den bis dahin erbeuteten Häuten und Pelzfellen nach St. Louis abgesendet wurde, fand sich, daß nur noch dreißig Mann entschlossen waren, sich allen Beschwerden bis zur Erreichung ihres Zieles freiwillig zu unterziehen.

Die Reisenden passierten nun bald die Mündung des Yellowstone (Fluß des Gelben Steines), der fast ebenso mächtig ist wie der Missouri, und überzeugten sich von dem Wildreichtum seines Uferlandes.

Grausam war ihre Verlegenheit, als sie an eine Stromgabelung gelangten. Welcher der beiden, ziemlich gleichmächtigen Wasserläufe war nun der Missouri? Kapitän Lewis, der mit einer Anzahl Leute zum Rekognoszieren abging, folgte dem südlicheren Wasserlaufe und entdeckte in der Ferne bald die völlig mit Schnee bedeckten Felsengebirge. Durch ein gewaltiges Rauschen geleitet, sah er den Missouri sich in einem einzigen Schwalle über Felsenabhänge herabstürzen und dann mehrere Meilen weit ununterbrochene Stromschnellen bilden.

Das Detachement folgte also ebenfalls diesem, tief zwischen Gesteinswänden verlaufenden Arme, der sich so drei bis vier Meilen weit durch die Berge hinwindet. Zuletzt zerfiel der Strom in drei Arme, welche man Jefferson, Madison und Gallatin, also nach den Namen dreier berühmter Staatsmänner Amerikas, taufte.

Bald wurden die letzten Stufen des Gebirges erklommen, und die Expedition zog nun dessen nach dem Pazifischen Ozean gerichteten Abhang hinunter. Die Amerikaner führten eine Frau, Sohsonee mit Namen, mit sich, welche in ihrer Jugend von den Indianern des Ostens entführt worden war; diese diente ihnen getreulich als Dolmetscher und erkannte in dem Häuptling eines Stammes, der feindliche Absichten durchblicken ließ, zufällig ihren eigenen Bruder; von Stund ab wurden die Fremden nun mit größtem Wohlwollen behandelt. Leider war das Land sehr arm; die Einwohner ernährten sich nur von wilden Beeren, Baumrinde und von Tieren, wenn sie, was nur selten vorkam, solche antrafen und einfangen konnten.

Wenig gewöhnt an eine so frugale Kost, mußten die Amerikaner zur Aushilfe ihre eigenen, übrigens sehr heruntergekommenen Pferde verzehren und sich an das Fleisch der Hunde halten, welche die Indianer ihnen verkauften. Diese erhielten deshalb auch den Beinamen der »Hunde-Esser«.

Mit der wieder zunehmenden Temperatur wurden auch die Landesbewohner minder wild, die Lebensmittel aber reichlicher, und als man den Oregon oder Kolumbiafluß hinabfuhr, lieferte der ergiebige Lachsfang einen recht willkommenen Beitrag dazu. Da, wo der Kolumbia nach gefährlich zu befahrendem Laufe sich dem Meere nähert, bildet er eine sehr breite Mündung, in welcher schon die Meereswellen mit der

Strömung desselben kämpfen. Die Amerikaner liefen mit ihrem gebrechlichen Boote wiederholt Gefahr, verschlungen zu werden, bevor sie das Gestade des Stillen Ozeans erreichten.

Befriedigt über die glückliche Erreichung des Zieles ihrer Sendung, überwinterten sie nun hier und schlugen erst nach Wiedereintritt der besseren Jahreszeit den Rückweg nach St. Louis ein, wo sie, nach einer Abwesenheit von zwei Jahren, vier Monaten und zehn Tagen, im Mai 1806 anlangten. Ihrer Berechnung nach hatten sie von letztgenannter Stadt bis zur Oregon-Mündung nicht weniger als 1378 (englische) Meilen zurückgelegt.

Nun war der Anstoß gegeben. Bald folgten weitere Entdekkungszüge in das Innere des neuen Kontinents, welche nach und nach ganz den Charakter naturwissenschaftlicher Forschungsreisen annahmen und sich von unserem Gebiete geographischer Entdeckungen entfernten. –

Einige Jahre später wurde einer der größten Kolonisatoren, deren England sich rühmen kann, Sir Stamford Raffles, der Leiter jener Expedition, welche sich der holländischen Kolonien bemächtigte, zum Leutnant-Gouverneur von Java ernannt. Während seiner fünfjährigen Verwaltung führte Raffles die eingreifendsten Reformen durch und schaffte z. B. die Sklaverei gänzlich ab. Seine vielseitige Beschäftigung verhinderte ihn aber trotzdem nicht, das nötige Material für ein zwei Quartbände starkes, hochinteressantes und merkwürdiges Werk zu sammeln. Es enthält dasselbe außer der Geschichte Javas eine große Menge Notizen über bisher sehr wenig bekannte Völkerschaften im Innern der Insel, nebst eingehenden Untersuchungen über die Geologie und Naturgeschichte des Landes.

So erscheint es wohl nicht auffallend, daß eine Riesenblume, welche nicht selten einen Meter im Durchmesser und zehn Pfund an Gewicht erreicht, »Rafflesia« zu Ehren des Mannes genannt wurde, der zum Bekanntwerden jener großen Insel so viel beitrug.

Raffles war auch der erste, der weiter in Sumatra, dessen Küstengebiet man bisher allein kannte, eindrang, indem er die von den herkulischen, ackerbautreibenden Passumahs bewohnten Gebiete besuchte, oder im Norden bis Memang Kabu, der berühmten Hauptstadt des Malayenreiches, gelangte, und sich auch von Bencoulen bis Palimbang quer durch die ganze Insel wagte.

Ein bleibendes Gedächtnis erwarb sich Sir Thomas Stamford Raffles aber dadurch, daß er die Indische Regierung auf die bevorzugte Lage Singapores hinwies und letzteres zu einem Freihafen umschuf, der sich bald zu außerordentlicher Blüte entfalten sollte.

Zweites Kapitel

Die Erforschung und Kolonisierung Afrikas

I.

Peddi und Campbell in Sudan. – Ritchie und Lyon in Fezzan. – Denham, Oudney und Clapperton in Fezzan, im Lande der Tibbus. – Der Tschadsee und seine Zuflüsse. – Kouka und die hervorragendsten Städte von Bornu. – Mandara. – Eine Razzia bei den Fellatahs. – Niederlage der Araber und Tod Bou Khalums. – Loggoun. – Tooles Tod. – Unterwegs nach Kano. – Doktor Oudneys Tod. – Kano. – Sockotu. – Der Sultan Bello. – Rückkehr nach Europa.

Kaum brach die Macht Napoleons I. und mit ihr das Übergewicht Frankreichs zusammen, kaum fanden die um den Ehrgeiz eines einzelnen entstandenen gewaltigen Kämpfe, welche stets die wissenschaftliche Weiterentwicklung der Menschheit hemmen, ein Ende, da erwachten auch schon überall edlere Bestrebungen wieder und es kamen neue, rein wissenschaftliche oder auch Handelszwecken dienende Unternehmungen zustande.

In erster Reihe der Mächte, welche Entdeckungsfahrten begünstigen und organisieren, ist wie immer England zu nennen. Dieses Mal bildet Zentral-Afrika, das Land, dessen außerordentliche Reichtümer Hornemanns und Burkhardts Forschungsreisen ahnen ließen, das Hauptziel seiner Tätigkeit.

Zuerst begegnen wir hier dem Major Peddie, der im Jahre 1816 vom Senegal aus aufbricht und sich nach Kakondy, am Rio Nunez, begibt. Kaum in genannter Stadt angelangt, erliegt Peddie den Strapazen der Reise und der Ungesundheit des Klimas. Major Campbell übernimmt nach ihm die Führung der Expedition und gelangt über die hohen Bergzüge von Fotou Djallon, verliert dabei aber einen Teil der Lasttiere und auch einige seiner Leute.

Angelangt auf dem Gebiete des »Almamy« – ein Titel, den

sich übrigens die meisten Fürsten in diesem Teile Afrikas beilegen – wird die Expedition in dessen Königreiche zurückgehalten und kann die Erlaubnis zur Rückkehr nur durch Zahlung einer namhaften Kontribution erkaufen.

Dieser Rückzug sollte höchst verderblich werden, denn bei demselben mußten nicht allein die Flüsse, deren Übergang so beschwerlich gewesen war, nochmals überschritten werden, sondern man hatte auch solche Plackereien, Verfolgungen und fortwährende Hindernisse zu erdulden, daß Major Campbell, um dem unleidlichen Zustande ein Ende zu machen, seine Waren verbrennen, die Gewehre zerbrechen und das Pulver durch Wasser unbrauchbar machen ließ.

Diese Anstrengungen, das Scheitern seiner Hoffnungen, den vollständigen Mißerfolg seiner Bestrebungen konnte Major Campbell nicht vertragen; er starb, gleichzeitig mit ihm mehrere Offiziere, an derselben Stelle, wo früher Peddie seinen Tod gefunden hatte. Der Rest der Expedition erreichte unter großen Beschwerden Sierra Leone.

Kurze Zeit darauf unternehmen es Ritchie und Georges Francis Lyon, unter Benutzung des hohen Ansehens, welches das Bombardement von Algier der britischen Flagge errungen, und der Beziehungen, welche der englische Konsul in Tripolis mit den einflußreichen Personen der Regentschaft anzuknüpfen gewußt hatte, dem von Hornemann eingeschlagenen Wege zu folgen und nach dem Zentrum Afrikas vorzudringen.

Am 25. März 1819 verließen die Reisenden Tripolis in Begleitung Mohammed el Muknis, des Beys von Fezzan, der in seinem Gebiete den Titel Sultan annimmt. Geschützt durch den hohen Rang ihres Begleiters, erreichen Ritchie und Lyon Murzuk ohne besondere Hindernisse. Dennoch haben sie der Zug durch die Wüste und die damit verbundenen Entbehrungen so tief erschöpft, daß Ritchie am 20. November stirbt; Lyon lag ebenfalls längere Zeit krank und hatte, wieder genesen, nur damit zu tun, die heimlichen Versuche des Sultans zu vereiteln, der, in der Hoffnung auf den Tod der Reisenden, sich ihres Gepäckes zu bemächtigen strebte. Auch Lyon konnte über die Südgrenzen von Fezzan nicht hinausgelangen; er fand aber hinlänglich Zeit, über die hauptsächlichsten Städte des Reiches und die Sprache der Bewohner wertvolle Aufschlüsse zu sammeln. Daneben verdankt man ihm auch die ersten authentischen Nachrichten über die Tuaregs, die wilden Bewohner der Wüste und deren Religion, Sprache, Lebensweise und sonstige merkwürdige Gewohnheiten.

Kapitän Lyons Bericht ist außerdem reich an Details über Bornu, Wadai und Sudan, welche, wenn sie auch nicht alle auf eigener Anschauung fußen, doch mit Sorgfalt gewählt sind.

Die bisher erzählten Resultate entsprachen freilich nicht der englischen Habgier, welche ihren Kaufleuten die reichen Märkte des Binnenlandes zu erschließen suchte. Infolgedessen wurde ein der Regierung gemachtes Anerbieten eines Schotten, des Doktor Walter Oudney, den die Reiseberichte Mungo Parks begeistert hatten, ohne Bedenken angenommen. Zur Seite stand ihm ein um drei Jahre älterer Schiffsleutnant, Hugues Clapperton, der sich auf den kanadischen Seen vielfach ausgezeichnet, den aber der Friedensschluß von 1815 zur unfreiwilligen Muße verurteilt hatte, indem er noch dazu auf Halbsold gesetzt wurde.

Doktor Oudneys vertrauliche Mitteilungen von seinem Vorhaben bestimmten Clapperton sofort, sich dem abenteuerlichen Zuge anzuschließen. Oudney erwirkte sich vom Ministerium die Unterstützung dieses tatenlustigen Offiziers, dessen ausgebreitete Kenntnisse ihm gewiß von großem Vorteile sein mußten. Lord Bathurst erhob keine Schwierigkeiten, und die beiden Freunde schifften sich, nach Entgegennahme spezieller Instruktionen, nach Tripolis ein, wo sie bald erfuhren, daß ihnen als Chef der Major Dixon Denham beigegeben war.

Geboren zu London am 31. Dezember 1785, war Denham anfangs Gehilfe bei einem Eigentümer größerer Ländereien. Schon nahm er die Stelle als Vertreter des Besitzers ein, konnte der Beschäftigung aber so wenig Geschmack abgewinnen, daß er, abenteuerlustig von Charakter, lieber in einem Regimente, das nach Spanien abging, Dienste nahm. Bis 1815 kämpfte er mit, dann benutzte er seinen Urlaub, um Frankreich und Italien zu besuchen.

Sein Ehrgeiz verführte Denham, diejenige Laufbahn zu wählen, die ihn, selbst auf die Gefahr des Lebens hin, am schnellsten befriedigen konnte, und so entschloß er sich zu kühnen Forschungsreisen. Die Ausführung folgte bei ihm dem Gedanken auf der Ferse. Er schlug dem Ministerium vor, auf dem Wege, welchem später Laing folgen sollte, nach Timbuctu zu gehen; als er bei dieser Gelegenheit aber vernahm, mit welcher Sendung Leutnant Clapperton und Doktor Oudney betraut seien, bat er um die Vergünstigung, sich diesen anschließen zu dürfen.

Versehen mit allem, was er für die Reise als notwendig betrachtete, und nachdem er einen geschickten Zimmermann, namens Hillman engagiert, schifft sich Denham ohne Zaudern nach Malta ein und trifft mit seinen zukünftigen Reisegefährten am 21. November 1821 in Tripolis zusammen. Der englische Name hatte gerade zu jener Zeit einen guten Klang und großes Ansehen in den Barbareskenstaaten nicht allein wegen des erfolgreichen Bombardements von Algier, sondern auch, weil der Konsul von Großbritannien in Tripolis durch seine gewandte Politik ein recht gutes Einvernehmen mit den höchsten Behörden der Regentschaft herzustellen gewußt hatte.

Dieser Einfluß machte sich auch bald über den ersten beschränkten Kreis hinaus geltend. Die Nationalität verschiedener Reisender, der Schutz, den England der Pforte angedeihen ließ, die Gerüchte von seinen Kämpfen und Siegen in Indien, alles das war, wenn auch lückenhaft, selbst im Innern von Afrika bekanntgeworden, und der englische Name, ohne daß man sich Rechenschaft geben konnte, zu hohem Ansehen gestiegen. Nach Aussage des britischen Konsuls war der Weg von Tripolis nach Bornu ebenso sicher wie die Straße von London nach Edinburgh. Jetzt schien also der Zeitpunkt gekommen, aus diesen Vorteilen, die sich vielleicht nicht sobald wieder darboten, Nutzen zu ziehen.

Nachdem die drei Reisenden bei dem Bey einen recht wohlwollenden Empfang gefunden und dieser ihnen seine Unterstützung nach allen Seiten zugesagt, beeilten sie sich, Tripolis zu verlassen. Unter dem Schutze der von dem Fürsten gestellten Eskorte erreichten sie ohne Schwierigkeit am 22. April 1822 Murzuk, die Hauptstadt von Fezzan. Unterwegs hatte man sie da und dort mit einer wohlwollenden Freude begrüßt, welche fast an Enthusiasmus grenzte.

»In Sokna«, erzählt Denham, »kam uns der Statthalter entgegen und traf uns auf der Ebene vor der Stadt. Ihn begleiteten die vornehmsten Einwohner derselben, nebst mehreren hundert Bauern, die unsere Pferde umringten und uns vor lauter Lust und Freude die Hände küßten. So zogen wir in die Stadt ein. Unaufhörlich wiederholte die Menge die Worte: ›Inglesi! Inglesi!‹ Und dieser Empfang machte auf uns einen um so angenehmeren Eindruck, als wir die ersten Europäer waren, welche in ihrer gewohnten Kleidung erschienen; ja, ich bin überzeugt, daß wir weit weniger freundlich aufgenommen worden wären, wenn wir etwa als Mohammedaner auftreten und uns zu der Rolle von Heuchlern hätten erniedrigen wollen.«

In Murzuk freilich sollten sich dieselben Plackereien wiederholen, welche Hornemann gelähmt hatten. Jedenfalls erschienen Verhältnisse und Menschen gänzlich verändert. Ohne sich von den Ehrenbezeugungen, die ihnen der Sultan erwies, blenden zu lassen, verlangten die scharfsichtigen Engländer vorzüglich nach der notwendigen Eskorte, um sie nach Bornu zu begleiten.

Man erwiderte ihnen, daß an eine Abreise vor dem kommenden Frühjahre deshalb nicht zu denken sei, weil man die »Kafila« oder Karawane und die Mannschaften, welche sie durch die wüsten Strecken begleiten sollten, nicht eher zusammenbringen könne.

Inzwischen erbot sich ein reicher Kaufmann, namens Bou Baker Bu Khaloum, ein intimer Freund des Pascha, gegen einige Geschenke alle Schwierigkeiten zu beseitigen. Er übernahm es, die Engländer selbst nach Bornu zu führen, wohin er sich ebenfalls begeben wollte, wenn der Pascha von Tripolis die dazu notwendige Erlaubnis erteilte.

Denham, der Bou Khaloums Versicherungen Glauben schenkte, begriff die Notwendigkeit dieser einzuholenden Erlaubnis und begab sich nach Tripolis zurück. Da er nur ausweichende Antworten erhielt, drohte er, sich nach England einzuschiffen, wo er über die Hindernisse, welche der Pascha der Erfüllung seiner Mission in den Weg legte, Bericht erstatten würde.

Diese Drohungen verhallten erfolglos; Denham ging wirklich unter Segel und landete eben in Marseille, als ihn ein Bote des Bey einholte, der ihn zurückrief und ihm volle Genugtuung und Bou Khaloum die Erlaubnis, die drei Reisenden zu begleiten, zusicherte.

Am 30. Oktober kam Denham nach Murzuk zurück, wo er seine Gefährten, leider heftig ergriffen vom Fieber und geschwächt von dem abscheulichen Klima des Landes, wieder antraf.

Überzeugt, daß ein Luftwechsel ihre erschütterte Gesundheit wieder kräftigen werde, ließ er sie aufbrechen und in kurzen Tagesmärschen vorausreisen. Er selbst verließ Murzuk am 29. November mit einer Karawane von Kaufleuten aus Mesurot, Tripolis, Sokna und Murzuk, deren aus 210 Arabern, lauter Krieger aus den aufgeklärtesten und unabhängigsten Stämmen bestehende Bedeckung Bou Khaloum persönlich befehligte.

Die Expedition schlug den von Leutnant Lyon gewählten Weg ein und gelangte bald nach Terggherhy, der südlichsten Stadt von Fezzan und der letzten, die man vor dem Eintritt in die Wüste von Bilna antrifft.

»Ich benutzte die Gelegenheit«, sagt Denham, »das Schloß von Tegherhy abzuzeichnen, das sich am südlichen Rande eines an der Stadt gelegenen Salzsees erhebt. Nach Tegherhy selbst gelangt man durch einen engen, niedrigen und gewölbten Gang, der nach einer zweiten Mauer mit einem Tore führt; diese Mauer ist mit Schießscharten versehen, welche einem Feinde das Vordringen wegen des beschränkten Raumes sehr erschweren müßte. Über dem Tore befindet sich noch eine Öffnung, um Geschosse und Feuerbrände auf die etwaigen Angreifer zu schleudern, wovon die Araber mit Vorliebe Gebrauch machen.

Das Innere der Stadt enthält einen Brunnen mit recht gutem Wasser. Bei hinreichendem Vorrat an Lebensmitteln und Schießbedarf dürfte dieser Platz, wenn er einigermaßen instand gesetzt würde, gewiß ernstlichen Widerstand leisten können. Tegherhy selbst hat recht freundliche Umgebungen. Überall wachsen Datteln und sprudelt ausgezeichnetes Wasser hervor. Nach Osten zu dehnt sich eine niedrige Hügelreihe aus, Wasserschnepfen, Enten und wilde Gänse tummeln sich auf den Salzteichen der Nachbarschaft.«

Von dieser Stadt aus betraten die Reisenden eine Sandwüste, durch welche man sich nur schwierig zurechtfinden würde, wenn der Weg nicht durch Skelette menschlicher und tierischer Körper bezeichnet wäre, die man vorzüglich in der Nähe der Brunnen findet.

»Ein solches Skelett, das wir eines Tages fanden«, erzählt Denham, »sah noch recht frisch aus, der Bart hing noch am Kinn und auch die Gesichtszüge ließen sich notdürftig unterscheiden. Da rief plötzlich einer von den Kaufleuten der Kafila (Karawane): ›Das ist meine Sklave! Vor vier Monaten ließ ich ihn hier in der Nähe zurück!‹ – ›So bringe ihn schnell zu Markte‹, sagte darauf ein witziger Sklavenhändler, ›damit dir keiner dein Eigentum streitig macht!‹«

In der Wüste gibt es da und dort durch Oasen bezeichnete Haltepunkte, wo sich mehr oder weniger bedeutende Städte angesiedelt haben. Ein solches hervorragendes Rendezvous bildet z.B. Kischi. Hier wird ein Straßenzoll von jedem verlangt, der durch das Land reist. Der Sultan der genannten Stadt – man beobachtet wiederholt, daß sich diese Duodez-Herrscher gern den Titel eines Befehlshabers der Gläubigen zulegen – zeichnete sich durch seinen auffallenden Mangel an Reinlichkeit recht unvorteilhaft aus, und ebenso bot sein ganzer Hofstaat, wenn man Denham glauben darf, einen geradezu widerlichen Anblick.

»Es kam in das Zelt Bou Khaloums«, sagt der Reisende, »in Begleitung von einem halben Dutzend Tibbous, von denen einige geradezu abschreckend häßlich waren. Ihre Zähne erschienen dunkelbraun, was von dem übermäßigen Tabakgenusse, dem sie mit dem Munde und der Nase frönen, herrühren mochte. Ihre Nase sah schon mehr einem an das Gesicht geklebten Fleischklumpen ähnlich; die Nasenlöcher derselben waren so groß, daß sie mit den Fingern ganz tief hineinstoßen konnten. Weder meine Uhr, Boussole, noch eine Spieldose, die ich bei mir führte, erregten ihre Aufmerksamkeit. Die Leute glichen mehr Tieren in Menschengestalt.«

Die Stadt Kirby, die man etwas weiterhin, zwischen einer Kette von Hügeln, welche vierhundert Fuß an Höhe nicht überschreiten, antrifft, liegt in einem »Uadi«, umgeben von zwei Salzseen, die ihre Entstehung aller Wahrscheinlichkeit nach den Aushöhlungen verdanken, welche die Entnahme von Erde zu Bauzwecken zurückließ. In der Mitte dieser Seen erhebt sich, einer Insel gleich, ein kleiner Berg von Kochsalz und kohlensaurem Natron. Das Salz, welches die in dieser Gegend sehr häufigen Uadis liefern, bildet den Gegenstand eines nicht unbedeutenden Handels mit Bornu und Sudan.

Eine erbärmlichere Stadt als Kirby dürfte es wohl kaum geben. »Darin findet man nichts, nicht einmal eine Matte.« Wie kann das auch anders in einem Orte sein, der den unaufhörlichen Razzias der Tuaregs ausgesetzt ist?

Die Karawane zog hierauf durch das Land der Tibbous; es sind das gastfreundliche und friedliche Leute, welche die Brunnen und Zisternen instand halten und dafür von den Karawanen eine Entschädigung erhalten. Schnell und kräftig von Natur, im Besitz sehr flüchtiger Pferde, haben sie sich eine außergewöhnliche Fertigkeit im Schleudern der Lanze erworben, welche die stärksten Krieger wohl bis zweihundertvierzig Fuß weit werfen. Bilma ist ihre Hauptstadt und die Residenz ihres Sultans.

»Dieser fand sich«, so meldet der Bericht, »mit einem zahlreichen Gefolge von Männern und Frauen bei den Fremden ein. Die letzteren waren weit hübscher als die in den kleineren Städten; einzelne hatten wirklich ganz angenehme Züge und ihre weißen, gut geordneten Zähne konstrastierten wunderbar gegen die Schwärze der Haut und der dreieckigen, öltriefenden Haarflechte, welche ihnen auf jeder Seite des Gesichtes herabhing; auch die Korallengehänge an der Nasenscheidewand und große Halsbänder aus Ambra standen ihnen recht gut zu Gesicht. Die einen hielten einen ›Cheiche‹ oder Fächer aus zarten Pflanzen oder aus Roßhaargeflecht, um die Fliegen abzuwehren, andere nur einen Baumzweig; diese trugen Fächer aus Straußenfedern, jene ein großes Bund Schlüssel; alle aber führten irgend etwas in der Hand und schwenkten es über dem Kopfe. Ein Stück Stoff von Sudan, das an der linken Schulter befestigt war und die rechte Körperseite frei ließ, bildete ihre ganze Bekleidung; ein anderes kleineres Stück verhüllte den Kopf und fiel von da auf die Schultern herab oder war ganz nach hinten geschlagen. Trotz dieser mangelhaften Kleidung bewahrten sie doch eine sehr züchtige und bescheidene Haltung.«

Eine Meile hinter Bilma, gleich nach einer klaren Quelle, welche die Natur hierher verlegt zu haben scheint, um den Reisenden zur Deckung seines Wasserbedarfs einzuladen, nimmt eine Wüste ihren Anfang, welche man erst nach zehn Tagereisen durchmißt. Früher mochte sich hier ein großer Salzsee ausgebreitet haben.

Am 4. Februar 1828 erreichte die Karawane Lari, eine an der Nordgrenze von Bornu unter 14° 40′ nördlicher Breite gelegene Stadt.

Die durch die Stärke der Karawane erschreckten Bewohner derselben flohen entsetzt auseinander.

»Die trübe Stimmung aber, welche diese Wahrnehmung in uns erregte«, sagt Denham, »machte bald einer ganz anderen Empfindung Platz, als wir etwas weiterhin, kaum eine Meile von der Stelle, an der wir uns befanden, den großen See Tchad im Sonnenglanze schimmern sahen. Der für uns so erquickende Anblick erfüllte alle mit einer solchen Befriedigung, daß ich keine Worte finde, dieselbe zutreffend zu schildern.«

Von Lari an änderte sich das Aussehen des Landes vollständig. Auf die bisherige Sandsteppe folgt nun ein lehmiger, rasenbedeckter Boden, da und dort mit zerstreuten Akazien und anderen Baumarten, unter denen Antilopenherden weideten oder Hühner von Guinea und Tauben aus der Berberei ihr herrliches Gefieder durch die grünen Blätter schillern ließen. Städte und Dörfer, letztere meist aus kugelförmigen und mit Hirsestroh bedeckten Lehmhütten bestehend, wechselten miteinander ab.

Längs des Tchadsees, dessen Nordspitze sie zuerst berührt hatten, zogen die Reisenden nun weiter nach Süden. Die Ufer dieser großen Wasserfläche bestanden aus schlammigem, schwarzem aber verhältnismäßig festem Boden. Das Wasser im See steigt zur Winterszeit ziemlich hoch an und fällt während des Sommers; es ist süß, fischreich und von Flußpferden und Schwimmvögeln bevölkert. Nahe der Mitte desselben, im Südosten, liegen mehrere Inseln, auf welchen Biddohmahs hausen, ein räuberischer Stamm, der von der Beute lebt, die er sich vom festen Lande holt.

Die Fremden hatten einen Boten an den Scheik El Khanemi vorausgesendet, um sich die Erlaubnis zum Betreten seiner Hauptstadt zu erbitten. Bald erschien auch ein Abgesandter desselben, der Bou Khaloum und dessen Begleiter einlud, nach Kouka zu kommen.

Unterwegs kam die Krawane durch Beurwha, eine befestigte Stadt, welche bisher allen Angriffen der Tuaregs widerstanden hatte, und überschritt den Yeou, einen großen Fluß, dessen Breite an manchen Stellen wohl hundertfünfzig Fuß betrug. Dieser Zufluß des Tchad kommt aus Sudan.

Am südlichsten Ufer desselben erhebt sich eine hübsche, mauerumschlossene Stadt, welche gleichfalls Yeou heißt und halb so groß wie Beurwha sein mag.

Bald darauf langte die Kafila an den Mauern von Kouka an und wurde am 17. Februar, nach zweieinhalbstündigem Zuge, von einer bewaffneten Schar von viertausend Mann empfangen, welche sehr gut einexerziert schienen. Unter denselben befand sich auch eine Abteilung Neger, die Leibwache des Scheikh, deren Ausrüstung stark an die der alten Ritter erinnerte.

»Sie trugen«, sagt Denham, »Panzerhemden aus Eisenkettengliedern, welche die Brust bis zum Halse bedeckten, und nach vorn und hinten herabfielen, wodurch sie die Seiten des Pferdes und die Schenkel des Reiters schützten. Als Kopfschmuck führten sie eiserne Helme, und darüber gelbe, weiße oder rote Turbans, die unter dem Kinn zusammengeknüpft wurden. Auch die Köpfe der Pferde waren durch Platten des nämlichen Metalls verwahrt. Ihre Sättel waren klein und leicht; die Steigbügel aus Zinn und so eng, daß man nur die Fußspitze hineinstecken konnte; als Fußbekleidung diente ihnen übrigens eine mit Krokodilhaut verzierte Ledersandale. Sie ritten wirklich vorzüglich, sprengten in scharfem Galopp bis auf wenige Schritte an uns heran und schwangen in Bou Khaloums Nähe die Lanzen unter dem Rufe: ›Barca! Barca! Willkommen! Willkommen!‹«

Umgeben von dieser glänzenden Phantasie zogen die Engländer und die Araber in die Stadt ein, wo als Ehrenbezeugung für sie noch ein ähnliches militärisches Schauspiel veranstaltet wurde.

Der Scheikh El Khanemi ließ sich die Fremden bald vorführen. Jener mochte fünfundvierzig Jahre zählen. Er hatte eine ansprechende Erscheinung mit freundlichem geistvollem und wohlwollendem Gesichtsausdrucke.

Die Engländer händigten ihm die Briefe des Paschas aus. Als der Scheikh dieselben durchlesen, fragte er Denham, was er und seine Gefährten in Bornu zu beginnen gedächten.

»Wir wollen nur das Land sehen«, sagte Denham, »und uns über dessen Bewohner, Natur und Erzeugnisse unterrichten.«

»So seid mir willkommen«, erwiderte der Scheik; »es soll mir ein Vergnügen sein, Euch alles zu zeigen. Ich habe für Euch Wohnstätten in der Stadt herstellen lassen, seht sie Euch mit einem meiner Leute an und fürchtet nicht, auszusprechen, was Ihr daran etwa auszusetzen habt.«

Die Reisenden erhielten bald Erlaubnis, Tier- und Vogelbälge, welche ihnen interessant schienen, zu sammeln und alles aufzuzeichnen, was der Beobachtung wert schien. So kamen sie in Besitz einer großen Menge schätzenswerter Nachrichten auch über die Nachbarschaft Koukas.

Die letztere, damals die Hauptstadt von Bornu, besaß einen Markt, wo Sklaven, Lämmer, junge Ochsen, Weizen, Reis, Erdnüsse, Feuerbohnen, Indigo und verschiedene andere Landesprodukte verhandelt wurden. In den Straßen der Stadt, welche mindestens 15000 Einwohner zählte, herrscht ein ungemein reges Leben.

Angornu ist ebenfalls eine große, mit Mauern umschlossene Stadt von 30000 Seelen. Sie galt früher als Hauptstadt des Landes. Auch ihr Markt war nicht unbedeutend. Daselbst feilschen oft nicht weniger als hunderttausend fremde Käufer und Verkäufer um den Preis von Fischen, Geflügel, Fleisch, das roh oder gekocht zu Markte gebracht wird, Zinn, Kupfer, Weihrauch und Korallen. Leinwand war hier so billig, daß fast jeder Hemd und Beinkleider aus diesem Gewebe trug. Die Bettler verfuhren auf eigentümliche Weise, um Erbarmen zu erwecken; sie besetzen die Zugänge des Marktplatzes, halten ein Stück alter, zerrissener Hose in der Hand und rufen die Vorübergehenden unter kläglichen Gebärden mit den Worten an: »Seht, ich habe nicht einmal Beinkleider!« Die Neuheit dieses Kniffes, das Verlangen nach einem Kleidungsstücke, das in ihren Augen notwendiger als selbst die Nahrung erscheint, zwang den Reisenden zu lautem Lachen, als er zum ersten Male Zeuge einer solchen Szene war.

Bisher hatten die Engländer nur mit dem Scheik zu tun gehabt, der, sich mit der ausübenden Gewalt begnügend, dem Sultan die nominelle Oberherrschaft überließ. Dieser Fürst war eine sonderbare Persönlichkeit und ließ sich nur, gleich einem merkwürdigen, gefährlichen Tiere, durch das Gitter einer Art Käfigs aus Rosenholz sehen, der nahe seinem Gartentore stand. Eine bizarre Mode an diesem Hofe bestand auch darin, daß alle, die daselbst verkehrten, um elegant zu erscheinen, einen starken Leib haben und sogar künstliche Mittel anwenden mußten, um nur fettleibig zu erscheinen, was sonst doch jedermann eher für störend hält.

Die raffiniertesten Hofschranzen hatten, wenn sie zu Pferde saßen, einen so stark ausgestopften Bauch, daß dieser vorn über den Sattenknopf herabhing. Außerdem erforderte die Etikette, einen Turban von solcher Weite und so großem Gewichte auf dem Kopfe zu balancieren, daß die, welche ihn trugen, oft den Kopf zur Seite neigen mußten.

Diese barocken Ausschreitungen erinnerten ungemein an die so häufigen Türken der Maskenbälle. Die Reisenden hatten manchmal alle Mühe, solchen Zerrbildern gegenüber den nötigen Ernst zu wahren.

Neben diesen feierlich-amüsanten Empfangszeremonien und Erscheinungen machte man aber doch viel interessante Beobachtungen und zog Nachrichten aller Art ein, welche manches frühere Dunkel erhellten.

Denham wäre nun gern so bald als möglich nach Süden zu aufgebrochen. Der Scheikh schlug das aber ab, um die Sicherheit der ihm vom Bey von Tunis empfohlenen Fremdlinge nicht zu gefährden. Seit dem Betreten des Gebietes von Bornu war ja an Bou Khaloums Verantwortlichkeit die des wohlwollenden Scheik getreten.

Denhams Gesuch wurde aber endlich so dringend, daß er von El Khanemi die Erlaubnis erhielt, Bou Khaloum bei einer »Ghrazzie« oder Razzia zu begleiten, welche dieser gegen die Kaffir oder Ungläubigen unternehmen wollte.

Die Armee des Scheik und die Araber kamen nun durch Yeddie, eine große, geschlossene Stadt, zwanzig Meilen von Angornu; ferner durch Affagey und noch andere Ortschaften, welche auf dunklem lehmhaltigem Alluvialboden erbaut waren.

In Delow betraten die Araber nachher das Land Mandara, dessen Sultan ihnen mit fünfhundert Reitern entgegenkam.

»Mohammed Becker«, sagt Denham von diesem, »war von kleiner Gestalt und etwa fünfzig Jahre alt, den Bart hatte er wunderschön – himmelblau gefärbt!«

Es erfolgte eine allgemeine Vorstellung, und der Sultan fragte, sobald er Denhams ansichtig geworden, wer er sei, woher er komme und was er vorhabe, endlich auch, ob er Muselman sei. Auf die Antwort Bou Khaloums verdrehte der Sultan die Augen und murmelte: »Der Pascha hat also auch Kaffir zu Freunden?«

Dieser Zwischenfall hinterließ einen üblen Eindruck und Denham durfte später nie wieder vor dem Sultan erscheinen.

Die Feinde des Paschas von Bornu und des Sultans von Mandara hießen Felatahs. Ihre zahlreichen Stämme sind bis jenseits Timbuktu verbreitet. Es sind schöne Menschen von tiefer Bronzefarbe, wodurch sie sich deutlich von den Negern unterscheiden, mit denen sie sich übrigens kaum je vermischen. Auch bekennen sie sich zum Islam. Wir werden später auf diese Felatahs, Foulahs, Peuls oder Fans, wie man sie in ganz Sudan nennt, zurückkommen.

Im Süden der Stadt Mora erhebt sich eine Hügelkette, deren höchste Gipfel 2500 Fuß nicht übersteigen und die sich, nach Aussage der Eingebornen, dreißig Tagereisen weithin erstreckt.

Denhams Beschreibung dieser Landschaft ist merkwürdig genug, um hier wenigstens das Hervorragendste daraus mitzuteilen.

»Nach allen Seiten«, sagt er, »begrenzt unseren Blick eine Kette von Bergen, deren Ende man nicht absieht. Hinsichtlich der riesenhaften Dimensionen und der wilden Großartigkeit, halten sie weder einen Vergleich mit den Alpen, den Apenninen oder dem Jura, nicht einmal mit der Sierra Morena aus, messen sich aber mit allen genannten an pittoreskem Aussehen. Vor uns lagen die Spitze des Valmy Savah, Djogghiday Vayah, Moyoung und Memay, deren felsige da und dort mit Dörfern bedeckte Fluren sich von Osten nach Westen hinziehen; der Horza, an Höhe und Schönheit vielleicht der erste von allen, bot mit seinen Schluchten und steilen Abhängen nach Süden zu ein reizendes Landschaftsbild.«

Derkolla, ein Hauptort der Felatahs, wurde angegriffen und eingeäschert. Die Araber nahmen nachher Stellung vor Mosfeia, das eine zur Verteidigung sehr günstige Lage hat und durch Palisaden beschützt ist, welche zahlreichen Bogenschützen als Deckung dienen. Der englische Reisende mußte dem Kampfe beiwohnen. Der erste Anprall der Araber war unwiderstehlich. Der Knall der Feuerwaffen, sowie der Ruf von Bou Khaloums Tapferkeit und Grausamkeit verbreiteten anfänglich eine wahre Panik unter den Felatahs. Wenn die Mandaranen und Bornuesen da den Angriff auf den Hügel kräftig unterstützt hätten, wäre die Stadt sicherlich gefallen.

Als die Belagerten aber das Zögern ihrer Feinde bemerkten, ergriffen sie selbst wieder die Offensive und schickten die Bogenschützen vor, deren vergiftete Pfeile unter den Arabern zahlreiche Opfer forderten. Gerade da wichen die Hilfsmannschaften von Bornu und Mandara schimpflich zurück.

Barca Gama, der Anführer der ersteren, verlor drei Pferde

unter dem Leibe. Bou Khaloum wurde verwundet, ebenso wie sein Pferd, und das Denhams ebenfalls; letzterer selbst erhielt einen Streifschuß ins Gesicht, während noch zwei Pfeile seinen Burnus durchbohrten.

Der Rückzug artet bald zur wilden Flucht aus. Denhams Pferd stürzt, und der Reiter, den die Felatahs schon umringen, rafft sich nur mit Mühe wieder auf. Zwei Felatahs weichen vor der Pistole des Engländers zurück, ein dritter erhält einen Schuß in die Schulter.

Denham betrachtete sich als gerettet, als sein Pferd sich zum zweiten Male überschlug und er weit weg und heftig gegen einen Baum geschleudert wurde. Als der Major wieder zu sich kam, war das Pferd verschwunden und er ohne Waffen. Sofort sieht sich Denham, der an beiden Händen und an der rechten Seite verwundet ist, von Feinden umringt und beraubt, während nur die Furcht, seine reiche Kleidung zu zerstören, diese abhielt, ihm den Garaus zu machen.

Inzwischen entsteht ein Streit um die Beute, der Major benutzt die Gelegenheit, unter einem Pferde wegzugleiten und im nahen Gebüsch zu verschwinden. Entblößt und blutend, kommt er nach tollem Laufe am Rande einer Schlucht an, in deren Grund ein Bergstrom herabstürzt.

»Meine Kräfte waren fast zu Ende«, sagt er, »ich erfaßte die jungen Zweige, welche an dem alten Stamm eines über die Schlucht hinaushängenden Baumes hervorgesproßt waren, um mich bis zum Wasser hinabgleiten zu lassen, da die Uferwand zu steil war. Schon bogen sich die Zweige unter dem Gewicht meines Körpers, als ich dicht unter meiner Hand eine große »Liffa«, die giftigste Schlange der Gegend, aus ihrem Schlupfwinkel hervorgleiten sah, welche sich zum Bisse anschickte. Der Schreck lähmte alle meine Gedanken. Ich ließ die Zweige los und fiel kopfüber ins Wasser. Dieser Fall gab mir jedoch die klarere Besinnung wieder, und drei Bewegungen der Arme führten mich nach dem anderen Ufer, das ich mit großer Schwierigkeit erklomm. Damit war ich nun vor der weiteren Verfolgung durch die Felatahs sicher.«

Zum Glück bemerkte Denham einen Trupp Reiter, denen er sich trotz des Lärmens ringsum verständlich machen konnte. Er legte mit ihnen eine Strecke von siebenunddreißig Meilen ohne jede andere Kleidung als eine schlechte, von Ungeziefer strotzende Decke auf ungesatteltem, magerem Pferde zurück. Was mag er da bei einer Hitze von sechsunddreißig Graden, die seine Wunden nur verschlimmern mußte, gelitten haben!

Fünfunddreißig Araber, darunter deren Führer Bou Khaloum, waren getötet, fast alle übrigen verwundet, die Pferde unbrauchbar gemacht oder verlorengegangen – so endigte die Expedition, von der man sich reiche Beute und eine große Zahl Sklaven versprochen hatte.

Binnen sechs Tagen legte man die hundertachtzig Meilen betragende Wegstrecke von Mora nach Kouka zurück.

Denham fand in letzterer Stadt wieder einen recht freundlichen Empfang seitens El Khanemis, der ihm für seine verlorengegangene Kleidung ein Kostüm, wie es hier zu Lande üblich war, zustellen ließ.

Kaum hatte sich der Major von seinen Wunden und den vorigen Strapazen erholt, als er schon wieder an einer Expedition teilnahm, die der Scheik nach Monga, einem Lande im Westen des Tchadsees, ausführen ließ, dessen Bewohner seine Oberhoheit niemals voll anerkannt und sich in letzter Zeit geweigert hatten, den verfallenen Tribut zu entrichten.

Denham und Doktor Oudney brachen am 28. Mai von Kouka auf, überschritten den Yeou, der zu dieser Jahreszeit fast ganz trocken lag, in der Regenzeit aber gewaltig anzuschwellen pflegt, und besuchten Birnie sowohl wie die Ruinen von Alt-Birnie, der früheren Landeshauptstadt, welche gegen 200000 Einwohner gezählt haben soll. Nachher kamen sie zu den Trümmern von Gambaru, das sich einst durch prächtige Bauwerke auszeichnete und als Lieblingssitz des früheren Sultans galt, aber von den Felatahs zerstört wurde, ferner nach Kabchary, Bassekur, Bately und nach einer Menge anderer Städte und Dörfer, deren zahlreiche Einwohner ohne Widerstreben die Oberherrschaft des Sultans von Bornu anerkannten.

Der nun eintretende Winter erwies sich den Mitgliedern der Mission sehr ungünstig. Clapperton litt schrecklich an Fieber.

Der Zustand des Doktor Oudney, der schon bei der Abreise von England brustleidend war, verschlimmerte sich zusehends. Der Zimmermann Hillman befand sich in trostloser Lage. Nur Denham allein hielt sich aufrecht.

Als die Regenzeit zu Ende ging, reiste Clapperton mit dem Doktor Oudney am 14. Dezember nach Kano ab. Wir werden ihnen bald auf diesem interessanten Teile ihrer Reise folgen.

Sieben Tage später traf ein Fähnrich, namens Toole, in Kouka ein, der zur Reise von Tripolis bis hierher nur drei Monate und vierzehn Tage gebraucht hatte.

Im Februar 1822 unternahmen Denham und Toole einen Ausflug nach Loggoun, am Südende des Tchadsees. Die ganze Umgebung des Sees und seines Zuflusses, des Chary, ist sumpfig und steht während der Regenzeit unter Wasser; das besonders ungesunde Klima dieser Gegend wurde für den jungen Toole verderblich, denn dieser ging schon am 26. Februar in Angola mit Tode ab; er erreichte ein Alter von nicht ganz zweiundzwanzig Jahren.

Ausdauernd, unerschrocken, dienstwillig, kaltblütig und klug, wie er war, besaß Toole alle Eigenschaften, welche einen tüchtigen Reisenden auszeichnen.

Loggoun war bisher ein sehr unbekanntes Land, durch welches selbst Karawanen seltener zogen und dessen Hauptstadt Kernok gegen 15000 Einwohner zählte. Es wohnt hier ein schöner Menschenschlag, der die Bornuesen an geistigen Fähigkeiten übertrifft – beides gilt vor allem von den Frauen – sehr arbeitsam ist und schöne Leinwand nebst anderen guten Geweben fabriziert.

Die unumgängliche Vorstellung beim Sultan schloß, nach dem gewöhnlichen Austausch schöner Redensarten und der Entgegennahme reicher Geschenke, mit folgendem sonderbarem Angebote, das der Sultan dem Reisenden machte: »Wenn du gekommen bist, um Sklaven zu kaufen, so brauchst du nicht weiterzugehen, ich verkaufe dir solche so billig, wie irgendein anderer.« Denham hatte große Mühe, diesem gewerbetreibenden Fürsten verständlich zu machen, daß das nicht der Zweck seiner Reise sei und nur die Liebe zur Wissenschaft seine Schritte geleitet habe.

Am 2. März war Denham wieder in Kouka, wo am 20. Mai der Leutnant Tyrwhit eintraf, der, reiche Geschenke für den Scheik mit sich führend, in Bornu als Konsul bleiben sollte.

Nach einer letzten Razzia gegen Manu, die Hauptstadt von Kanem, und gegen die Dogganahs, welche früher die Ufer des Fitrisees bewohnten, schlug der Major am 16. August mit Clapperton den Rückweg nach Fezzan ein und kam wieder nach Tripolis, nach einer langen, gefahrvollen Fahrt, deren schon ohnehin beträchtliche Resultate durch Clapperton noch bedeutend vermehrt worden waren.

Wir schalten hier die Erzählungen der Reise-Erlebnisse und Entdeckungen dieses Offiziers ein. Nachdem er mit Doktor Oudney am 14. Dezember 1823 nach Kano, einer großen Felatahstadt im Westen des Tchadsees abgereist, war Clapperton dem Laufe des Yeou bis Damasak gefolgt und hatte Alt-Birnie und Bera, am Strande eines durch die Überschwemmungen des Yeou entstandenen Sees gelegen, ferner Dagamou und Bekidarfi besucht, die letzteren zwei Städte, welche schon zu Haoussa gehören. Die Bewohner dieses Distriktes, deren Anzahl vor den Einfällen der Felatahs eine weit höhere war, tragen als Waffen Bogen und Pfeile und treiben mit Tabak, Nüssen, »Gouro«, Antimon, gegerbten Ziegenfellen und Baumwollenzeugen, in Stücken oder verarbeitet, nicht unwichtigen Handel.

Die Karawane verließ bald das Ufer des Yeou oder Gamburou, um sich nach einer waldigen Gegend zu wenden, welche während der Regenzeit gewiß vollständig überschwemmt wird.

Hierauf betraten die Reisenden die Provinz Katagoum, deren Gouverneur sie sehr freundlich und mit der Versicherung empfing, daß ihre Ankunft für ihn ein wahres Fest sei und dem Sultan der Felatahs, der noch niemals Engländer gesehen, nicht weniger erwünscht sein werde. Er versprach ihnen gleichzeitig, daß sie bei ihm, ebenso wie in Kouka, alles irgend Notwendige finden würden.

Sein größtes Erstaunen erweckte es nur, daß die Reisenden weder Sklaven, noch Pferde oder Silber einkaufen wollten, und von ihm, außer seinem Wohlwollen, nichts begehrten, als die Erlaubnis, Pflanzen sammeln und das Land in Augenschein nehmen zu dürfen.

Katagoum liegt, nach Clappertons Beobachtungen, unter 12° 17′ 11″ der nördlichen Breite und 12° östlicher Länge von Greenwich. Diese Provinz bildete, vor dem Einfall der Felatahs, die Grenze von Bornu. Sie kann viertausend Reiter und zwanzigtausend mit Bogen, Säbeln und Lanzen bewaffnete Fußsoldaten ins Feld stellen. Ihre Erzeugnisse bestehen aus Getreide und Stieren, welche nebst den Sklaven die hauptsächlichsten Handelsartikel bilden. Die Stadt war die stärkste, welche die Engländer außer Tripolis bisher gesehen hatten. Zwei parallele Mauern mit Toren darin, welche jeden Abend geschlossen wurden, und drei trockene Gräben, einer im Innern, der andere außerhalb der Umwallung und der dritte zwischen den beiden Mauern von zwanzig Fuß Höhe und unten zehn Fuß Durchmesser, dehnten sich rings um dieselbe aus. Außer einer in Trümmern liegenden Moschee bot diese Stadt keine anderen Bauwerke als Lehmhütten, in welchen etwa sechs- bis siebentausend Seelen wohnten.

Hier sahen die Engländer zum ersten Male die bekannten Kaurimuscheln als Münze dienen. Vorher vertrat einheimische Leinwand oder irgendein anderer Artikel die Stelle des Tauschmetalls.

Südlich von der Provinz Katagoum liegt das Land Yakoba (Jakoba), welches die Muselmanen mit dem Namen Mouchy bezeichnen. Nach Clappertons Erkundigungen sollen die Bewohner dieser, von Kalkbergen erfüllten Provinz Menschenfresser sein.

Die Muselmanen lieferten, bei ihrem unüberwindlichen Abscheu vor den Kaffirs, für diese Beschuldigung freilich keine weiteren Beweise, als daß man an den Hausmauern da oder dort Köpfe oder Gliedmaßen von Menschen hängen sah.

Hier in Yakoba soll sich die Quelle des Yeou befinden, der im Sommer fast vollständig austrocknet, dessen Fluten aber während der Regenzeit, nach Aussage der Eingebornen, je alle sieben Tage anschwellen und ebensolange zurücksinken.

»Am 11. Januar«, sagt Clapperton, »setzten wir unsere Reise fort, mußten aber schon zu Mittag in Murmur haltmachen. Der Doktor befand sich in einem so verzweifelten Zustande der Schwäche und Erschöpfung, daß ich ihm kaum noch einen Tag Leben zutraute. Seit unserer Abreise aus den Bergen von Obarri verfiel er täglich zusehends mehr, nachdem er sich noch in Fezzan eine Kehlkopfentzündung zugezogen, als er sich, in Schweiß gebadet, einem scharfen Luftzug ausgesetzt hatte.

12. Januar. Der Doktor trank morgens eine Tasse Kaffee und ich ließ, seinem Wunsche entsprechend, die Kamele beladen. Ich half ihm beim Ankleiden und er verließ, auf seinen Diener gestützt, das Zelt; gerade als wir ihn auf das Kamel setzen wollten, bemerkte ich auf seinen Zügen schon das Herannahen des Todes. Ich ließ ihn natürlich sogleich zurückbringen, nahm an seiner Seite Platz und sah ihn mit einer schmerzlichen Empfindung, für welche ich vergebens passende Worte suchen würde, ohne eine Klage oder schwerere Qualen die treuen Augen schließen. Bei dem Gouverneur kam ich um die Erlaubnis, ihn hier beerdigen zu dürfen, ein, was mir sofort gestattet wurde. Unter einer Mimose, nahe dem einen Tore der Stadt, ließ ich eine Grube ausgraben. Nach der landesüblichen Abwaschung des Körpers, wurde der Leichnam in Turban-Shawltücher gehüllt, die wir als Geschenke für die Landesfürsten bei uns führten. Unsere Diener trugen ihn, und ich las, bevor wir ihn dem Schoße der Erde übergaben, die Leichengebete der englischen Kirche. Dann ließ ich um das einfache Grab eine Lehmmauer errichten, um dasselbe gegen Raubtiere möglichst zu schützen, und wir schlachteten zwei Lämmer zur Verteilung unter die Armen der Stadt.«

So endete Doktor Oudney, der Marinearzt, der sich so schöne naturwissenschaftliche Kenntnisse erworben hatte.

Die schreckliche Krankheit, deren Keim er schon von England mitbrachte, hatte ihm nicht gestattet, der Expedition diejenigen Dienste zu leisten, welche die Regierung von ihm erwarten mochte, und doch schonte er niemals seine Kräfte, da er sich während des Reisens besser zu befinden behauptete als während der Ruhe. Wenn er es auch fühlte, daß sein erschöpfter Organismus ihm jede andauernde Arbeit verbot, so wollte er doch wenigstens dem Eifer seiner Gefährten niemals hinderlich werden.

Nach jener traurigen Zeremonie schlug Clapperton wieder den Weg nach Kano ein. Er berührte dabei Digou, eine Stadt inmitten eines wohlangebauten Landes, das zahlreiche Herden ernährt. Katoumgoua, das schon nicht mehr in der Provinz Katagoum liegt; Zangeia, in der Nähe der Hügelausläufer von Douchi, das, nach den noch vorhandenen Mauerüberresten zu urteilen, einst ziemlich bedeutend gewesen sein muß; ferner Girkoua, dessen Markt fast schöner zu nennen ist als der von Tripolis; Sochwa, das ein hoher, aus reinem Ton errichteter Wall umschließt, und langte am 20. Januar glücklich in Kano an.

Kano, das Chana Edrisis und anderer arabischer Geographen, bildet den Hauptverkehrsplatz des Königreiches Haoussa.

»Gleich nach Durchschreitung des Tores«, sagt Clapperton, »fühlte ich mich ganz auffallend enttäuscht. Gemäß der glänzenden Beschreibung der Araber, rechnete ich hier darauf, eine weit ausgedehnte Stadt zu finden. Dafür standen die Häuser wohl eine Viertelmeile von der Mauer entfernt und da und dort in kleineren Gruppen mit stagnierenden, sumpfigen Lachen dazwischen, zusammengehäuft. Ich hätte mir recht wohl ersparen können, vorher Toilette zu machen (er hatte seine Uniform als Marineoffizier angelegt); alle Bewohner, welche ihren gewohnten Geschäften oblagen, ließen mich ruhig vorüberziehen, ohne daß jemand ein Auge nach mir verwendet hätte.«

Kano, die Hauptstadt der gleichnamigen Provinz, ist eine der bedeutendsten Ortschaften von Sudan, liegt unter 12°, 0′, 19″ nördlicher Breite und 9°, 20′ östlicher Länge.

Dieselbe mag dreißig- bis vierzigtausend Einwohner zählen; deren größere Hälfte freilich aus Sklaven besteht.

Der Marktplatz, im Osten und Westen von einem sumpfigen, mit Rosen bepflanzten Terrain begrenzt, bildet einen Sammelplatz zahlloser Enten, Störche und Geier, welche für die Reinhaltung der Stadt sorgen. Hierher strömen allerlei in Afrika gebräuchliche Nahrungsmittel zusammen, und stets findet man Ochsen-, Schaf-, Ziegen- und manchmal auch Kamelfleisch zum Verkaufe ausgestellt.

»Die Fleischer des Landes«, erzählt der Reisende, »sind ebenso schlau wie die unsrigen; sie wissen durch einige geschickte Schnitte das Fett der Fleischstücke recht sichtbar zu machen und blasen letztere nicht selten auf, oder befestigen gar ein Stück Lammfell auf einer Ziegenkeule.«

Außerdem findet man auch Schreibpapier, Erzeugnisse aus europäischen Fabriken, im Lande verfertigte Scheren und Messer, Antimon, Zinn, rote Seide, Armspangen aus Kupfer, Glasspielwaren, Korallen, Weihrauch, Zinnringe, einzelne Schmuckgegenstände aus Silber, Turban-Schals, Shirting, Calicot, maurische Kleidungsstücke und allerlei andere Gegenstände auf dem Markte von Kano.

Clapperton kaufte hier einen englischen Baumwollen-Regenschirm, der über Ghadames eingeführt war, für drei Piaster. Er besuchte auch den Sklavenmarkt, wo die armen Leute sehr genau untersucht werden, »ganz mit derselben Sorgfalt, wie die Sanitätsoffiziere die Freiwilligen mustern, welche in die Marine eintreten wollen.«

Die Stadt ist sehr ungesund; die Sümpfe, welche fast die eine Hälfte derselben einnehmen, und die Löcher, welche man in den Boden gräbt, um den zum Bauen nötigen Lehm zu gewinnen, umhüllen dieselbe mit einer Art permanenter Malaria.

In Kano herrscht die Mode, sich Zähne und Lippen mit »Gourgiblumen« und Tabak zu färben, wodurch sie ein blutrotes Aussehen erhalten. Man kaut hier gern Gouro-Nüsse oder verwendet diese auch gepulvert zum Schnupfen, wobei man dem Pulver »Trona« zumischt; ein Gebrauch, der Haoussa nicht eigentümlich ist, da man demselben auch in Bornu begegnet, wo er nur den Frauen verboten ist. Endlich rauchen die Haoussanen auch einen im Lande gezogenen Tabak.

Am 23. Februar brach Clapperton nach Sockatu auf. Er kam durch ein pittoreskes, gut angebautes Land, dem auf den Hügeln da und dort verstreute Gebüsche fast das Ansehen einer englischen Parkanlage verliehen. Überall weideten ganze Herden schöner weißer oder aschgrauer Rinder.

Die Hauptortschaften, welche Clapperton auf diesem Wege traf, sind: Gadania, eine wenig volkreiche Stadt, deren Bewohner die Felatahs als Sklaven weggeführt und verkauft haben; Doncami, Zirmie, die Hauptstadt von Zambra; Kagaria und Kouara; dabei sah er die Brunnen von Kamoun, wo ihn eine von dem Sultan abgesandte Eskorte erwartete.

Sockatu ist die am stärksten bevölkerte Stadt, welche Clapperton in Afrika gesehen hat. Ihre recht gut gebauten Häuser bildeten regelmäßige Straßen, nicht solche Einzelhaufen, wie in den übrigen Städten von Haoussa. Umgeben von einer zwanzig bis dreißig Fuß hohen Mauer mit zwölf Toren, die man mit Sonnenuntergang sperrte, besaß Sockatu zwei große Moscheen, einen geräumigen Markt und einen ausgedehnten Platz vor der Wohnung des Sultans.

Die Einwohner, meist Felatahs, besitzen viele Sklaven, von denen diejenigen, welche nicht zu häuslichen Diensten verwendet werden, für Rechnung ihrer Herren verschiedene Geschäfte betreiben; sie sind z.B. Seidenwirker, Maurer, Schmiede, Schuhmacher oder auch Landbauer.

Seinen Wirten zu Ehren und um ihnen eine hohe Vorstellung von der Macht und dem Reichtum Englands zu geben, wollte Clapperton vor dem Sultan nicht anders als in glänzender Toilette auftreten. Er legte also seidene Strümpfe, weiße Beinkleider und die goldbetreßte Uniform an, zur Vervollständigung seines karnevalistischen Kostüms verhüllte er noch den Kopf mit einem schönen Turban und zog türkische Schuhe an. Bello empfing ihn unter zwei Säulen sitzend, welche das Dach einer Strohhütte trugen, die einem englischen Cottagehaus nicht unähnlich aussah. Der Sultan war übrigens ein schöner Mann von etwa fünfundvierzig Jahren und bekleidet mit einem »Tobe« aus blauem Kattun und einem weißen Turban, dessen Schal-Enden nach türkischer Sitte Nase und Bart verhüllten.

Mit kindlicher Freude nahm Bello die ihm von dem Reisenden dargebrachten Geschenke entgegen. Am meisten Vergnügen machten ihm offenbar eine Uhr, ein Teleskop und ein Thermometer, das er sinnreicherweise eine »Wärme-Uhr« nannte. Die größte Merkwürdigkeit freilich blieb ihm doch die Person des Reisenden selbst. Er fand kein Ende, sich nach den Sitten, Gebräuchen und Handelsverhältnissen Englands zu erkundigen. Wiederholt gab Bello den Wunsch zu erkennen, mit jener Macht in Handelsbeziehungen zu treten, ersuchte um die Niederlassung eines Konsuls und eines englischen Arztes in einem Hafen, den er Raka nannte, und um Übersendung gewisser Arten von großbritannischen Waren nach der Seeküste, wo er eine wichtige Handelsstadt, Funda, besäße. Nach mehrfachen Gesprächen über die verschiedenen Religionen in Europa, sowie über manche andere Gegenstände, gab Bello Clapperton die Bücher, Journale und Kleidungsstücke zurück, welche Denham bei Gelegenheit der unglücklichen Razzia, die Bou Khaloum das Leben kostete, abgenommen worden waren.

Am 3. Mai verabschiedete sich der Reisende vom Sultan.

»Unter vielerlei Umständlichkeiten wurde ich endlich bei Bello vorgelassen, der übrigens ganz allein war und mir, unter Versicherung seiner freundschaftlichen Gefühle für unser Volk, sofort einen Brief an den König von England übergab. Er drückte wiederholt den Wunsch aus, mit uns in Verbindung zu bleiben, und bat mich, ihm zu schreiben, wann die englische Expedition (deren Absendung Clapperton versprochen hatte) etwa an seiner Küste eintreffen würde.«

Clapperton schlug denselben Weg, den er auf der Hinreise genommen, wieder ein und erreichte am 8. Juli Kouka, wo er auch den Major Denham antraf. Er brachte ein arabisches Manuskript mit, eine historische und geographische Schilderung des Königreichs Takrur unter der Regierung Mohammed Bellos von Haoussa enthaltend und von letzterem selbst verfaßt. Er hatte während seines Aufenthaltes in jenem Lande nicht nur sehr schätzenswerte und vielfache Aufschlüsse über das Tier- und Pflanzenreich in Bornu und Haoussa, sondern auch ein Wörterverzeichnis der Sprachen von Begharmi, Mandara, Bornu, Haoussa und Timbuktu gesammelt.

Die Ergebnisse dieser Expedition waren also recht erfreuliche. Zum ersten Male hörte man ein Wort von den Felatahs, deren Identität mit den Fans Clapperton auf seiner zweiten Reise feststellen sollte. Man erfuhr, daß sie in der Mitte und im Westen Afrikas ein gewaltiges Reich gegründet hatten, und daß diese Völkerschaften nicht zur Rasse der Neger gehörten. Das Studium ihrer Sprache und der Verwandtschaft, welche dieselbe mit anderen nichtafrikanischen Idiomen erkennen läßt, warf ein ganz neues Licht auf die Geschichte der Völkerwanderungen. Endlich kannte man nun auch den Tchadsee, zwar nicht in seinem ganzen Umfang, doch aber zum größten Teile. Man wußte, daß ihm zwei große Flüsse zuströmten, der Yeou, dessen Verlauf zum Teil untersucht und über dessen Quelle die Eingebornen einige Mitteilungen gemacht hatten; und der Chary, dessen Unterlauf und Ausmündung Denham sorgfältig erforscht hatte. Die Mitteilungen, welche Clapperton von den Eingebornen über den Niger erhielt, waren freilich noch ziemlich verwirrt, ergaben aber doch die Wahrscheinlichkeit, daß derselbe in den Golf von Benin münden werde. Clapperton beabsichtigte übrigens, nach kurzer Rast in England hierher zurückzukehren und von der Atlantischen Küste ausgehend, dem Kouara oder Djoliba, wie der Niger an gewissen Stellen seines Laufes genannt wird, stromaufwärts zu folgen (um den schon lange dauernden Streit über denselben ein Ende zu machen, indem er nachzuweisen hoffte, daß dieser Strom nicht ein und derselbe mit dem Nil sei), seine Entdeckungen mit denen Denhams zu verknüpfen und endlich auf der Diagnonale von Tripolis bis zum Golfe von Benin eine Fahrt quer durch ganz Afrika durchzusetzen.

II.

Zweite Reise Clappertons. – Ankunft in Badagry. – Yourriba und dessen Hauptstadt Katunga. – Boussa. – Versuche, genaue Kunde von dem Tode Mungo Parks zu erhalten. – Nyffe, Gouari und Zegzeg. – Ankunft in Kano. – Verdrießlichkeiten. – Clappertons Tod. – Landers Rückkehr nach der Küste. – Tuckey am Kongo. – Bowdich bei den Aschantis. – Mollien an den Quellen des Senegal und des Gambia. – Major Gray. – Caillié in Timbuktu. – Laing an den Quellen des Nigers. – Richard und John Lander an der Mündung des Nigers. – Cailliaud und Letorzec in Ägypten, Nubien und in der Oase von Sinah.

Gleich nach seiner Rückkehr nach England beeilte sich Clapperton, dem Lord Bathurst sein Vorhaben zu unterbreiten, demgemäß er sich nach Kouka von Benin aus begeben, d. h. dem kürzesten Weg – den vor ihm noch keiner betreten hatte – folgen und den Niger hinauf von seiner Mündung bis Timbuktu vordringen wollte.

Clapperton erhielt für diese Expedition, deren Führung ihm überlassen wurde, drei Begleiter, den Chirurgen Dickson, den Schiffskapitän Pearce, einen vorzüglichen Zeichner, und den Marinechirurgen Morrison, der in allen Gebieten der Naturwissenschaften gründlich unterrichtet war.

Am 26. November 1825 langte die Expedition im Golfe von Benin an. Dickson, der aus irgendwelchem nicht nachweisbaren Grunde gewünscht hatte, allein zu reisen, um sich nach Sockatu zu begeben, wurde in Inidah ans Land gesetzt. Ein Portugiese, namens Souza, begleitete ihn bis Dahomey mit Kolumbus, dem früheren Diener Denhams. Siebzehn Tagereisen von dieser Stadt kam Dickson nach Char, später nach Youri, ist aber von da ab verschollen geblieben.

Die andere Gesellschaft war bei dem Beninstrome angelangt, vor dessen Benutzung sie ein englischer Kaufmann, namens Houtson, eindringlich warnte, da der Beherrscher des Uferlandes einen tiefen Haß gegen die Engländer hege, die seinem einträglichsten Geschäfte, dem Sklavenhandel, unüberwindliche Hindernisse bereiteten.

Seiner Aussage nach empfahl es sich weit mehr, nach Badagry, ein Ort, der von Sockatu nicht weiter entfernt liegt, zu gehen, dessen Fürst, der sich den Reisenden immer gewogen erwiesen hatte, ihm ohne Zweifel Begleitmannschaft bis zur Grenze des Königreichs Yourriba mitgeben würde.

Houtson wohnte schon seit mehreren Jahren im Lande und kannte dessen Sitten und Sprache; Clapperton hielt es also für geraten, denselben bis Eyes oder Katunga, der Hauptstadt von Yourriba, mitzunehmen.

Die Expedition brach am 29. November 1825 nach Badagry auf, hielt sich an einem Nebenarme des Lagos, zog dann gegen zwei Meilen weit an dem kleinen Hafen von Gazie hin, der ein Stück nach Dahomey hineinschneidet, und drang an dessen linken Ufer in das Innere des Landes ein. Der Erdboden war ziemlich sumpfig, aber vortrefflich angebaut und mit Yams bedeckt. Alles atmete hier Überfluß. Die Neger zeigten sich auch sehr widerwillig zur Arbeit. Es wäre unmöglich, die unzähligen »Palabres« (Unterredungen), die verschiedenen Verhandlungen und Angebote und alle die Hindernisse aufzuzählen, die man überwinden mußte, um sich einige Träger zu verschaffen.

Trotz dieser Schwierigkeiten erreichten die Forscher doch glücklich Djannah, sechzig Meilen von der Küste.

»Hier sahen wir«, sagt Clapperton, »mehrere Webereien in voller Tätigkeit, oft acht bis zehn in einem Hause, welche eine wirklich geordnete Manufaktur bildeten... Die Leute hier fabrizieren auch Fayence, ziehen aber das aus Europa stammende dem einheimischen vor, obwohl sie von den verschiedenen Gegenständen keineswegs immer den richtigen Gebrauch machen. Das Gefäß, in welchem der »Cabocir« (Häuptling) uns Trinkwasser anbot, wurde z. B. von Houtson als ein hübsches – Nachtgeschirr wiedererkannt, das er im Vorjahre in Badagry selbst verkauft hatte.«

Alle Teilnehmer der Expedition litten infolge der dauernden feuchten Hitze und des überhaupt ungesunden Landes heftig vom Fieber. Pearce und Morrison erlagen demselben am 27. September, der eine bei Clapperton, der andere in Djannah, bevor sie die Küste erreicht hatten.

In allen Städten, durch welche Clapperton kam, so in Assoudo, mit gegen 10000 Einwohnern, in Daffou, das etwa 5000 mehr zählen mag, hatten sich eigentümliche Gerüchte verbreitet. Überall sagte man, er sei gekommen, in den vom Kriege verheerten Ländern den Frieden wiederherzustellen und überhaupt den Gegenden, welche er durchzog, Glück und Wohlstand zu bringen.

In Tchow traf die Karawane einen Boten, den der König von Yourriba derselben mit zahlreichem Gefolge entgegengeschickt hatte, und gelangte nun bald nach Katunga. Diese Stadt »ist umschlossen von einem dichten Haine, der einen etwa drei Meilen langen Gürtel um den Fuß eines felsigen Berges bildet; zum Teile liegt sie zwischen den Bäumen selbst; man dürfte kaum irgendwo ein schöneres Bild zu sehen bekommen.«

In genannter Stadt verweilte Clapperton vom 24. Januar bis zum 7. März 1826. Er stand hier in den besten Beziehungen zu dem Sultan, von dem er sich die Erlaubnis erbat, nach Nyffe oder Toppa zu gehen, um von da aus nach Haoussa oder Bornu zu gelangen. »Nyffe ist durch Bürgerkriege verwüstet, und einen der Thronprätendenten hat die Felatahs zu Hilfe gerufen«, erwiderte der Sultan; »es empfiehlt sich also nicht, diesen Weg einzuschlagen, während es geraten erscheint, durch die Provinz Youri zu ziehen!« Clapperton mußte sich dem wohl oder übel fügen.

Seinen Aufenthalt in Katunga hatte er aber benutzt, manche interessante Beobachtungen zu sammeln. Diese Stadt enthält nicht weniger als sieben verschiedene Märkte, auf welchen Yamswurzeln, Körnerfrüchte, Bananen, Feigen, Pflanzenbutter, Coloquintenkröner, Ziegen, Hühner, Schafe, Lämmer, Leinwand und eine Menge landwirtschaftlicher Geräte zum Verkaufe gebracht werden.

Die Wohnhäuser des Königs und seiner Frauen umgeben zwei große Parks. Die Tore und die Stützpfeiler der Verandas sind mit Schnitzereien verziert, welche entweder eine Boa, die eine Antilope oder ein Schwein tötet, oder eine Kriegerschar von Trommlern begleitet darstellen – Skulpturen, welche übrigens gar nicht so schlecht ausgeführt sind.

»Das durchschnittliche Aussehen der Yourribanis«, sagt der Reisende, »scheint mir die charakteristischen Eigentümlichkeiten der Neger weit weniger darzubieten, als das aller anderen Völker, die ich gesehen habe; ihre Lippen sind minder dick und die Nase zeigt eine weniger gebogene Linie als die der Neger im allgemeinen. Die meist recht gut gebauten Männer haben ein offenes Auftreten, was jedermann in die Augen fällt; die Frauen stehen ihnen in allen Stücken nach, was wohl daher kommen mag, daß sie zu viel der Sonne ausgesetzt sind und die schwersten Anstrengungen ertragen müssen, da sie die Bearbeitung des Bodens besorgen.«

Nicht weit von Katunga überschritt Clapperton den Moussafluß, einen Nebenarm des Kaoura, und kam nun nach Kiama, eine der Städte, welche die von Haoussa und Borgu kommende Karawane passiert, wenn sie nach Gandja, an der Grenze von Aschanti, zieht. Sie zählt mindestens 30 000 Einwohner, die in Afrika als die verschmitztesten Diebe berüchtigt sind.

»Wenn man einen Straßenräuber oder Mörder sehen will, braucht man nur den ersten besten Bewohner von Borgu zu rufen.«

Als er Kiama verließ, begegnete der Reisende der Karawane von Haoussa. Ochsen, Esel, Pferde, Frauen und Männer, zusammen wohl tausend, marschierten eines hinter dem anderen und bildeten eine endlose Linie, welche einen merkwürdigen, höchst bizarren Anblick darbot. Welches buntscheckige Gemisch, von den jungen, fast nackt einherlaufenden Mädchen und den unter ihrer Bürde gebeugten Männern bis zu jenen, ebenso phantastisch als lächerlich gekleideten Gandjani-Kaufleuten, welche auf erschöpften, bedenklich hinkenden Pferden einherritten!«

Clapperton schlug nun den Weg nach Boussa, also nach dem Orte ein, wo Mungo Park auf dem Niger umgekommen war. Ehe er jenes erreichte, mußte er den Oli, einen Nebenfluß des Kouara, überschreiten und Ouaoua, die Hauptstadt der Provinz Borgu, passieren, deren viereckige Mauer wohl eine Einwohnerzahl von 18000 Seelen bergen mochte. Es ist das eine der saubersten und bestgebauten Städte, die man nach Badagry antrifft. Die Straßen sind reinlich, breit und die kreisrunden Häuser haben ein kugelförmiges Strohdach. Auf dem ganzen Erdboden würde man aber vergeblich eine Stadt suchen, in der die Trunksucht so verbreitet wäre wie hier. Gouverneur, Priester und Laien, Männer und Frauen verzehren Palmenwein, Rum von der Küste und »Bouza« in erstaunlicher Menge. Der letztgenannte Liqueur besteht aus einer Mischung von Dourrah, Honig, Chilipfeffer und der Wurzel eines fetten Krautes, das auch als Viehfutter dient, nebst einer gewissen Quantität Wasser.

»Die Ouaouanis«, sagt Clapperton, »stehen im Rufe großer Redlichkeit. Sie sind heiter, wohlwollend und gastfrei. Ich habe in Afrika kein Volk getroffen, das so bereitwillig Auskunft über das von ihm bewohnte Land gegeben hätte, und, was besonders hervorgehoben zu werden verdient, ich habe hier auch niemals einen Bettler gesehen. Die Einwohner behaupteten, nicht aus Borgu selbst, sondern von den Haoussanis und Nyffenis abzustammen. Ihre Sprache ist nur ein Dialekt von der der Yourribanis, aber die ouaouanischen Frauen sind hübsch, die in Yourriba aber nicht; die Männer sind kräftig und wohlgebaut, doch verraten ihre Züge das gewohnte wüste Leben. Ihre Religion bildet eine Mischung von Islamismus und Paganismus.«

Auf dem Wege von der Küste her hatte Clapperton auch – und diese Bemerkung erscheint nicht unwichtig – wiederholt heidnische Felatahstämme getroffen, welche dieselbe Mundart, Hautfarbe und überhaupt dasselbe Aussehen hatten wie die muselmanischen Felatahs. Diese gehörten offenbar derselben Rasse an.

Boussa, wohin der Reisende endlich kam, ist keine eigentliche Stadt; es besteht nur aus verschiedenen Gruppen zerstreuter Häuser, auf einer Insel des Kaoura unter 10° 14′ nördlicher Breite und 6° 11″ östlicher Länge von Greenwich. Die Provinz, deren Hauptort es bildet, ist die volkreichste von ganz Borgu. Die Einwohner sind Heiden, ebenso wie der Sultan, obwohl letzterer Mahommed hieß. Sie ernähren sich von

Affen, Hunden, Katzen, Ratten, Fischen, Rind- und Lämmerfleisch.

»Während ich bei dem Sultan verweilte«, sagt Clapperton, »wurde das Frühstück aufgetragen und ich selbst zur Teilnahme eingeladen; dasselbe bestand aus einer großen gerösteten Wasserratte, die nicht einmal abgezogen war, einer Schüssel recht gut zubereitetem Reis, gedörrtem und in Palmöl gedämpftem Fisch, gebackenen oder gedämpften Alligator-Eiern und endlich aus frischem Wasser aus dem Kouara. Ich aß gedämpften Fisch und Reis, man machte sich aber sehr lustig darüber, daß ich weder den Rattenbraten noch die Alligatoren-Eier versuchen wollte.«

Der Sultan nahm den Reisenden übrigens sehr freundlich auf und meldete ihm auch, daß der Sultan von Youri schon seit sieben Tagen Boote bereit halte, um ihn flußaufwärts bis zu jener Stadt zu bringen. Clapperton antwortete, daß er, da alle Wege zwischen Bornu und Youri durch den Krieg versperrt seien, es vorziehen werde, über Koulfa und Nyffe weiterzuziehen.

»Du hast recht«, sagte der Sultan, »und hast wohl daran getan, zu mir zu kommen; von hier aus magst du den Weg einschlagen, der dir der beste dünkt.«

Bei einer späteren Unterredung unterrichtete sich der Reisende über die Europäer, welche vor etwa zwanzig Jahren auf dem Kouara das Leben eingebüßt hatten. Diese Frage schien dem Sultan nicht angenehm zu sein, so daß er nur zögernd antwortete. Er sagte, daß er damals noch zu jung gewesen sei, um sich der Vorfälle genau zu erinnern.

»Ich wünsche ja weiter nichts«, fuhr Clapperton fort, »als die Bücher und Papiere, die ihnen gehörten, wieder zu erlangen und die Stelle zu sehen, wo sie den Tod fanden.«

»Ich besitze nichts, was ihnen gehörte«, antwortete der Sultan. »Was aber die Stelle betrifft, wo sie starben, so rate ich dir, nicht dahin zu gehen; das ist ein verrufener Platz!«

»Man sagte mir, es sei noch ein Teil des Bootes zu finden, welches sie trug. Ist das an dem?« fragte Clapperton.

»Nein, nein, da bist du falsch berichtet«, erwiderte der Sultan. »Schon vor langer Zeit hat das Hochwasser das Letzte weggespült, was etwa noch zwischen den Steinen hing.«

Auf eine erneute Frage Clappertons nach den Papieren und Tagebüchern Mungo Parks, erklärte der Sultan, daß er nichts davon habe, daß diese Sachen in die Hände mehrerer Gelehrten gekommen seien, er aber, da sie für Clapperton so viel Wert zu haben schienen, nach denselben forschen lassen werde. Nachdem er für dieses Versprechen seinen Dank abgestattet, bat der Reisende um die Erlaubnis, bei bejahrten Leuten in der Stadt, welche ja Zeugen jener Vorfälle gewesen sein mußten, Erkundigungen einziehen zu dürfen. In den Zügen des Sultans malte sich eine offenbare Verlegenheit und er gab darauf keine Antwort. Es erschien nutzlos, weiter in ihn dringen zu wollen.

»Ich hatte mir mit Erwähnung jener Vorfälle meine weiteren Untersuchungen ungemein erschwert«, sagt Clapperton, »denn jedermann wurde verlegen, wenn ich nach Einzelheiten derselben fragte, und sagte: ›Das ist früher geschehen, als ich mich erinnern kann.‹ Oder auch: ›Ja, ich bin nicht selbst dabei gewesen!‹ Die Stelle, wo das Boot angehalten hatte und die unglücklichen Insassen umgekommen waren, bezeichnete man mir nur vorsichtig und ungenau.

Einige Tage später vernahm Clapperton, daß der letzte Iman, der ein Felatah war, im Besitz der Bücher und Papiere Mungo Parks gewesen sei. Leider hatte dieser Iman Boussa seit einiger Zeit verlassen. In Koulfa endlich empfing der Reisende Nachrichten, welche es ihm außer Zweifel setzten, daß Mungo Park ermordet worden war.

Clapperton konnte, als er Borgou verließ, die Bemerkung nicht unterdrücken, daß man gewöhnlich sehr falsch über dessen Bewohner urteile, die überall als Räuber und Diebe verleumdet werden. Er für seine Person hatte das ganze Land derselben durchstreift, war allein mit ihnen gereist oder zur Jagd gewesen und konnte doch keinerlei Klage über sie führen.

Der Reisende wendet sich nun, den Kouara überschreitend und durch Guari und Zegzeg gehend, nach Kano. Bald langte er in Tabra, am May Yarrow, an, wo die Königin-Mutter von Nyffe wohnte; den König selbst sucht er in dem nicht weit von der Stadt entfernten Lager auf. Clappertons Aussage nach soll das der unverschämteste, verworfenste und habgierigste Spitzbube sein, den man nur finden könne, der alles, was er sah, für sich beanspruchte und sich durch keine Weigerung abweisen ließ.

»Er hat«, sagt der Reisende, »den Ruin des Landes herbeigeführt durch seinen maßlosen Ehrgeiz und durch die Anrufung der Felatahs, die ihm zwar zu Hilfe kamen, aber sich von ihm sofort abwenden werden, wenn er ihnen nichts mehr nützen kann. Er ist die Ursache, daß der größte Teil der fleißigen Bevölkerung von Nyffe hingeschlachtet, als Sklaven verkauft worden ist oder dem Lande den Rücken gekehrt hat.«

Durch Krankheit sah sich Clapperton genötigt, länger als er wollte, in Koulfa zu bleiben; es ist das übrigens eine Stadt mit reger Handelstätigkeit, am nördlichen Ufer des May Yarrow, welche gegen zwölf- bis fünfzehntausend Einwohner haben mag. Seit zwanzig Jahren den Einfällen der Felatahs ausgesetzt, ist dieselbe binnen sechs Jahren zweimal durch Brand zerstört worden. Clapperton wohnte hier dem Feste des Neumondes bei. An diesem Tage macht und empfängt jedermann Besuche. Die Frauen tragen ihr Wollenhaar eingeflochten und färben es, ebenso wie die Augenbrauen, mit Indigo. Die Lider werden mit »Khol«, die Lippen gelb und die Zähne rot gemalt; Hände und Füße aber mit Lawsonia (die echte Alkanna) gefärbt. Sie legen bei dieser Gelegenheit die besten und buntesten Kleider an, tragen all ihren Glasschmuck, nebst Armbändern und Ringen aus Kupfer, Silber, Zinn oder Messing, auch lassen sie das Fest nicht vorübergehen, ohne es im Genusse von »Bouza« den Männern möglichst gleich zu tun und sich an deren Gesängen und Tänzen zu beteiligen.

Von der Provinz Kotong Kora aus betrat der Reisende bald die Provinz Guari. Gleichzeitig mit dem Reste von Haoussa von den Felatahs erobert, hatte Guari sich nach dem Tode Bellos I. erhoben und trotz allen Widerstandes der Felatahs seine Selbständigkeit zu bewahren gewußt. Die Hauptstadt dieser Provinz, ebenfalls Guari genannt, liegt unter 10° 54′ nördlicher Breite und 8° 1′ östlicher Länge von Greenwich.

Mit Fatika erreichte Clapperton nun Zegzeg, ein den Felatahs unterworfenes Gebiet; darauf besuchte er Zariyah, eine merkwürdige Stadt, wo man eigentlich nur Hirsefelder, Küchengärten, Laubholzhaine, Sümpfe und Rasenplätze, aber fast keine Häuser sieht, und doch soll die Bevölkerung die von Kano an Seelenzahl übertreffen, denn sie wird auf vierzig- bis fünfzigtausend, meist Felatahs, geschätzt.

Am 19. September gelangte Clapperton endlich, nach vielen Widerwärtigkeiten und Beschwerden, nach Kano. Vom ersten Tage ab bemerkte er, daß man ihn lieber hätte von Osten her ankommen sehen, denn der Krieg mit Bornu hatte alle Verbindungen mit Fezzan und Tripolis unterbrochen. Während er das Gepäck unter der Obhut seines Dieners Lander zurückließ, machte sich Clapperton ohne Zögern auf den Weg, den Sultan aufzusuchen, der sich, wie er erfuhr, in der Nähe von Sockatu befinden sollte. Die Reise dahin bot leider die größten Schwierigkeiten. Clapperton büßte dabei seine Kamele und Pferde ein und konnte sich zu dem Transport des wenigen, was er mit sich führte, nur einen kranken Ochsen verschaffen, so daß er und sein Diener selbst verschiedenes tragen mußten.

Bello empfing Clapperton mit größter Freundlichkeit und sandte ihm Nahrungsmittel und Kamele. Da der Sultan aber eben damit beschäftigt war, die aufrührerische Provinz Gouber zu unterwerfen, konnte er dem Reisenden nicht sobald eine weitere Zusammenkunft bewilligen, um sich mit diesem über die vielerlei Gegenstände zu unterhalten, über welche die englische Regierung Auskunft wünschte.

An der Spitze von fünfzig- bis sechzigtausend Soldaten, von denen neun Zehntel zu Fuß und mit wattierten Rüstungen versehen waren, griff Bello Counia, die Hauptstadt von Gouber, an. Es kam zu einem überaus kläglichen Gefechte, und der ganze Krieg endete mit diesem mißlungenen Unternehmen.

Clapperton, der seine Gesundheit erschüttert fühlte, begab sich nach Sockatu und später nach Magoria, wo er den Sultan antraf.

Als er die für ihn bestimmten Geschenke in Empfang genommen, zeigte sich Bello gar nicht mehr so freundlich gesinnt wie vorher. Bald erklärte er sogar, von dem Scheikh El Khanemi einen Brief erhalten zu haben, demzufolge er der Person des Reisenden, der nur ein Spion sei, sich versichern und überhaupt den Engländern mißtrauen sollte, da diese nur darauf ausgingen, erst die Schätze des Landes kennenzulernen, dann sich daselbst niederzulassen, Parteigänger zu suchen und durch die Unordnungen, welche notwendig daraus entstehen müßten, unterstützt, Haoussa sich ebenso wie Indien zu unterwerfen

Alle von seiten Bellos erhobenen Schwierigkeiten ließen deutlich erkennen, daß er nur die für den Sultan von Bornu bestimmten Geschenke selbst einzuheimsen wünschte. Dazu brauchte er jedoch irgendeinen Vorwand; einen solchen glaubte er durch Verbreitung des Gerüchtes gefunden zu haben, daß der Reisende Kanonen und Munition für Kouka mit sich führe. Bello aber könne, so sagte er, mit gutem Gewissen nicht gestatten, daß ein Fremder durch seine Staaten reise, um die unversöhnlichsten Feinde derselben in den Stand zu setzen, diese mit Krieg zu überziehen. Bello suchte Clapperton sogar mit allen Mitteln dazu zu bewegen, ihm den Brief des Lord Bathurst an den Sultan von Bornu vorzulesen.

»Du kannst ihn nehmen, wenn du willst«, entgegnete der Reisende, »aber niemals werde ich ihn dir geben. Zwar ist dir alles möglich, da du die Macht in Händen hast, doch du wirst dich durch solches Verfahren nur entehren. Ich für meinen Teil lasse eher das Leben, ehe ich einen mir anvertrauten Brief erbreche. Ich kam zu dir mit einem Briefe und Geschenken von dem Könige von England, auf das Vertrauen hin, welches dein Brief vom vergangenen Jahre erweckt hat. Ich hoffe, daß du dein Wort nicht deshalb brichst und deine Versprechen Lügen strafst, nur um zu sehen, was dieser Brief enthält!«

Der Sultan gab ein Zeichen mit der Hand, um den Reisenden zu verabschieden, und dieser zog sich zurück.

Dieser Versuch sollte aber nicht der letzte sein, im Gegenteile trieb man es in der nächsten Zeit noch weiter. Einige Tage nachher verlangte man von Clapperton noch einmal die Auslieferung der für El Khanemi bestimmten Geschenke. Auf seine Weigerung nahm man ihm dieselben einfach ab.

»Ihr verfahrt gegen mich gleich Räubern«, rief Clapperton; »ihr brecht sogar euren Schwur! Kein Volk in der Welt würde sich Ähnliches erlauben. Ihr tätet besser, mir gleich den Kopf abzuschlagen, als so zu handeln; ich fürchte nur, dahin wird es erst kommen, wenn ihr mich völlig beraubt habt!«

Endlich wollte man ihm auch noch seine Waffen und Munition abnehmen. Clapperton widersetzte sich dem, so gut er konnte. Zuerst entflohen zwar seine erschreckten Diener, kehrten aber bald zurück, bereit, jede Gefahr mit ihrem Herrn, den alle sehr lieb gewonnen hatten, zu teilen.

Hiermit schließt Clappertons Tagebuch. Sechs Monate hatte er sich in Sockatu aufgehalten, ohne irgendwelche Forschungen anzustellen zu können; ja, es gelang ihm nicht einmal, die Verhandlungen zu Ende zu führen, um derentwillen er von der Küste aus hergekommen war. Die tödliche Langeweile, die Anstrengungen der Reise und verschiedene Anfälle von Krankheiten wirkten mehr und mehr auf ihn ein, so daß sein Zustand bald ein recht bedenklicher wurde, obwohl sich sein Diener Richard Lander, der sich ihm in Sockatu angeschlossen hatte, keine Mühe verdrießen ließ, seine Lage zu verbessern.

Am 12. März 1827 wurde Clapperton von einer Dysenterie ergriffen, welche nichts zu hemmen vermochte und die ihm schnell alle Kräfte raubte. Da es gerade die Zeit des Rhamadan war, konnte Lander nirgends, nicht einmal seitens der anderen Diener, Hilfe und Unterstützung finden. Dazu machte die Krankheit täglich Fortschritte. Zwanzig Tage lang lag Clapperton in gleicher Schwäche darnieder; als er sein Ende herannahen fühlte, erteilte er Richard Lander, seinem treuen Diener, noch die letzten Verhaltungsmaßregeln und verschied in dessen Armen am 11. April.

»Ich ließ«, sagt Lander, »den Sultan von dem schmerzlichen Verluste, der mich betroffen, Nachricht geben und kam um die Erlaubnis ein, meinen Herrn nach der Sitte unseres Landes begraben zu dürfen, wobei ich um Bezeichnung der Stelle bat, wo ich seine sterblichen Überreste zur Ruhe legen könne. Mein Bote kehrte sehr bald mit der Erlaubnis des Sultans zurück, und zu Mittag des nämlichen Tages schickte mir

Bello noch vier Sklaven, um das Grab auszuheben. Ich nahm mir vor, sie der Leiche folgen zu lassen, und legte diese, mit der Flagge von Großbritannien verhüllt, auf mein Kamel. Wir zogen nun langsam dahin, bis Djungari, einem etwa fünf Meilen im Südosten von Sockatu auf einem Hügel erbauten Dorfe. Der Leichnam wurde von dem Kamel herabgehoben, zunächst unter einer Hängematte niedergelegt, während die Sklaven die Grube herstellten, und nachher zu dieser hingetragen. Ich schlug ein Gebetbuch auf und erwies dem Toten mit von Schluchzen unterbrochener Stimme die letzten Ehren. Niemand lauschte auf die traurige Vorlesung und erleichterte meinen Schmerz, indem er ihn teilte. Die Sklaven blieben in einiger Entfernung stehen; sie stritten miteinander und machten ein wirklich unanständiges Geräusch. Nach Beendigung der religiösen Zeremonie wurde die Flagge weggezogen und der Kapitän sanft in die Erde versenkt. Und ich, ich weinte bittere Tränen an den leblosen Resten des besten, des unerschrockensten und würdigsten Herrn, den ich je gekannt.«

Die Hitze, die Anstrengungen und der Schmerz griffen den armen Lander so sehr an, daß es ihm zehn Tage lang ganz unmöglich war, seine Hütte zu verlassen.

Bello erkundigte sich wiederholt nach dem Befinden des armen Dieners, doch dieser durchschaute recht wohl den wahren Grund der Teilnahme; offenbar rechnete der Sultan nur darauf, sich der Kisten und Koffer des Reisenden, in denen er viel Gold und Silber vermutete, zu bemächtigen. Bello erstaunte daher aufs höchste, als er sich überzeugt, daß Lander kaum die nötigen Mittel besaß, um die Kosten der Reise bis zur Küste zu bestreiten. Freilich erfuhr er niemals, daß Lander eine ihm verbliebene goldene Uhr, außer denen der Kapitäne Pearce und Clapperton, am Leibe verborgen trug.

Alles in allem sah Lander ein, daß er um jeden Preis und so schnell als möglich nach der Küste zurückkehren müsse. Mit Hilfe einiger geschickt verteilter Geschenke, gewann er mehrere Ratgeber des Sultans für sich, welche letzterem vorstellten, daß, wenn der Reisende hier etwa mit Tode abginge, leicht das Gerücht entstehen könne, Bello habe diesen ebenso wie seinen Herrn umbringen lassen. Obwohl Clapperton Lander empfohlen hatte, sich einer Karawane arabischer Kaufleute nach Fezzan anzuschließen, entschloß dieser sich doch, weil er fürchtete, dabei die Papiere und Tagebücher der Expedition einzubüßen, nach der Küste aufzubrechen.

Am 3. Mai verließ Lander endlich Sockatu und wandte sich zunächst nach Kano. Wenn Lander bei diesem ersten Teile seiner Fahrt vor Durst fast umgekommen wäre, so gestaltete sich der zweite dafür desto günstiger, denn der König von Djacoba, mit dem er zusammen reiste, behandelte ihn sehr freundlich und lud ihn sogar ein, auch sein Land zu besuchen. Er erzählte von einem Nachbarvolke, den Nyam Nyams, die ihn im Kampfe gegen den Sultan von Bornu unterstützt und nach jedem Gefechte die erschlagenen feindlichen Krieger weggetragen, gebraten und gegessen hätten. Unseres Wissens ist das, seit Hornemann, das erste Mal, daß dieses Volk, über welches wahrhaft lächerliche Fabeln verbreitet waren, als der Anthropophagie ergeben erwähnt wird.

Lander erreichte Kano am 25. Mai, hielt sich daselbst aber nur ganz kurze Zeit auf und schlug den Weg nach Funda, am Ufer des Niger, ein, dem er bis nach Benin zu folgen gedachte. Dem Reisenden erschien diese Route nach mehreren Seiten hin vorteilhafter. Erstens war der Weg sicherer, dann aber auch noch so wenig bekannt, daß Lander die früheren Entdeckungen seines Herrn noch vermehren zu können hoffte.

Lander besuchte nach und nach Kanfou, Carifo, Gowgie und Gatas, und konstatierte, daß deren Bewohner zu der Rasse von Haoussa gehörten und den Felatahs tributpflichtig waren. Er sah auch Damoy, Drammalik, Coudonia, traf auf einen großen Fluß, der dem Kaoura zuströmt, zog durch Kottop, einen bedeutenden Markt für Sklaven und Stiere, sowie durch Coudgi und Dunrora, in der Nähe einer langen, hohen, nach Osten verlaufenden Bergkette.

In Dunrora sprengten, als Lander gerade seine Saumtiere belud, vier Reiter auf von Schaum triefenden Rossen auf den Statthalter zu und zwangen mit dessen Zustimmung den Reisenden, umzukehren und den König von Zegzeg aufzusuchen, der ihrer Aussage nach das größte Verlangen habe, ihn zu sehen. Lander, der so bald als möglich den Niger, von dem er nicht so weit entfernt war und auf dem er bis zum Meere hinabfahren wollte, zu erreichen wünschte, dachte natürlich ganz anders, doch mußte er der Gewalt weichen. Landers Führer folgten nicht demselben Wege, den dieser von Dunrora her eingehalten hatte, wodurch der Reisende Gelegenheit fand, die von einem der vornehmsten Kriegshelden des Königs von Zegzeg verwaltete Stadt Eggebi zu besichtigen.

Am 25. Juli kam Lander nach Zegzeg. Er wurde dem König sofort vorgeführt, der ihm erklärte, er habe ihn nur deshalb zurückführen lassen, weil infolge des zwischen Bello und dem Könige von Funda ausgebrochenen Krieges der letztere nicht säumen würde, ihn umbringen zu lassen, wenn ihm zu Ohren käme, daß er dem Sultan der Felatahs Geschenke überbracht habe. Lander stellte sich, als ob er diesen Gründen Glauben schenkte, durchschaute aber recht wohl, daß nur die Neugier und das Verlangen, selbst einige Geschenke zu erhalten, die Handlungsweise des Königs von Zegzeg bestimmten. Er trug dem klüglich Rechnung, wobei er zur Entschuldigung der Geringfügigkeit seiner Gaben anführte, daß ihm alle seine Waren geraubt worden seien, und erhielt bald die Erlaubnis zur Abreise.

Ouari, Ouombo, Koulfa, Boussa und Ouavua bezeichnen die Haltestellen auf Landers Rückreise nach Badargry, wo er am 22. November 1827 eintraf. Zwei Monate später schiffte er sich nach England ein.

Wenn der auf Eröffnung von Handelsbeziehungen gerichtete Hauptzweck der Reise Clappertons auch durch die neidische Eifersucht der Araber gescheitert war, weil diese Bellos Ansichten durch die Vorstellung umzustimmen wußten, daß ihr Handel durch Eröffnung neuer Wege gänzlich zugrunde gehen müsse, so gewann doch die Wissenschaft desto mehr durch die Arbeiten und Bemühungen des englischen Forschers.

Desborough Cooley würdigt diese in seiner Geschichte der Reisen nach Verdienst und zählt die durch die Reisenden jener Zeit erlangten Resultate, welche wir im Vorhergehenden schilderten, im Zusammenhange auf.

»Die Entdeckungen«, sagt er unter anderem, »welche man

Kapitän Clappertons Zügen durch das Innere von Afrika verdankt, übertreffen bei weitem, sowohl bezüglich ihrer Gründlichkeit als auch ihres Umfanges, die aller seiner Vorgänger. Kapitän Lyon hatte im Süden als äußersten Punkt den 24. Grad nördlicher Breite erreicht; Major Denham kam, gelegentlich seines Zuges nach Maudara, bis 9° 15′, fügte also den früheren durch Europäer entdeckten Ländern 14[34] Breitengrade oder neunhundert Meilen hinzu. Hornemann freilich war schon durch die Wüste und im Süden bis Nyffe, unter 10° 30′, gekommen, doch besitzen wir keinen Bericht über dessen Reise. Park erreichte Silla unter 1° 34′ westlicher Länge und 1100 Meilen von der Mündung der Gamba. Denham und Clapperton endlich erforschten von der Ostküste des Tchadsees (17° der Länge) und bis Sockatu (3° 30′ der Länge) von Osten nach Westen ein Gebiet von fünfhundert Meilen Länge; nur vierhundert Meilen zwischen Sockatu und Silla blieben also noch unbekannt; auf seiner zweiten Reise erzielte Kapitän Clapperton aber noch zehnmal wichtigere Ergebnisse. Er entdeckte den kürzesten und bequemsten Weg nach den volkreichen Gebieten Zentral-Afrikas und kann sich rühmen, der erste Reisende gewesen zu sein, der das Festland Afrikas bis Benin durchzog.«

Diesen wohlbegründeten Reflexionen und dieser ehrenvollen Anerkennung haben wir nur weniges hinzuzufügen.

Die Angaben der arabischen Geographen, und vor allem die Leons des Afrikaners wurden berichtigt und man hat nun ziemlich verläßliche Kenntnis eines großen Teils von Sudan erlangt. Wenn die Lösung des Problems, das die gelehrte Welt schon lange beschäftigte – der Lauf des Nigers – und welches Veranlassung zur Entsendung verschiedener Expeditionen wurde, von denen wir im weiteren sprechen werden, noch nicht vollständig gelungen war, so konnte man derselben doch binnen kurzem entgegensehen. Mindestens wußte man schon, daß der Niger, Kouara oder Djoliba, wie man ihn auch nennen mochte, und der Nil zwei verschiedene Flüsse mit ganz bestimmt voneinander abgegrenzten Stromgebieten seien. Jedenfalls war damit ein großer Schritt nach vorwärts getan.

Im Jahre 1816 stritt man noch darüber, ob der unter dem Namen Kongo bekannte Strom nicht die Mündung des Niger bilde. Die Entscheidung dieser Frage wurde deshalb einem Marineoffizier, der wiederholte Beweise seiner Intelligenz und Unerschrockenheit gegeben hatte, anvertraut. Im Jahre 1805 Kriegsgefangener, war Jacques Kingston Tuckey erst 1814 mit ausgewechselt worden. Sobald er von der Organisation einer Expedition zur Erforschung des Zaïre (Kongo) hörte, reichte er das Gesuch ein, an derselben teilnehmen zu dürfen und erhielt sogar den Befehl über diese. Bewährte Offiziere und Gelehrte wurden ihm beigegeben.

Am 19. März 1816 segelte Tuckey von England mit der »Kongo« und dem Transportschiff »Dorothea« ab. Am 20. Juni ankerte er bei Malembe an der Mündung des Kongo unter 4° 39′ südlicher Breite. Der König des Landes wurde, wie es scheint, unwillig darüber, daß die Engländer nicht gekommen wären, um Sklaven anzukaufen, und erging sich in beleidigenden Redensarten über die Europäer, welche seinen Handel schädigten.

Am 18. Juli segelte Tuckey mit der »Kongo« in die breite Mündung des Zaïre ein; später, als die Höhe der Uferwand die Benutzung von Segeln untunlich machte, schiffte er sich mit einem Teile seiner Leute auf den Schaluppen und Booten des Schiffes ein.

Vom 10. August ab nötigten ihn die Schnelligkeit der Strömung und die gewaltigen Felsen, welche da und dort in dem Flußbett zerstreut lagen, bald zu Wasser bald zu Lande weiterzuziehen. Zehn Tage später ließ man die Boote vor einem Wasserfalle, welcher deren Weitertransport unmöglich machte, überhaupt zurück und reiste nur zu Lande. Dabei nahmen aber Schwierigkeiten aller Art täglich zu; die Neger weigerten sich, als Lastträger zu dienen, und die Hälfte der Europäer war mehr oder weniger erkrankt. Als er zweihundertachtzig Meilen von der Küste aus zurückgelegt, sah Tuckey sich gezwungen, umzukehren. Schon hatte die Regenzeit begonnen. Die Anzahl der Kranken wuchs immer mehr an. Der über das klägliche Resultat seiner Fahrt betrübte Befehlshaber wurde nun ebenfalls vom Fieber ergriffen und kehrte nur an Bord zurück, um daselbst am 4. Oktober 1816 zu sterben.

Das einzige Ergebnis dieses verunglückten Versuches bestand also in einer genauen Aufnahme des Zaïre und einer Berichtigung der Küstenformation daselbst, welche bisher nur sehr fehlerhaft verzeichnet war.

Unweit der Stelle, wo etwas später Clapperton landen sollte, an der Goldküste nämlich, war 1807 ein tapferes, aber wildes Volk erschienen. Die Aschantis, von denen man nicht weiß, wo sie herkamen, hatten die Fanties überfallen und nach schrecklichen Schlächtereien in den Jahren 1811 bis 1816 ihre Herrschaft auf dem ganzen Gebiete zwischen den Kong-Bergen und dem Meere begründet.

Natürlich hatten die Beziehungen der Fanties zu den Engländern, welche einzelne Handels-Etablissements, Kontore und Faktoreien an der Küste besaßen, dadurch eine merkliche Störung erlitten.

Vorzüglich 1816 veranlaßte der König der Aschantis durch Verheerung des Landes der Fanties, in welchem jene errichtet waren, eine wirkliche Hungersnot in den britischen Forts. Der Gouverneur von Cape Coast wandte sich deshalb auch an seine Regierung mit dem Gesuche, an den barbarischen, wilden Sieger eine Gesandtschaft abzuschicken. Der Überbringer dieser Depesche war Thomas Eduard Bowdich, ein junger Mann, der, von unwiderstehlicher Reiselust getrieben, das väterliche Joch abgeschüttelt, dem Handel, seinem ursprünglichen Berufe, entsagt und, nachdem er sich gegen den Willen seiner Familie verheiratet, eine bescheidene Stellung in Cape Coast, wo sein Oheim Vizegouverneur war, angenommen hatte.

Unter Zustimmung zu dem Vorschlage des Gouverneurs von Cape Coast schickte der Minister Bowdich sofort zurück und betraute diesen selbst mit der Gesandtschaft. Der Gouverneur ernannte jedoch, unter dem Vorwande der zu großen Jugend des letzteren, zum Anführer der Mission einen Mann, der ihm durch seine langjährige Erfahrung, seine Kenntnis des Landes und der Volkssitten weit geeigneter zur Ausführung dieses wichtigen Vorhabens erschien. Die Zukunft sollte ihm freilich unrecht geben. Bowdich, welcher der Expedition zugeteilt wurde, übernahm den wissenschaftlichen Teil und besorgte vorzüglich die Beobachtungen der geographischen Länge und Breite.

Frederic James und Bowdich verließen das englische Etablissement am 22. August 1817 und gelangten nach Coumassie, der Hauptstadt der Aschantis, ohne andere Hindernisse als den bösen Willen der Gepäckträger. Die Verhandlungen, welche den Abschluß einer Art Handelsvertrags und die Eröffnung einer Straße zwischen der Küste und Coumassie bezweckten, wurden mit gewissem Erfolge nur von Bowdich geführt, da James alle Initiative und Festigkeit abging. Die Maßnahmen Bowdichs fanden so ausnahmslose Billigung, daß James zurückberufen wurde.

Es könnte scheinen, als ob die Geographie nur wenig erwarten dürfe von einer diplomatischen Mission nach den früher von Bosman, Loyer, des Marchais und vielen andern besuchten Ländern, über welche man außerdem auch die Monographie Merediths und Dalzels besaß. Der fünfmonatige Aufenthalt in Coumassie aber, das nur zehn Tagereisen vom Strande des Atlantischen Ozeans entfernt liegt, hatte Bowdich Gelegenheit geboten, sich über das Land, die Sitten und Gebräuche und die Institutionen eines der interessantesten Völker Afrikas eingehend zu unterrichten.

Wir geben hier auszugsweise den Bericht über den pomphaften Einzug der Mission in Coumassie wieder. Die ganze Bevölkerung war auf den Füßen und bildete eine Kette, während die Truppenmacht, welche Bowdich auf 30 000 Mann schätzte, unter Waffen stand.

Vor ihrer Zulassung bei dem Könige waren die Engländer Zeuge eines Schauspiels, das ihnen eine Vorstellung von der Grausamkeit und Wildheit der Aschantis geben mußte. Mit auf den Rücken gebundenen Händen, die Wangen von einem Pfeile durchbohrt, das eine Ohr abgeschnitten, das andere nur noch an einem Hautfetzen hängend, der Rücken eingeschlitzt, mit einem durch die Haut über jedem Schulterblatte gestochenen Messer und gezogen an einem Seile, das durch seine Nase geführt war, wurde ein Mann in Begleitung von Trommlern durch die Stadt geschleppt, bevor er – zur Ehre der Engländer geopfert wurde.

»Alles, was wir bisher gesehen«, sagt Bowdich, »ließ uns ein außerordentliches Schauspiel erwarten, und doch wurden wir von der großartigen Pracht, die man vor uns entfaltete, noch überrascht. Zu unserem Empfang wurde ein Platz von etwa einer Quadratmeile hergerichtet. Der König, seine Zinspflichtigen und Heerführer, befanden sich, umgeben von ihrem Gefolge, am Ende desselben. Vor ihnen waren so zahlreiche Truppen versammelt, daß wir gar nicht hindurchzukommen glaubten. Die Strahlen der Sonne brachen sich mit einem Glanze, der fast ebenso unerträglich war wie die herrschende Hitze, an dem schweren goldenen Geschmeide, das von allen Seiten her blitzte. Mehr als hundert Musikantengruppen spielten gleichzeitig bei unserer Ankunft und jede ließ die besonderen Weisen des Häuptlings, zu dem sie gehörte, ertönen. Bald war man betäubt durch das Schmettern einer unzähligen Menge von Hörnern und durch das Rasseln von Trommeln; bald durch die spitzen Töne langer, recht gut übereinklingender Flöten oder durch ein Instrument nach Art des Dudelsacks, der sich nicht unmelodisch dazwischen hören ließ. Gegen hundert große Sonnenschirme oder »Dais«, jeder hinreichend zum Schutze von mindestens dreißig Personen, wurden von ihren Trägern unaufhörlich hin- und hergeschwenkt. Diese waren mit scharlachroter, gelber oder anders-, aber immer grellfarbiger Seide überzogen und am oberen Ende mit Halbmonden, Pelikanen, Elefanten, Säbeln oder anderen Waffen, stets aus massivem Golde, verziert. Auf die Einladung der Boten des Königs, welche große goldene Platten auf der Brust trugen, schritten wir hinter den uns vorgetragenen Rohrstäben *und der englischen Flagge voran, dann blieben wir stehen, um jedem der Cabocirs die Hand zu reichen. Alle diese Häuptlinge trugen prächtige Kostüme, massiv goldenen Halsschmuck, goldene Spangen am Knie, Schienen von demselben Metall über den Knöcheln und Armbänder oder Goldstücke von solcher Schwere an der linken Hand, daß sie den

*Rohrstäbe mit runden goldenen Knöpfen sind das Unterscheidungsmerkmal für die Dolmetscher.

Arm auf den Kopf eines Kindes stützen mußten. Endlich hingen an ihren Säbelknöpfen goldene Wolfs- oder Widderköpfe von natürlicher Größe, der Griff bestand wiederum aus demselben Metall und die Klinge war mit Blut befleckt. Ein Mann balancierte auf dem Kopfe eine große Trommel, auf welche zwei ihm nachfolgende losschlugen. Die Handgelenke der letzteren waren mit Schellen und Plättchen aus Eisen geschmückt, welche zu dem Wirbeln der Trommeln die Begleitung bildeten. An ihren Lendengürteln hingen Köpfe oder Schenkelknochen von ihren Feinden, die sie im Kampfe erschlagen hatten. Über den Großwürdenträgern, welche auf schönen, mit Gold und Elfenbein ausgelegten schwarzen Holzschemeln saßen, wurden ungeheure Fächer aus Straußenfedern bewegt und hinter ihnen standen ausgewählt schöne junge Leute, die, auf dem Rücken einen mit Patronen gefüllten Behälter aus Elefantenhaut tragend, lange dänische, mit Gold ausgelegte Flinten in der Hand hielten und um den Gürtel meist weiße Pferdeschweife oder seidene Schärpen gebunden hatten. Die lauten Fanfaren der Hörner, das geradezu betäubende Lärmen der Trommeln und, wenn diese schwiegen, das Rauschen anderer Instrumente verrieten uns, daß wir dem Könige näher kamen. Schon befanden wir uns mitten unter den höheren Hausoffizieren; der oberste Kammerherr, der Offizier mit der goldenen Trompete, der Anführer der Boten, der Chef der Hinrichtungen, der Markt-Kapitän, der Wächter des königlichen Grabes und Dirigent aller Musikchöre saßen inmitten ihres Gefolges, alle strahlend in Herrlichkeit als Ausdruck der hohen Würden, welche sie bekeleideten. Um die Köche waren große Haufen von Silbergeschirr, Schüsseln, Assietten, Kaffeekannen, Tassen und Vasen jeder Art aufgestapelt. Der Chef der Hinrichtungen, ein Mann von fast riesenhaftem Wuchse, trug eine goldene Axt auf der Brust, und vor ihm stand der Block, auf dem er den Verurteilten den Kopf abhackte. Dieser war mit Blut- und teilweise mit großen Fettflecken beschmutzt. Die vier Dolmetscher umgab ein Glanz, der dem Aufwande der anderen hohen Offiziere in keiner Weise nachstand, und vor ihnen wurden ihre besonderen Zeichen, die zu Bündeln vereinigten Rohrstäbe mit goldenen

Knöpfen, emporgehalten. Der Wächter des königlichen Schatzes harmonierte in seinem persönlichen Luxus mit der Stellung, welche er einnahm, und vor ihm standen große Kisten, Wagen und Gewichte aus massivem Golde. Die wenigen Minuten, welche noch vergingen, bevor wir zum Könige selbst kamen, um ihm die Hand zu reichen, gaben uns Gelegenheit, denselben recht bequem zu sehen. Schon sein Äußeres erregte meine volle Aufmerksamkeit. Es ist stets auffallend, einen Ausdruck von natürlicher Würde an Fürsten zu beobachten, welche wir kurzweg Barbaren zu nennen lieben. Seine Gesichtszüge verrieten ebensoviel Majestät als gute Lebensart, und nie verlor er die einem Monarchen unbedingt zukommende Ruhe. Er schien gegen achtunddreißig Jahre zu zählen und Anlage zum Embonpoint zu haben; die ganze Erscheinung sprach offenbar für einen wohlwollenden Charakter.«

Es folgt hierauf eine mehrere Seiten füllende Beschreibung der Toilette des Königs, der Aufzüge der Anführer, Soldaten, der Volksmenge und des Empfangs, der bis in die Nacht hinein währte.

Bei Durchlesung dieser staunenerregenden Schilderung Bowdichs fragt man sich unwillkürlich, ob sie nicht das Erzeugnis der gereizten Einbildungskraft des Reisenden sei, so unwahrscheinlich erscheinen uns der ans Wunderbare grenzende Luxus dieses Barbarenhofes, die Menschenopfer, bei welchen zu gewissen Zeiten des Jahres Tausende hingeschlachtet werden, die fremdartigen Sitten dieses kriegerischen, grausamen Volkes und diese Mischung von Zivilisation und Barbarismus. Man wäre versucht zu glauben, daß Bowdich alles gröblich übertrieben habe, wenn die Reisenden, welche ihm folgten, und die Forscher derselben Zeit seine Schilderungen nicht allseitig bestätigt hätten. Man steht erstaunt gegenüber einer solchen, nur auf roher Gewalt begründeten Regierung, verwundert, daß eine solche von so langer Dauer sein konnte!

Unter den kühnen Reisenden, welche ihr Leben zur Erforschung der Erdkunde in die Schanze schlugen, begegnet man nur selten einem Franzosen. Einzelne finden sich aber doch, unter diesen möchten Mollien, Caillié, Cailliaud und Létorzec wohl einer besonderen Erwähnung wert sein.

Gaspard Mollien war der Neffe des Ministers des kaiserlichen Schatzes bei Napoleon I. Mit der »Medusa« abgesegelt, entging er glücklich dem Schiffbruche dieses Fahrzeuges, erreichte auf einem Boote die Küste der Sahara und gelangte längs derselben bis zum Senegal.

Das Unglück, dem Mollien mit genauer Not entkam, hätte wohl in jedem, minder standhaften Kopfe die Lust an Abenteuern und den Hang zu gefährlichen Reisen unterdrückt. Hier war es nicht so. Kaum hatte der Gouverneur der Kolonie, der Kommandant Fleuriau, das Anerbieten des jungen Reisenden, die Quellen der großen Ströme Senegambiens aufzusuchen und vorzüglich die des Djoliba festzustellen, angenommen, als dieser auch schon (von Saint Louis) aufbrach.

Von Diedde am 29. Januar 1818 abreisend, wandte sich Mollien zwischen dem 15. und 16. Breitengrad nach Osten, zog durch das Königreich Domel und drang bis zu den Yoloffs vor. Von dem Wege nach Woulli abweichend, schlug er einen anderen nach Fouta Toro ein und erreichte, trotz des Fanatismus und der Raubsucht der Bewohner, Bondon ohne nennenswerten Unfall. Drei Tage brauchte er, um durch die Wüste zu ziehen, welche Bondon von den Ländern jenseits des Gambia trennt; dann begab er sich nach Niokolo, eine von halbwilden Peuls und Djallons bewohnte Berggegend.

Von Bandeia aus betrat Mollien dann Fouta Djallon und kam an den nebeneinanderliegenden Quellen des Gambia und des Rio Grande an. Einige Tage später fand er auch die der Faleme. Trotz des Widerstrebens und der Angst seines Führers wagte es Mollien, nach Timbou, der Hauptstadt von Fouta, zu gehen. Die zufällige Abwesenheit des Königs und der meisten Bewohner ersparte ihm ohne Zweifel die Leiden einer Gefangenschaft, welche lange währen konnte, wenn sie nicht durch schreckliche Torturen abgekürzt wurde. Fouta ist eine befestigte Stadt, in der der König Wohnungen besitzt, welche Erdmauern von drei bis vier Fuß Dicke und mindestens fünfzehn Fuß Höhe haben.

Unfern von Timbou begab sich Mollien nach den Quellen

des Senegal – d.h. nach Aussage der ihn begleitenden Schwarzen, denn es war ihm unmöglich, astronomische Beobachtungen anzustellen.

Noch sah der Forscher seine Aufgabe nicht für beendigt an, da seinen Geist das wichtige Problem der Quellen des Nigers fortwährend in Spannung hielt. Der klägliche Zustand seiner Gesundheit aber, der Eintritt der Regenzeit, das Anschwellen und Übertreten der Flüsse und die Angst seiner Führer endlich, welche trotz des Versprechens von Gewehren, Ambra, selbst der Überlassung seines Pferdes, es abschlugen, ihn nach Kouranko und Soliman zu begleiten, nötigten ihn, auf die beabsichtigte Fahrt durch die Kong-Berge zu verzichten und nach Saint Louis zurückzukehren.

Mollien hatte zur besseren Kenntnis einiger von Europäern noch nicht besuchten Teile von Senegambien doch nicht unwesentlich beigetragen.

»Es ist zu bedauern«, sagt de la Renaudière, »daß Mollien, erschöpft durch Strapazen, kaum imstande, sich weiterzuschleppen, vollständig entblößt von allem, und ohne Mittel, verläßliche Beobachtungen vorzunehmen, sich außerstande sah, die hohe Bergkette zu überschreiten, welche das Zuflußbecken des Senegal von dem des Djobila scheidet, und er also, gezwungen, den Vorstelllungen der Eingebornen nachzugeben, den wichtigsten Teil seiner Mission unausgeführt lassen mußte. Nur gestützt auf die Versicherungen der Neger, glaubt er die Quellen des Rio Grande, der Faleme, des Gambia und Senegal besucht zu haben. Wäre es ihm möglich gewesen, den Lauf dieser Flüsse weiter hinab zu verfolgen, so würden seine Entdeckungen eine wünschenswerte Verläßlichkeit gewonnen haben, die ihnen jetzt leider abgeht. Jedenfalls weist die Lage der Quelle, welche er als die des Ba Fing oder Senegal bezeichnet, darauf hin, daß sie einem anderen größeren Strome nicht angehören kann; vergleicht man seine Angaben mit denen anderer Reisenden, so gewinnt man noch weiter die Überzeugung, daß seine Entdeckung ihn nicht getäuscht hat. Alles deutet darauf hin, daß die beiden Quellen in größerer Höhe entspringen, als man bisher annahm und daß der Djoliba die höchste Ursprungsstelle hat. Das Land selbst erhebt sich in parallelen Terrassen nach Süden und Südosten hin. Mit ihrem Fortschreiten nach Süden nehmen die Berge an Höhe zu und senden ihre höchsten Kämme zwischen den 8. und 10. Grad nördlicher Breite empor.«

Das sind die interessanten Ergebnisse der Reise Molliens in der französischen Kolonie am Senegal. Von hier aus trat auch ein anderer Forscher, René Caillié, seine Fahrt an. Geboren im Jahre 1800 im Departement des Deux-Sèvres, genoß Caillié keinen anderen Unterricht als den der Volksschule; die Lektüre des Robinson Crusoë hatte in seinem jungen Geiste aber eine solche Begierde nach Abenteuern erweckt, daß Caillié keine Ruhe fand, bevor er sich nicht, trotz der Unzulänglichkeit seiner Mittel, Karten und Reiseschilderungen erworben hatte. Im Jahre 1816, also noch nicht sechzehn Jahre alt, schiffte er sich auf der Gabarre (Lichterschiff) »la Loire« nach Senegal ein.

Zu jener Zeit organisierte die englische Regierung eben unter dem Befehle des Major Gray eine Expedition in das Innere des Landes. Um dem schrecklichen »Almamy« von Timbu, der Peddie so verderblich geworden war, aus dem Wege zu gehen, benutzten die Engländer den Seeweg bis zum Gambia. Nachdem sie durch Woulli und Gabon gezogen, drang die Expedition in Bondu ein, das Mollien einige Jahre später besuchen sollte, ein Land, dessen Bewohner dem von Fouta Djallon an wildem Fanatismus in keiner Weise nachstanden. Der Almamy hier ging in seiner Frechheit so weit, den Major Gray unter dem Vorwande einer alten, von den englischen Behörden noch nicht ausgeglichenen Schuld fast aller seiner Waren zu berauben, so daß dieser einen Offizier nach Senegal zurücksenden mußte, um sich neue Vorräte zu beschaffen.

Caillié, der von diesem unglücklichen Anfang nichts wußte, und voraussetzte, daß Major Gray jeden neuen Teilnehmer mit Freuden begrüßen würde, reiste von Saint Louis mit zwei Negern ab und erreichte Goree. Hier rieten ihm aber mehrere Personen, welche sich für ihn interessierten, davon ab, sich jener Expedition anzuschließen, und verschafften ihm eine Anstellung in Guadeloupe. Caillié verweilte nur sechs Monate auf dieser Insel, segelte dann wieder nach Bordeaux und kehrte von hier aus nach Senegal zurück.

Ein Offizier des Major Gray, namens Partarieu, wollte eben mit den von ihm besorgten Warenvorräten zu seinem Schiffe abgehen. Caillié bat, ihn ohne Sold und feste Stellung begleiten zu dürfen. Dieses Angebot wurde ohne Zögern angenommen. Die Karawane bestand aus siebenzig Personen, Weißen und Schwarzen, und aus zweiunddreißig reich beladenen Kamelen. Am 5. Februar 1819 verließ sie Gandiolle in Cayor und zog, bevor sie nach Yoloff kam, durch eine Wüste, wo sie entsetzlich von Durst litt, da man, um alle Waren fortschaffen zu können, auf die Mitnahme reichlicherer Wasservorräte verzichtet hatte.

In Boulibaba, einem von Foulah-Hirten bewohnten Dorfe, konnte die Karawane sich erquicken und ihre Wasserschläuche zu einem zweiten Zuge durch die Wüste füllen.

Mit Umgehung von Fouta Toro, dessen Bewohner als wilde Räuber berüchtigt sind, drang Partarien in Bondu ein. Er hätte wohl auch gern Boulibane, die Hauptstadt des Landes und Residenz des Almamy, vermieden; die Weigerung der Eingeborenen aber, welche der Karawane weder Getreide noch Wasser liefern wollten, und der bestimmte Befehl des Major Gray, welcher voraussetzte, daß der Almamy nach empfangener Kontribution die Karawane unbelästigt ziehen lassen werde, veranlaßten ihn, sich in jene Stadt zu begeben.

Der schreckliche Almamy erzwang sich sofort eine große Menge Geschenke, verweigerte den Engländern aber die Erlaubnis, nach Bakel am Senegal zu ziehen. Sie könnten ja, meinte er, durch seine Staaten und durch Kaarta nach Clego gehen oder auch den Weg über Fouta Toro einschlagen. Von diesen beiden Routen empfahl sich die erste so wenig wie die zweite, denn beide führten durch sehr fanatische Länder. Die Absicht des Almamy ging – so wenigstens meinten die Engländer – dahin, sie berauben und ermorden zu lassen; die Verantwortung dafür aber möglichst von sich abzuwälzen.

Die Expedition entschloß sich infolgedessen dafür, sich mit Gewalt einen Weg zu bahnen. Kaum in den Vorbereitungen dazu begriffen, sah sie sich jedoch von einer Menge Soldaten umringt, welche die Brunnen besetzten und ihr die Ausführung dieses Vorhabens materiell unmöglich machten. Gleichzeitig ertönte die Kriegstrommel auf allen Seiten. Ein Kampf erschien unmöglich, man mußte sich also auf Unterhandlungen einlassen, oder mit anderen Worten, seine Ohnmacht bekennen. Der Almamy schrieb seine Friedensbedingungen vor, erpreßte von den Engländern neue Geschenke und verlangte, daß sie sich über Fouta Toro zurückzögen.

Zur noch tieferen Verletzung des britischen Stolzes sahen sich die Engländer von einer Truppenmacht begleitet, welche sie hinderte, irgendeinen anderen Weg einzuschlagen. Mit hereinbrechender Nacht warfen sie nun, vor den Augen der Foulahs, welche sich derselben zu bemächtigen gedachten, alle ihre Waren ins Feuer. Trotzdem gestaltete sich der Zug nach Fouta Toro, mitten durch eine feindlich gesinnte Bevölkerung, noch sehr beschwerlich. Unter den nichtigsten Vorwänden wurden Händel gesucht und man war öfter daran, handgemein zu werden. Lebensmittel und Wasser wurden nur gegen hohe Bezahlung geliefert.

Eines nachts ließ Partarieu endlich, um die Wachsamkeit der Eingeborenen zu täuschen, nachdem er erklärt hatte, nicht alles, was er bei sich habe, auf einmal weiter fortbringen zu können, alle Kisten und Kasten mit Steinen füllen; die Zelte blieben stehen, die Feuer in hellem Brand, er selbst aber entwich mit allen seinen Leuten und eilte nach dem Senegal zu. Der Rückzug artete bald in eine wirkliche Flucht aus. Gepäck, Waffen, Tiere – alles wurde im Stich gelassen und auf der Straße verstreut. Durch diese Ausflucht und die Schnelligkeit, mit der alle das Weite zu gewinnen suchten, gelang es, die Niederlassung in Bakel zu erreichen, wo die Franzosen die Trümmer der Expedition mit offenen Armen aufnahmen.

Caillié selbst, der vom Fieber litt, das bald sehr bedrohliche Symptome zeigte, kehrte nach Saint Louis zurück; auch hier machte seine Wiedergenesung so langsame Fortschritte, daß er sich entschließen mußte, nach Frankreich zu gehen. Erst im Jahre 1824 konnte er Senegal wieder aufsuchen. Zu dieser Zeit verwaltete die Kolonie der Baron Roger, ein dem Fortschritt huldigender Mann, der es sich ebenso angelegen sein ließ, die Handelsbeziehungen seines Landes wie die geographischen Kenntnisse zu erweitern. Er gewährte auch Caillié die nötigen Mittel, um sich bei den Bracknas aufzuhalten und dort die arabische Sprache sowie die kirchlichen Gebräuche der Muselmanen kennenzulernen.

Das Leben bei diesen mißtrauischen, fanatischen maurischen Hirten bot keine besonderen Annehmlichkeiten. Der Reisende, der schon unglaubliche Mühe hatte, nur sein Tagebuch in Ordnung zu führen, mußte manche List anwenden, um die Erlaubnis zum Besuche der Umgebungen der Stadt zu erhalten. Er wußte dabei aber viel gründliche Beobachtungen zu machen über die Lebensweise der Bracknas, ihre meist aus Milchkost bestehende Nahrung, über ihre Zeltwohnungen, die gegen den Einfluß der Witterung nur sehr unzulänglich schützten, ihre Wanderlieder oder »Guehues«, über die Mittel, den Frauen jenen Grad von Wohlbeleibtheit zu verschaffen, den sie für das Ideal der Schönheit ansehen, endlich über die Natur des Landes und über die Fruchtbarkeit und die Erzeugnisse des Bodens.

Am merkwürdigsten erschienen jedoch die Aufschlüsse Cailliés über die fünf verschiedenen Kasten, in welche die maurischen Bracknas zerfallen.

Es sind das die »Hassanen« oder Krieger, ebenso faule und schmutzige als unglaublich stolze Leute; die »Marabouts« oder Priester; die »Zenagues« oder Untergebenen der Hassanen, die »Larantines« und die Sklaven.

Die Zenagues bilden eine elende von allen anderen, aber vorzüglich von den Hassanen selbst, verachtete Volksklasse, obwohl sie den letztgenannten einen zwar festgesetzten, aber niemals für ausreichend befundenen Tribut zahlen. Sie sind die eigentlichen Arbeiter, welche sich mit Industrie, Landbau und Viehzucht beschäftigen.

»Trotz aller Bemühungen«, sagt Caillié, »vermochte ich weder den Ursprung dieser Rasse zu ergründen, noch konnte ich erfahren, wie jene dazu gekommen seien, an andere Mauren Tribut zu entrichten. Wenn ich hierüber nachfragte, erhielt ich nur die Antwort, daß Gott es so wolle. Sollten es vielleicht besiegte Volksstämme sein, denen alle Überlieferung abhanden gekommen ist? Ich kann das kaum glauben; denn die auf ihre Abkunft gewöhnlich sehr stolzen Mauren vergessen niemals die Namen derjenigen, welche sich in ihrer Familie auszeichneten, und die, die Mehrzahl der Bevölkerung bildenden und kriegsgeübten Zenagues würden sich gewiß unter einem Nachkommen ihrer alten Häuptlinge erhoben und das Joch der Knechtschaft abgeschüttelt haben.«

Die Laratines sind die Kinder eines Mauren und einer Negersklavin. Obgleich selbst so gut wie Sklaven, werden dieselben doch niemals verkauft und, in besondere Hürden eingepfercht, fast wie Zenagues behandelt. Diejenigen, welche einen Hassanen zum Vater haben, werden Krieger; die Söhne eines Marabout erhalten besseren Unterricht und widmen sich meist derselben Tätigkeit wie ihre Väter.

Die Sklaven sind alle Neger. Sie werden schlecht behandelt, dürftig genährt, von ihren Herren ganz nach Belieben mit der Peitsche gezüchtigt und überhaupt auf alle erdenkliche Weise gequält.

Im Mai 1825 war Caillié wieder in Saint Louis zurück. Der Baron Roger befand sich nicht daselbst, und sein Nachfolger erwies sich ihm nicht besonders freundlich gesinnt. Der Reisende mußte sich mit der Verpflegung der gemeinen Soldaten begnügen und seinen Beschützer abwarten, dem er alle bei den Bracknas gesammelten Beobachtungen überließ; trotzdem sah er sein Angebot weiterer Dienste abgewiesen. Dagegen versprach man ihm eine gewisse Summe, wenn er von einem Zuge nach Timbuktu zurückkehre. Wie konnte er einen solchen aber ausführen, da es ihm an persönlichen Hilfsmitteln völlig fehlte?

Den unermüdlichen Caillié entmutigte aber auch das noch nicht. Da er bei der Kolonialregierung kein Entgegenkommen und keine Unterstützung fand, ging er nach Sierra Leone, wo der Gouverneur nur deshalb seine Vorschläge abwies, weil er dem Major Laing die Ehre, zuerst nach Timbuktu zu gelangen, nicht rauben lassen wollte.

Durch Ersparnis während der Leitung einer Indigo-Fabrik erwarb sich Caillié bald die Summe von 2000 Francs, die ihm hinreichend schien, um bis ans Ende der Welt zu reisen.

Schnell verschaffte er sich nun die nötigen Waren und schloß sich einigen Mandinguos und »Seracolets«, d.h. reisenden Kaufleuten, welche durch Afrika ziehen, an. Diesen erzählte er unter dem Siegel der Verschwiegenheit, daß er in Ägypten von arabischen Eltern geboren, in ganz jungen Jahren nach Frankreich entführt und dann nach Senegal gebracht worden sei, um seines Herrn Handelsgeschäfte zu leiten, der ihn als Belohnung für seine Dienste freigegeben habe. Er fügte hinzu, daß es sein sehnlichster Wunsch sei, nach Ägypten zu gelangen und die mohammedanische Religion wieder anzunehmen.

Von Freetown ausgehend, erreichte Caillié am 22. März 1827 Kakondy, ein Dorf am Rio Nunez, wo er den kurzen Aufenthalt benutzte, einige Erkundigungen über die Nalus einzuziehen. Es sind das zwei den Foulahs von Fouta Djallon unterworfene Völker, welche nicht dem Islam huldigen und infolgedessen dem Trunke sehr ergeben sind. Sie bewohnen das Uferland des genannten Flusses, ebenso wie die Bagos, ein Götzendiener-Stamm an der Mündung des Rio Nunez. Die lustigen, tätigen und im Anbau des Landes recht geschickten Bagos erzielten reiche Erträgnisse aus ihren Reisernten und durch die Salzgewinnung. Sie haben keinen König, keine andere Religion als einen sinnlosen Götzendienst, werden von jedem Ältesten des Dorfes regiert und befinden sich dabei gar nicht schlecht.

Am 19. April 1827 reiste Caillié endlich mit nur einem Träger und einem Diener nach Timbuktu ab. Die Foulahs und Djallonkes, deren reiche und fruchtbare Länder er durchzog, hatte er nur zu loben; dann überschritt er den Ba Fing, den größten Nebenfluß des Senegal, nahe seiner Quelle, an einer Stelle, wo er zwar hundertfünfzig Fuß Breite haben mochte, dagegen nur anderthalb Fuß tief war; die Gewalt der Strömung aber und die steilen schwarzen Granitmassen, welche neben seinem Ufer emporstreben, machten diesen Übergang beschwerlich und gefährlich. Nach neunzehntätigem Aufenthalt in dem Dorfe Cambaya, in welchem der Führer, der ihm bisher gedient hatte, zu Hause war, zog Caillié nach Kankan hinein, durch ein von Flüssen und starken Bächen bewässertes Land, welche dieses eben zu überschwemmen begannen.

Am 30. Mai überschritt Caillié den Tankisso, einen breiten Fluß mit steilen Ufern, der zum Gebiete der Djoliba gehört, welch letztere der Reisende am 11. Juni in Couroussa erreichte.

»Er hatte schon so nahe seiner Quelle«, berichtet Caillié, »eine Breite von neunhundert Fuß und eine Schnelligkeit von zwei und einer halben Meile in der Stunde.«

Bevor wir dem Forscher nach Kankan folgen, dürfte es an der Stelle sein, seine Bemerkungen über die Foulahs von Fouta kurz zu erwähnen. Es sind das meist große, gutgebaute Leute mit hellbraunem Teint, krausem Haar, hoher Stirn und Adlernase, deren Züge von denen der Europäer nicht sonderlich abweichen. Als fanatische Mohammedaner hegen sie einen tiefen Haß gegen die Christen. Sie reisen nicht umher wie die Mandinguos, sondern lieben ihr Heim und sind entweder geschickte Landbauer oder gewandte Händler. Von Natur kriegerisch und opferwillig für ihr Land, lassen sie, wenn ein Kampf ausbricht, nur die Greise und die Frauen in den Dörfern zurück.

Die Stadt Kankan liegt inmitten einer von Bergen umschlossenen Ebene. Hier trifft man in großer Menge den Bombax (Woll- und Ceibabaum), den Baobab und den Butterbaum, der auch »Cé« oder, wie Munko Park schreibt, »Shea« genannt wird. Caillié mußte sich in dieser Stadt achtundzwanzig Tage aufhalten, bevor er Gelegenheit fand, nach Sambatikila zu gelangen; von seinem Wirte wurde er unverschämt bestohlen und konnte von dem Chef der Stadt auch die Zurückerstattung der geraubten Waren nicht erlangen.

»Kankan«, sagt der Reisende, »der Hauptort des gleichnamigen Bezirks, ist eine kleine Stadt, zwei Büchsenschuß weit vom linken Ufer des Milo, eines hübschen Flusses, der von Süden herkommt, und Kissi, wo seine Quelle liegt, bewässert; er strömt nach Nordosten und vereinigt sich, zwei bis drei Tagereisen von Kankan entfernt, mit dem Djoliba. Umgeben von einer schönen, dichten lebenden Hecke, liegt diese Stadt, welche gegen 6000 Einwohner zählen mag, in einer herrlichen Ebene mit grauem, sehr fruchtbarem Sande. In allen Richtungen sieht man hübsche Dörfer liegen, welche hier auch Ourondes genannt werden; dorthin bringen die Einwohner ihre Sklaven. Diese Einzelwohnstätten verleihen der Gegend einen gewissen Reiz und sind alle mit wohlgepflegten Äckern umgeben; Yamswurzeln, Mais, Reis, Zwiebeln, Pistazien und Gombo gedeihen hier im Überfluß.

Von Kankan nach Uassulo führte der Weg durch sehr schöne Landschaften unter voller Kultur und meist reich bewässert. Die Bewohner dieses Gebietes erschienen Caillié von besonders sanftem Charakter; sie waren alle sehr heiter und neugierig und empfingen ihn überaus wohlwollend.

Mehrere Zuflüsse des Djoliba, darunter vorzüglich der Sarano, mußten überschritten werden, bevor man in Sigala haltmachte, wo der Beherrscher von Uassulo, namens Baramisa, seinen Sitz hatte. Ebenso unreinlich wie seine Untertanen, schnupfte er sehr stark und rauchte auch viel Tabak. Der Fürst soll an Gold und Sklaven sehr reich sein; seine Untertanen beschenken ihn häufig mit Tieren; er hat viel Frauen, die jede eine eigene Hütte bewohnen, wodurch ein kleines Dorf gebildet wird, das von wohlgepflegten Anpflanzungen eingeschlossen ist. An dieser Stelle bekam Caillié zum ersten Male den »Rhamnus lotus«, welchen Mungo Park erwähnt, zu Gesicht.

Von Uassulo aus betrat Caillié nun Foulou, dessen Einwohner, wie die Uassulos, die Mandiguo-Sprache reden, Götzendiener sind oder vielmehr fast gar keinen Kultus haben und sehr schmutzig aussehen. In Sambatikila machte der Reisende dem Almamy seinen Besuch.

»Wir traten«, sagt Caillié, »in einen Raum, der ihm gleichzeitig als Schlafzimmer und Pferdestall diente. Das Bett des Fürsten befand sich im Hintergrunde desselben; es ragte etwa sechs Zoll über den Boden empor und war mit einem Ochsenfell bedeckt und mit einer Art schmutzigen Vorhangs, zum Abhalten der Moskitos, versehen. Hausgeräte gab es in der königlichen Wohnung nicht. An Pflöcken in der Wand hingen zwei Pferdesättel; ein großer Strohhut, eine Trommel, welche nur während des Krieges gebraucht wird, einige Spieße, ein Bogen nebst Köcher und Pfeilen bilden den ganzen Schmuck, außer einer Lampe aus einem Stück flachen Eisens, die durch einen aus demselben Metall bestehenden, in den Erdboden gepflanzten Halter getragen wird; man verbrennt darin vegetabilische Butter, welche nicht konsistent genug ist, um sie zu Kerzen verarbeiten zu können.

Der Almamy machte den Reisenden darauf aufmerksam, daß sich eine Gelegenheit, nach Time zu gelangen, böte, von wo aus eine Karawane nach Djenne ziehen werde. Caillié begab sich nun also nach dem Lande der Bambaras und gelangte bald nach dem hübschen, kleinen Dorfe Time, das von mohammedanischen Mandinguos bewohnt und nach Osten zu von einer gegen 2000 Fuß hohen Bergkette beherrscht wird.

Als Callié gegen Ende Juli nach diesem Dorfe kam, ahnte er gewiß nicht, wie lange er sich hier aufhalten sollte. Er hatte nämlich am Fuß eine Wunde, die sich durch das lange Marschieren in feuchtem Grase mehr und mehr verschlimmerte. Er entschloß sich also, die Karawane nach Djenne abziehen zu lassen und seine völlige Wiederherstellung in Time abzuwarten. Es erschien ihm in seiner Lage zu gefährlich, durch das Land der Bambaras zu reisen, welche er als Götzendiener kannte und die ihn sicher unterwegs geplündert hätten.

»Diese Bambaras«, erzählt der Reisende, »haben nur wenige Sklaven, gehen fast nackt, aber stets mit Bogen und Pfeilen bewaffnet. Sie werden von einer großen Anzahl kleiner unabhängiger Fürsten regiert, welche häufig miteinander im Kriege liegen. Es sind, im Vergleich zu den der Religion des Propheten zugetanen Völkern, sehr rohe und wilde Geschöpfe.«

Bis zum 10. November wurde Caillié, dessen Wunde nur langsam heilte, in Time zurückgehalten. Da bot sich ihm eine günstige Gelegenheit, nach Djenne zu gelangen.

»Heftige Schmerzen in der Kinnlade aber«, schreibt der Reisende, »belehrten mich, daß ich vom Scorbut befallen war, eine abscheuliche Krankheit, welche ich gründlich kennenlernen sollte. Am Gaumen löste sich die Schleimhaut und Knochenstückchen bröckelten darunter los; die Zähne schienen in ihren Alveolen allen Halt zu verlieren; ich litt entsetzlich und fürchtete, mein Gehirn müsse von den Schmerzen in Mitleidenschaft gezogen werden, die ich am Schädel fühlte. Vierzehn Tage lang vermochte ich nicht einen Augenblick Schlaf zu finden.«

Um seine Lage noch peinlicher zu machen, brach Cailliés Wunde von neuem auf und er wurde von derselben wie vom Scorbut nicht eher befreit, als bis eine alte Negerin, welche vielfache Erfahrung in Behandlung dieser im Lande sehr häufigen Krankheit besaß, seine Pflege übernahm.

Am 9. Januar 1829 endlich verließ Caillié Time und begab sich nach Kimba, ein kleines Dorf, wo sich die nach Djenne bestimmten Karawanen zu sammeln pflegen. In der Nähe des letztgenannten Dorfes erhebt sich die, eigentlich unrichtig »Kong« benannte Bergkette, denn bei allen Mandinguos bedeutet dieses Wort eben nichts weiter als »Berg«.

Die Namen der Dörfer, durch welche der Reisende kam, und die Zufälligkeiten unterwegs bieten kein besonderes Interesse. Die Bambaras werden übrigens von den Mandinguos für freche Diebe erklärt, eine Anschuldigung, die sie jedoch nicht mehr trifft als die Ankläger selbst.

Die Frauen der Bambaras tragen alle ein Stückchen dünnes Holz quer durch die Unterlippe, huldigen also genau derselben Mode, welche Cook auch an der Westküste Nordamerikas verbreitet fand, ein Beweis, daß die Menschheit doch immer dieselbe bleibt, unter welcher Breite sie auch leben mag. Die Bambaras bedienen sich der Mandinguo-Sprache, haben aber einen eigentümlichen, »das Kissur« genannten Dialekt, über den der Reisende jedoch etwas Näheres und Verläßlicheres nicht erfahren konnte.

Djenne hieß ehemals das »Goldland«, nicht etwa, weil es dieses Metall selbst geliefert hätte, sondern weil die Händler von Boure und die Mandinguos aus Kong dasselbe häufig hierher brachten.

Die zweieinhalb Meilen im Umfang messende Stadt Djenne ist von einer zehn Fuß hohen Erdmauer umschlossen. Ihre aus lufttrockenen Backsteinen errichteten Häuser sind ebenso groß wie die der Bauern in Europa. Alle haben ein terrassenförmiges Dach und entbehren nach außen der Fenster.

Es ist eine geräuschvolle, lebendige Stadt, in der täglich eine Handelskarawane eintrifft. Fremde sieht man hier in Menge. Die Zahl der Einwohner dürfte acht- bis zehntausend betragen. Von Natur fleißig und betriebsam, lassen sie auch ihre Sklaven in allen Handwerken mitarbeiten.

Den eigentlichen Großhandel haben jedoch die Mauren in den Händen. Es vergeht wohl kein Tag, ohne daß diese große Flußschiffe voll Reis, Hirse, Baumwolle, Honig, Pflanzenbutter und andere einheimische Erzeugnisse absenden.

Trotz dieser umfassenden Handelstätigkeit sah Djenne sein Gedeihen doch ernstlich gefährdet. Der Beherrscher des Landes, Sego Ahmadu, ein blinder Schwärmer, führte jenerzeit gegen die Bambaras von Sego, die er gewaltsam zum Islam bekehren wollte, einen erbitterten Krieg. Dieser Kampf lähmte den Verkehr von Djenne in furchtbarster Weise, da er der Stadt die Verbindung mit Yamina, Sanjanding, Bamakou, Boure und dadurch mit weit ausgedehnten Ländergebieten abschnitt. Die Stadt konnte also zu der Zeit, als Caillié sie besuchte, nicht als der Zentralpunkt des Handels gelten, während derselbe vielmehr in den drei ersten obengenannten Städten in hoher Blüte stand.

Die Frauen von Djenne hätten sich doch gegen ihr Geschlecht versündigt, wenn ihnen die Koketterie ganz fremd geblieben wäre. Die eleganten Damen tragen deshalb einen Ring oder irgendeinen Glasschmuck an der Nase, während die minder begüterten sich damit begnügen, ein Stück rote Seide daranzuhängen.

Während des langen Aufenthaltes in Djenne wurde Caillié von den Mauren, denen er die Fabel von seiner Geburt und Entführung durch französische Soldaten in Ägypten erzählt hatte, mit Aufmerksamkeiten überhäuft.

Am 23. März schiffte der Reisende sich auf dem Niger auf einem Fahrzeuge, dessen Benutzung ihm der, durch das Geschenk eines Regenschirmes gewonnene Sherif gestattet hatte, nach Timbuktu ein. Er führte Empfehlungsbriefe an die hervorragendsten Einwohner der Stadt bei sich.

Caillié kam bei dem hübschen Dorfe Kera vorbei und passierte Taguetia, Sankha-Guibila, Diebe und Isaca, in dessen

Nachbarschaft ein von Sego herkommender bedeutender Nebenfluß, welcher in seinem Laufe ungeheure Biegungen bildet, sich mit dem Strome verbindet; er sah ferner Uandacora, Uanga, Corocoïla, Cona und gelangte am 2. April nach der Einmündung in den großen Debo-See.

»Nach allen Himmelsrichtungen sieht man von dem See aus das Land«, sagt Caillié, »außer im Westen, wo jener sich zu einem wahren Binnenmeere erweitert. Wenn man seiner nördlichen, etwas nach Ostnordost abbiegenden Küste etwa fünfzehn Meilen weit nachgeht, läßt man zur Linken eine große, flache Landzunge, welche mehrere Meilen weit nach Süden zu vorspringt. Sie scheint das Fahrwasser ganz zu schließen und bildet eine Art Meerenge. Jenseits dieses Landstreifens dehnt sich der See nach Westen über Sehweite hinaus. Die eben beschriebene Landzunge teilt den Debo-See also eigentlich in zwei, einen oberen und einen unteren See. Der von Fahrzeugen am meisten befahrene, welcher auch drei Inseln enthält, ist sehr groß; nur nach Osten zu ist er beschränkt und von einer Unzahl ausgedehnter Sümpfe umgeben.«

Nach und nach erblickte der Reisende nun Gabibi, ein Fischerdorf, Didhiover, Tongom, im Lande der Dirimans, das sich weit nach Osten hin ausdehnt, ferner Co, Do, Sa, einen bedeutenden Hafen und Handelsplatz, Barconga, Leleb, Garfolo, Barancondie, Tircy, Talbocoïla, Salacoïla, Cora, Coratu, wo die Tuaregs von allen, den Fluß passierenden Schiffen eine Abgabe erheben, und endlich Cabra, das auf einer Bodenerhebung, die es gegen die Hochflut des Djoliba schützt, erbaut ist, und das man als Hafen für Timbuktu betrachtet.

Am 20. April landete Caillié und brach nach jener Stadt auf, wo er mit Sonnenuntergang eintraf.

»Ich erblickte also jene Hauptstadt von Sudan«, schreibt der Reisende, »welche mir so lange Zeit als Ziel meiner Wünsche vorschwebte. Als ich die geheimnisvolle Stadt, den Gegenstand des Strebens aller zivilisierten Nationen Europas, betrat, erfüllte mich ein unbeschreibliches Gefühl der Befriedigung. Ich hatte noch niemals eine solche Empfindung gehabt, und meine Freude kannte fast keine Grenzen. Leider durfte ich ihr keinen lauten Ausdruck geben; nur Gott allein vertraute ich, was mich bewegte. Wieviel hatte ich ihm nicht zu verdanken, der mein Unternehmen mit so glücklichem Erfolge krönte! Wie oft hatte er mir sichtbar seine Gnade erwiesen, daß er mich alle Gefahren und unzählige Hindernisse glücklich überwinden ließ! Als ich mich etwas mehr gesammelt hatte, fand ich freilich, daß das Bild vor meinen Augen den früheren Erwartungen keineswegs entsprach. Ich hatte mir von der Größe und dem Reichtum der Stadt ganz andere Vorstellungen gemacht; sie bietet dagegen beim ersten Anblick nichts als das Bild eines Haufens schlechtgebauter Lehmhäuser; nach allen Seiten sieht man ungeheuere Ebenen mit beweglichem, ins Gelbliche spielendem Sande und trostlose Dürre. Der Himmel färbte sich mattrot am Horizonte; ringsum herrscht tiefes Schweigen; kein Vogel läßt seine Stimme ertönen. Immerhin hat es etwas Erhebendes, eine große Stadt mitten in einer Sandwüste zu sehen, und man bewundert unwillkürlich die Arbeit, welcher ihre Gründer sich einst unterzogen haben müssen. Was Timbuktu selbst betrifft, so glaube ich, daß der Strom früher in der Nähe der Stadt vorüberfloß, jetzt ist er von derselben nach Norden zu freilich acht Meilen und in der nämlichen Richtung von Cabra fünf Meilen entfernt.

Weder so groß, noch so volkreich, wie Caillié sich dasselbe gedacht, fehlt es Timbuktu vor allem an Lebhaftigkeit. Hier sieht man nicht wie in Djenne täglich Karawanen einziehen. Von einem Zusammenfluß von Fremden, wie in der letztgenannten Stadt, ist hier keine Rede, und der Markt, den man der Hitze wegen erst um drei Uhr abhält, erscheint ziemlich tot.

Timbuktu wird von Kissur-Negern bewohnt, welche von Charakter recht sanft sind und dem Handel obliegen. Eine Verwaltung gibt es nicht; im Grunde auch keine anerkannte öffentliche Gewalt; jede Stadt, jedes Dorf im Lande hat einen eigenen Herrscher, wie zur Zeit der alten Patriarchen. Viele Mauren, welche in der Stadt Timbuktu leben, treiben Handel und erwerben meist schnell ein nicht unbedeutendes Vermögen, da sie von Adrar, Tafilet, Tuat, Ardamas, Algier, Tunis und Tripolis Waren zum Wiederverkauf auf Kredit erhalten.

Nach Timbuktu wird alles Salz aus den Minen von Tudeyni auf Kamelen hingeschafft. Es kommt in Platten an, welche mittels schlechter Stricke, die man aus einem in der Nähe von Tandaye wachsenden Grase verfertigt, verbunden sind.

Der Umfang von Timbuktu, das übrigens ein Dreieck bildet, mag gegen drei Meilen betragen. Die Häuser der Stadt sind groß, aber niedrig und meist aus Backsteinen erbaut. Die Straßen sind breit und reinlich. Man zählt hier sieben Moscheen (neuere Angaben sprechen nur von drei solchen) mit je einem Minaret, von dem aus der Muezzin die Gläubigen zum Gebete ruft. Unter Hinzurechnung der nicht ansässigen Bevölkerung zählte die Hauptstadt von Sudan doch nur zehn- bis zwölftausend Einwohner.

Inmitten einer ausgedehnten Ebene von beweglichem weißem Sande, besitzt Timbuktu keine anderen natürlichen Hilfsquellen, als die Gewinnung von Salz, da sich der Erdboden zu keiner Kultur eignet. Wenn die Tuaregs einmal die zahlreichen Flottillen, welche von dem unteren Djoliba herkommen, aufhielten, wären die Bewohner sofort dem grausamsten Mangel preisgegeben.

Die unmittelbare Nähe dieser nomadisierenden Stämme und ihre unaufhörlich wiederholten Ansprüche beeinträchtigen alle Handelstätigkeit ungemein. Timbuktu ist stets voller Leute, welche dahin kommen, um, wie sie sagen, Geschenke zu empfangen, die man freilich richtiger als erzwungene Kontributionen bezeichnen könnte. Wenn der Häuptling der Tuaregs in Timbuktu anlangt, wird das als ein öffentliches Unglück angesehen. Gewöhnlich verweilt er zwei Monate in der Stadt, nährt sich nebst seinem Gefolge auf Kosten der Einwohner und geht nicht eher seines Weges, als bis er reichliche Geschenke erhalten hat.

Der Schrecken nur hat die Herrschaft dieser umherirrenden Stämme auch über die benachbarten Völkerschaften verbreitet, welche jene ohne Schonung plündern und aussaugen.

Die Kleidung der Tuaregs weicht allein bezüglich der Kopfbedeckung von der der Araber ab. Tag und Nacht tragen sie ein Stück Baumwollengewebe, das die Augen verhüllt und sie, da es bis auf die Nase herabreicht, um sehen zu können, nötigt, den Kopf nach rückwärts zu werfen. Dasselbe Gewebe schlingt sich ein- oder zweimal um den Kopf, verhüllt den Bart und reicht bis über das Knie herab. Man sieht von ihnen gewöhnlich weiter nichts als die Nasenspitze.

Vortreffliche Reiter, die sich teils prächtiger Pferde teils schnellfüßiger Kamele bedienen, sind die Tuaregs mit Lanze, Schild und Dolch bewaffnet. Sie bilden die eigentlichen Wüstenräuber und haben schon unzählige Karawanen beraubt oder gebrandschatzt.

Caillié befand sich kaum vier Tage in Timbuktu, als er von dem bevorstehenden Abzug der Karawane nach Tafilet hörte. Da er wußte, daß vor Ablauf dreier Monate keine andere folgen würde, und immer befürchtete, erkannt zu werden, schloß sich der Reisende dieser Gesellschaft von Kaufleuten an, welche nicht weniger als sechshundert Kamele mit sich führten. Am 4. Mai 1828 reiste Caillié also ab und erreichte, nachdem er durch die Hitze und den Ostwind, der den Wüstensand aufwirbelte, unausstehlich gelitten, fünf Tage später El Arouan, eine Stadt, welche nur als Niederlagsplatz für das Salz von Tudeyni dient, das nach Sansanding am Djoliba ausgeführt wird.

In El Arouan trafen sich die Karawanen von Tafilet, Mogador, Drah, Touat und Tripolis, welche europäische Waren zuführen, um diese gegen Elfenbein, Gold, Sklaven, Wachs, Honig und Stoffe aus Sudan zu vertauschen.

Am 19. Mai 1828 verließ die Karawane El Arouan, um quer durch die Wüste nach Marokko zu ziehen. Die erstickende Hitze, die Qualen des Durstes, Entbehrungen aller Art, die Anstrengung und eine Wunde, die sich der Reisende durch einen unglücklichen Fall vom Kamel zugezogen, waren ihm doch minder empfindlich als die fortwährenden Quälereien und Insulte, welche er ebenso von Seite der Mauren, wie sogar von den Sklaven zu erdulden hatte. Diese Leute fanden immer einen neuen Vorwand, sich über die Gewohnheiten und die Ungeschicktheit Cailliés lustig zu machen; sie gingen selbst so weit, ihn, wenn er sich umgedreht hatte, zu schlagen oder mit Steinchen zu werfen.

»Die Mauren«, erzählt Caillié, »sagten zu mir wiederholt in wegwerfendem Tone: ›Siehst du dort den Sklaven? Nun, den würde ich dir immer noch vorziehen; nun urteile selbst, wie hoch ich dich schätze!« Derlei Redensarten begleiteten andere noch mit hellem Lachen.«

Unter solchen bedrückenden Verhältnissen kam Caillié nach dem Brunnen von Trarzas, wo sich Salz in großer Menge findet, nach denen von Amul Gagim, Amul Taf, El Ekreif, die letzteren beschattet von einem hübschen Dattelwäldchen mit Rosenbüschen und Binsen, endlich nach den von Marabuty und El Harib, dessen Einwohner wahrhaft abstoßend schmutzig erscheinen.

Das Gebiet von El Harib liegt zwischen zwei niedrigen Bergketten, die es von Marokko, dem es tributpflichtig ist, trennen. Seine in mehrere Stämme geteilten Bewohner beschäftigen sich vorwiegend mit der Aufzucht von Kamelen. Sie könnten sich recht wohl befinden, wenn sie an die Berber nicht einen so hohen Tribut entrichten müßten, während letztere keine Gelegenheit vorübergehen lassen, sie noch obendrein zu berauben.

Am 12. Juli verließ die Karawane El Harib und betrat, elf Tage später, das an majestätischen Datteln reiche Tafilet. In Ghourland kamen die Mauren Caillié zwar recht freundlich entgegen, doch konnte er in deren Häusern keine Aufnahme finden, da die Frauen, welche nur die zur Familie gehörenden Männer sehen dürfen, den indiskreten Blicken eines Fremden ausgesetzt sein könnten.

Caillié besuchte auch den dreimal wöchentlich stattfindenden Markt, der in der Nähe des kleinen Dorfes Boheim drei Meilen von Ghourland, abgehalten wird, und war nicht wenig erstaunt über die Mannigfaltigkeit der daselbst zum Verkauf gestellten Artikel, wie Gemüse, einheimische Früchte, Kohle, Geflügel, Schafe – alles fand sich im Überfluß. Mit einer Klingel in der Hand, gingen Wasserverkäufer mit ihren gefüllten Schläuchen auf dem Platze umher, um diejenigen, welche trinken wollten, aufmerksam zu machen, denn es herrschte eine wahrhaft unerträgliche Hitze. Nur die Münzen aus Marokko und Spanien hatten Geltung.

Der Bezirk von Tafilet enthält eine große Anzahl größerer Dörfer und kleinerer Städte. Ghourland, El Ekseba, Sosso, Boheim und Sessant, welche der Reisende davon zu Gesicht bekam, mochten jede gegen zwölfhundert, meist Landbau oder Handel betreibende Bewohner zählen.

Der Boden ist hier sehr fruchtbar. Man baut viel Getreide, Gemüse, Datteln, europäische Fruchtarten und Tabak. Starke, schöne Schafe, deren sehr weiße Wolle zur Herstellung hübscher Matten und Decken dient, Ochsen und Kühe, ausgezeichnete Pferde, Esel und sehr viele Maulesel bilden die eigentlichen natürlichen Schätze von Tafilet.

Wie in El Drah, bewohnen auch hier viele Juden manche Dörfer gemeinsam mit Mohammedanern; sie leben äußerlich in sehr dürftigen Verhältnissen, gehen halb nackt und werden fortwährend geschlagen und auf jede Weise insultiert. Scheinbar ernähren sie sich als Trödler, Schuhmacher, Schmiede oder Lastträger, heimlich aber leihen sie den Mauren Geld gegen hohe Zinsen.

Am 2. August setzte die Karawane ihren Weg fort, und Caillié kam über Afile, Taneyara, Marca, Me Dayara, Rahaba, El Eyarac, Tamaroc, Aïn Zeland, El Guim, Guigo und Soforo nach Fez, wo er sich nur kurze Zeit aufhielt und dann nach Rabat, das alte Sale, weiterzog. Erschöpft durch diese lange Wanderung, während der er seinen Hunger oft kaum mit einigen Datteln stillen konnte, und das Mitleid der Muselmanen in Anspruch nehmen mußte, die ihn oft hartherzig abwiesen, ergriff der Reisende, da er in letzter Stadt als französischen Konsular-Agenten einen Juden, namens Ismaïl, antraf, der, aus Furcht sich zu kompromittieren, es abschlug, ihn auf einer nach Gibraltar segelnden portugiesischen Brigg unterzubringen, mit Begierde eine unerwartete Gelegenheit, die sich ihm nach Tanger darbot. Hier wurde er von dem Vizekonsul Delaporte freundlich aufgenommen. Der Genannte behandelte ihn wie einen Sohn, schrieb sofort an den Befehlshaber der französischen Station in Cadix und schiffte ihn, in der Kleidung eines Matrosen, auf der zu seiner Abholung angelangten Korvette ein.

Die Landung eines jungen Franzosen in Marseille, der von

Timbuktu heimkehrte, machte in der gelehrten Welt begreiflicherweise nicht geringes Aufsehen. Einzig und allein durch seinen unerschütterlichen Mut, seine nie ermüdende Ausdauer hatte er eine Unternehmung zu glücklichem Ende geführt, für welche die geographischen Gesellschaften von London und Paris hohe Preise ausgesetzt hatten. Ganz auf sich selbst angewiesen, ohne Beihilfe der Regierung und außer aller Verbindung mit irgendeiner wissenschaftlichen Vereinigung, nur durch die Kraft seines Willens erzwang er sich den Sieg und verbreitete neues Licht über einen großen, bisher fast unbekannten Teil von Afrika!

Caillié war indes nicht der erste Europäer, der Timbuktu gesehen hatte. Ein Jahr vor ihm war schon der englische Major Laing bis zu der geheimnisvollen Stadt vorgedrungen, hatte diese Forschung, deren ergreifende Einzelheiten wir im folgenden schildern werden, aber leider mit dem Leben bezahlen müssen.

Caillié kam glücklich nach Europa zurück und brachte auch das merkwürdige Reisetagebuch mit, dem wir die vorstehenden Mitteilungen entnahmen. Wenn sein Auftreten als Muselman auch Caillié gehindert hatte, astronomische Beobachtungen anzustellen und er aus demselben Grunde nicht nach Belieben zeichnen und Notizen niederschreiben konnte, so gelang es ihm doch um den Preis seiner scheinbaren Apostasie, jene fanatischen Länder zu bereisen, in denen der christliche Name mit dem Bann belegt ist.

Wieviel interessante Beobachtungen, wieviel verläßliche Einzelheiten verdanken wir ihm! Wie umfassend erweiterte er die Kenntnis vieler afrikanischer Länder! Wenn es Clapperton erst in zwei aufeinanderfolgenden Reisen gelungen war, Afrika von Tripolis bis Benin zu durchziehen, so gelangte Caillié – freilich um den Preis welcher Strapazen und Entbehrungen! in einer einzigen vom Senegal bis Marokko. Endlich war Timbuktu nun bekannt, ebenso wie der neue Weg für Karawanen durch die Wüste Sahara über die Oasen von Tafilet und El Harib.

Wir dürfen wohl annehmen, daß die Unterstützung, welche die Geographische Gesellschaft zu Paris dem Reisenden angedeihen ließ, der Preis von 16000 Francs, den sie ihm erteilte, das Kreuz der Ehrenlegion, mit dem die Regierung ihn schmückte, der herzliche Empfang seitens aller gelehrten Vereine und der ungeschmälerte Ruhm, der sich an Cailliés Namen knüpfte, den Reisenden für die physischen und moralischen Leiden, die er so standhaft ertrug, einigermaßen entschädigt haben. Er selbst erklärt ja wiederholt in seiner Reisebeschreibung, daß allein das Streben, den Ruhm Frankreichs, seines Vaterlandes, durch neue Entdeckungen zu vermehren, ihm unter den mißlichsten Umständen über die Anfechtungen und Leiden, die ihn unausgesetzt verfolgten, hinweggeholfen habe. Ehre also dem ausdauernden Reisenden, dem aufrichtigen Patrioten und dem großen Entdecker!

Wir haben nun bloß noch von der Expedition zu sprechen, bei welcher Alexander Gordon Laing seinen Tod fand. Bevor wir indessen die Schilderung dieser an Wechsel überreichen Reise beginnen, welche nur kurz ausfallen kann, da das Tagebuch der Teilnehmer verlorengegangen ist, schicken wir einiges, sowohl über den Offizier, der ihr zum Opfer fiel, als auch über den erfolgreichen Ausflug nach Timanni, Kouranko und Sulimana voraus, bei dem Laing die Quellen des Djoliba entdeckte.

Geboren zu Edinburgh im Jahre 1794, trat Laing im Alter von sechzehn Jahren in die englische Armee ein, in der er sich bald rühmlichst auszeichnete.

Im Jahre 1820 befand er sich, mit Leutnantsrang und als Adjutant Sir Charles Maccarthys, des Generalgouverneurs von Westafrika, in Sierra Leone. Zu jener Zeit brach ein Krieg aus zwischen Amara, dem Almamy der Mandinguos, und einem von dessen vornehmsten Häuptlingen, namens Samassi. Der Handel von Sierra Leone stand schon damals nicht in besonderer Blüte. Jener Krieg drohte ihm gar den Todesstoß zu versetzen. Maccarthy, der dem abzuhelfen wünschte, entschloß sich zu dem Versuche einer Vermittlung und Versöhnung zwischen den streitenden Parteien. Er gedachte zu dem Zwecke eine Gesandtschaft nach Kambia am Ufer des Scarcies und von da nach Malacury, in das Feldlager der Mandinguos, abzuschicken. Der tatenlustige Charakter Laings, dessen Gewandtheit und bewährter Mut lenkten die Wahl des Gouverneurs auf ihn, und am 7. Januar 1822 erhielt er die betreffenden Instruktionen, welche darauf hinausgingen, den Stand der Industrie des Landes, dessen Topographie zu erkunden und sich womöglich darüber aufzuklären, wie die Bewohner über die Abschaffung der Sklaverei urteilten.

Eine erste Zusammenkunft mit Yareddi, dem Anführer der sulimanischen Truppen, welche den Almamy begleiteten, überzeugte ihn, daß die Neger dieser Landschaft nur sehr unbestimmte Vorstellungen von europäischer Zivilisation besaßen und nur selten mit Weißen in Berührung gekommen sein konnten.

»Jedes Stück unserer Kleidung«, erzählt der Reisende, »erregte sein höchstes Erstaunen. Als er mich die Handschuhe ablegen sah, erschrak er sichtlich, legte die Hand über den weit offenstehenden Mund und rief unaufhörlich: ›Allah Akbar! (Gott der Gerechte!) er zieht sich die Haut von den Händen!‹ Nachdem er sich einigermaßen an unseren Anblick gewöhnt, strich er abwechselnd über das Haar Mackies (der Laing als Arzt begleitete) und über das meinige, schlug ein lautes Gelächter auf und sagte: ›Nein! Nein! Das sind gar keine Menschen!‹ Wiederholt fragte er meinen Dolmetscher, ob wir wirklich Knochen hätten.«

Diese vorläufigen Verhandlungen, bei welchen Laing wahrgenommen hatte, daß viele Sulimas eine Menge Gold und Elfenbein besaßen, bestimmten ihn, dem Gouverneur vorzuschlagen, eine Untersuchung des Landes östlich von der Kolonie vorzunehmen – ein Land, dessen Erzeugnisse und Naturprodukte dem Handel von Sierra Leone ein neues Leben verleihen zu können schienen.

Maccarthy billigte Laings Ansichten und legte diese dem Konseil vor. Man beschloß, daß Laing autorisiert werden solle, das Land der Sulimas zu bereisen und dabei nach Gutdünken denjenigen Weg einzuschlgen, der ihm für die zukünftigen Verbindungen am geeignetsten erschien.

Am 16. April schiffte sich Laing in Sierra Leone auf dem Rokelleflusse ein und gelangte bald nach Rokon, der Hauptstadt von Timanni. Sein Zusammentreffen mit dem Chef dieser Stadt war besonders heiter. Um ihm eine Ehre zu erweisen, ließ Laing, als er ihn in den zu der Verhandlung bestimmten Hof hatte eintreten sehen, eine Salve von zehn Flintenschüssen abgeben. Bei dem Krachen der Gewehre blieb der König erst stehen, wich aber sofort zurück und ergriff die Flucht, nachdem er dem Reisenden nur einen wütenden Blick zugeworfen hatte. Es kostete viele Mühe, den ängstlichen Fürsten wieder zur Umkehr zu bewegen. Endlich trat er wieder ein, setzte sich auf einen für die Feierlichkeit besonders geschmückten Sessel und fragte den Major:

»Warum ließen Sie schießen?«

»Nur Ihnen zur Ehre; in Europa werden alle Fürsten stets mit Kanonendonner empfangen.«

»Warum ließen Sie die Gewehre nach der Erde richten?«

»Um bei Ihnen jeder falschen Deutung unserer Absichten vorzubeugen.«

»Wir sind aber dabei Steine ins Gesicht geflogen. Warum ließen Sie nicht in die Luft schießen?«

»Um die Strohdächer Ihrer Häuser nicht in Brand zu setzen.«

»Gut, gut, gebt mir einen Rum!«

Nach diesen beruhigenden Erklärungen des Majors gestaltete sich die Zusammenkunft überaus herzlich.

Das Bild dieses Herrschers über einen Teil von Timanni verdient aus mehr als einem Gesichtspunkte hier wiedergegeben zu werden, da in diesem Falle das Sprichwort: Ab uno disce omnes, vollste Anwendung findet.

»Ba Simera zählte neunzig Jahre; er hatte eine buntscheckkige, stark gerunzelte Haut, welche eher der eines Alligators als der eines Menschen ähnlich sah; dazu besaß er dunkle, grünliche tiefliegende Augen; einen weißen verworrenen Bart, der bis zwei Fuß unter das Kinn herabreichte. Ebenso wie der König am anderen Flußufer, trug er ein Halsband aus Korallenstücken und Leopardenzähnen; sein Mantel war braun und ebenso schmutzig wie die Haut; die Beine, geschwollen wie die eines Elefanten, bedeckten baumwollene Hosen, welche ursprünglich weiß gewesen sein mochten, die aber nach mehrjährigem Gebrauche eine grünliche Farbe angenommen hatten. Als Zeichen seiner Würde hielt der Fürst einen Stock in der Hand, an dem Schellen von verschiedener Größe befestigt waren.«

Wie alle seine Vorgänger in Afrika, mußte der Reisende wegen des Durchzugsrechtes und des Lohnes für die Lastträger lange Verhandlungen führen; nur seiner Festigkeit verdankte Gordon Laing die Abminderung der Forderung der Negerkönige. Auf seinem weiteren Wege besuchte der Major dann Toma, wo man noch niemals einen weißen Mann gesehen hatte, Balandeco, Roketchnick, dessen Lage der Reisende zu 8° 30′ nördlicher Breite und 12° 11′ westlicher Länge Greenwich bestimmte, Maboung, jenseits eines großen Flusses, der nördlich von dem Rokelle verläuft, und Ma Yosso, die bedeutendste Stadt an der Grenze von Timanni.

Der Reisende fand in diesem Lande auch eine eigentümliche Institution, eine Art Freimaurerbund, den man »die Pourrah« nannte und von dessen Vorhandensein sich Caillié schon an den Ufern des Rio Nunez überzeugt hatte.

»Die Macht desselben«, behauptet Laing, »übertrifft sogar die der Fürsten der verschiedenen Stämme. All sein Tun und Treiben ist in Dunkel gehüllt und von tiefem Geheimnis umschleiert. Seine Maßnahmen werden ohne Prüfung von den Behörden gebilligt und seine Urteilssprüche haben allenthalben rechtliche Geltung. Ich suchte vergeblich den Ursprung und die Veranlassung zu dieser merkwürdigen Vereinigung zu erforschen; allem Anschein nach sind dieselben den heutigen Timanniern, vielleicht den Mitgliedern der Pourrah selbst unbekannt, was in einem Lande, dem jede Überlieferung durch Schriften oder Lieder abgeht, ja nicht auffallen kann.«

Timanni soll nach dem, was Laing darüber erfahren konnte, in vier Distrikte zerfallen, deren Häuptlinge sich alle den Titel eines Königs beilegen.

Der Erdboden ist hier sehr fruchtbar und würde gewiß große Mengen von Reis, Yamswurzeln, sowie Kassavebrot, Erdnüsse und Bananen liefern, wenn die Bewohner nicht gar so träge, gleichgültig, ausschweifend und habgierig, und vorzüglich nicht so über alle Maßen trunksüchtig wären.

»Meiner Ansicht nach«, sagt Laing, »würden z. B. Hacken,

Dreschflegel, Rechen, Schaufeln und andere Geräte zum gewöhnlichen Gebrauche bei diesem Volke willigen Absatz finden, wenn man sich die Mühe nähme, die Leute über die Verwendung derselben zu belehren. Diese Dinge dürften ihrem und unserem Interesse förderlicher sein, als Gewehre, aufgekrempte Hüte und Scharlachkleider, welche man ihnen jetzt ausschließlich zu liefern pflegt.«

Trotz dieses menschenfreundlichen Wunsches des Reisenden, hat sich hierin doch auch bis heute noch nichts geändert. Die Neger huldigen noch derselben Leidenschaft für starke Liköre und auch jetzt sieht man ihre Duodezfürsten, welche Hüte, ähnlich den Windbälgen der Akkordions, auf dem Kopfe tragen, ohne Hemd, wohl aber mit blauen, mit kupfernen Knöpfen besetzten Röcken geschmückt; ja, diese Kleidung vertritt bei ihnen sogar die Rolle des eigentlichen Festgewandes.

Das Gefühl der Mutterliebe scheint bei den Weibern des Landes nicht besonders entwickelt; wenigstens boten dem Reisenden zwei Frauen ihre Kinder zum Verkaufe an und überhäuften ihn mit Schimpfreden, weil er darauf nicht eingehen wollte. Einige Tage später erhob sich sogar ein wahrer Tumult gegen Laing als einen der Weißen, deren Unterdrückung des Sklavenhandels das Gedeihen des Landes empfindlich geschädigt hätte.

Die erste Stadt, der man bei dem Eintritt nach Kouranko begegnet, ist Ma Boum. Wir können nicht umhin, hier beiläufig Major Laings Empfindungen mitzuteilen, welche der erste Anblick der Tätigkeit ihrer Einwohner in ihm erregte.

»Ich zog bei Sonnenuntergang in die Stadt ein«, erzählt er, »und erhielt bezüglich der Einwohner derselben sofort einen recht günstigen Eindruck. Jene kamen von der Arbeit zurück; man sah es ihnen an, daß alle den Tag über tätig gewesen waren. Die einen hatten die Felder zur bevorstehenden Ernte, welche die bald zu erwartenden Regen noch begünstigen sollten, bearbeitet; andere trieben Herden in ihre Umzäunung, von denen jedes Tier durch das glatte, weiche, gute Aussehen dafür zeugte, daß sie sich auf fetten Weiden gütlich getan hatten. Eben verhallte der letzte Hammerschlag des Schmiedes;

der Weber maß das Leinwandstück, das er seit dem Morgen gefertigt, und der Gerber ordnete seine Messer und übrigen gewerblichen Hilfsmittel und barg sie in einem Sacke. Am Eingang der Moschee stand der Muezzin, der mit ernster Stimme und in gemessenen Intervallen sein ›Allah Akhbar‹ wiederholte und die gläubigen Muselmanen zum Abendgebete rief.«

Wenn ein Marilhat oder Henri Regnault dieses Bild zeichneten und dazu eine Landschaft, in der der letzte Sonnenglanz mit dem grünlichen und rötlichen Abendschein verschmilzt, dann könnte man wohl den so oft gebrauchten Titel, »Rückkehr vom Felde«, auch für diese Darstellung als Unterschrift anwenden.

»Dieser Anblick«, fährt der Reisende fort, »bildete im Verein mit der umgebenden Natur und dem Gefühle, das er erregte, einen recht wohltuenden Gegensatz im Vergleich mit dem Lärmen und der Verwirrung, die zur nämlichen Stunde gewöhnlich in einer timannischen Stadt herrschen; doch darf man sich vom Schein auch hier nicht blenden lassen, und ich muß zu meinem Leidwesen hinzufügen, daß das Auftreten der Kourankonier die gute Meinung keineswegs bestätigte, welche ich zuerst von ihnen gewonnen hatte.«

Der Reisende begab sich nun nach Koufoula, wo er recht freundlich aufgenommen wurde, zog durch ein schönes Land, dessen Hintergrund die Berge von Kouranko bildeten, und rastete in Simera, wo der Chef der Stadt dem »Guiriot« befahl, die Ankunft des Reisenden durch Gesang zu verherrlichen; die schlecht gebauten und erbärmlich mit Stroh abgedeckten Häuser ließen hier aber überall den Regen durchdringen, so daß Laing nach einem Gewitter, da der Rauch aus den Wohnräumen auch nur durch jene engen Zwischenräume im Dache abziehen konnte, nach seinen eigenen Worten, weit mehr einem halbgereinigten Schornsteinfeger ähnlich aussah, als dem weißen Fremdling des Königs von Simera.

Laing suchte von hier aus die Quelle des Tongolelle, eines Nebenarmes des Rokelle, auf und verließ dann Kouranko, um nach Sulimana weiterzuziehen.

Kouranko, von dem der Reisende übrigens nur das Grenzgebiet berührte, hat eine bedeutende Ausdehnung und zerfällt in viele kleine Staaten.

Der Sprache und der Kleidung nach ähneln die Bewohner den Mandinguos, sind aber nicht so gut gewachsen und so intelligent wie letztere. Sie bekennen sich nicht zum Islam, glauben dagegen unerschütterlich an ihre »Grigris«.

Daneben sind sie übrigens fleißig und verstehen zu nähen und zu weben. Den Hauptgegenstand ihres Handels aber bildet das Rosenholz oder »Cham«, das sie nach der Küste schaffen. Die Landeserzeugnisse sind etwa dieselben wie in Timanni.

Komia, unter 9° 22′ nördlicher Breite, ist von hier aus die erste Stadt von Sulimana. Laing besichtigte Semba, eine reiche und stark bevölkerte Ortschaft, wo ihm Musikanten entgegenkamen, die ihn mit mehr ohrbetäubenden als harmonischen Fanfaren empfingen, und gelangte endlich nach Falaba, der Hauptstadt des Landes.

Der König überhäufte ihn daselbst mit Ehrenbezeugungen. Er hatte z. B. eine große Anzahl Truppen zusammengezogen, über welche er gleichsam Revue abnahm und die er verschiedene Manöver ausführen ließ, während das Rasseln von Trommeln, der schrille Ton der Geigen und anderer landeseigentümlicher Instrumente das Ohr des Reisenden zermarterten. Dann traten nacheinander verschiedene »Guiriots« auf, die sich in Lobgesängen des Königs überboten oder die Ankunft des Reisenden feierten, indem sie die glücklichen Folgen hervorhoben, welche sie von seinem Erscheinen für das Gedeihen des Landes und das Aufblühen des Handels erwarteten.

Laing benutzte den günstigen Augenblick, um sich vom Könige die Erlaubnis zum Besuche der Nigerquellen zu erbitten. Dieser machte nur wiederholte Einwürfe wegen der Gefahren eines solchen Zuges; da der Reisende aber bei seiner Bitte beharrte, erteilte er ihm, »wenn denn sein Herz so sehr nach dem Wasser lechze«, endlich die Erlaubnis dazu.

Laing war noch nicht zwei Meilen von Falaba entfernt, als die Genehmigung zurückgezogen wurde, und er mußte auf diesen Ausflug, dem er mit Recht hohen Wert beilegte, verzichten.

Einige Tage nachher erhielt er dagegen die Erlaubnis, die Quelle des Rikelle oder Sale Kongo aufzusuchen, von dem man vor ihm nur den Lauf jenseits Rokon ein wenig kannte.

Von dem Gipfel eines Felsens aus erblickte Laing den Berg Loma, den höchsten der großen Kette, zu der er gehörte.

»Man zeigte mir aus der Entfernung«, sagt er, »die Stelle, wo der Niger entspringt; er schien mit meinem damaligen Standpunkt in gleicher Höhe, d.h. tausendsechshundert Fuß über dem Meere, zu liegen, denn die Quelle des Rokelle, deren Höhe ich eben gemessen hatte, lag schon tausendvierhundert Fuß darüber. Da ich die Lage von Konkodongore und die Höhe, auf der ich mich befand, die erste durch Beobachtung, die letztere durch Schätzung bestimmt hatte, war es mir nicht schwer, die Lage des Loma zu berechnen. Ich werde nicht weit fehl greifen, wenn ich für die Quellen des Niger 9° 25′ nördlicher Breite 9° 45′ westlicher Länge annehme.

Drei Monate lang hatte Major Laing sich in Sulimana aufgehalten und zahlreiche Ausflüge unternommen. Die Landschaft bietet hier einen höchst pittoresken Anblick mit schönen Hügeln, geräumigen Tälern und fruchtbaren Wiesen, welche von dichten Wäldern oder einzelnen Baumgruppen eingefaßt sind. Der Boden gibt reichlichen Ertrag und verlangt nur wenig Bearbeitung; er liefert stets gute Ernten und der Reis gedeiht vortrefflich. Ochsen und Kühe, Schafe, Ziegen, kleineres Geflügel und einige Pferde bilden die Haustiere der Sulimanas. Von wilden Tieren findet man Elefanten, Büffel, eine Art Antilope, Affen und Leoparden in großer Anzahl.

Falaba, dessen Name von Fala Ba, dem Flusse, an dem die Stadt liegt, herzuleiten ist, mißt etwa anderthalb Meilen in der Länge und eine Meile in der Breite. Die Häuser daselbst stehen, im Vergleich zu denen anderer Städte Afrikas, ziemlich dicht beieinander und die Stadt mag gegen 6000 Bewohner zählen.

Ihre Lage als befestigter Platz ist recht gut gewählt. Erbaut auf einer Bodenerhebung inmitten einer, während der Regenzeit gänzlich überschwemmten Ebene, umschließt sie eine Palisade aus sehr hartem Holze, die allen Kriegsmaschinen jener

Völker hinreichenden Widerstand leistet.

Wunderbarerweise scheinen in diesem Lande Männer und Frauen die gewohnten Beschäftigungen geradezu vertauscht zu haben. Mit Ausnahme des Einsäens und der Ernte fallen den letzteren alle Feldarbeiten zu; sie erbauen die Häuser, betreiben das Maurerhandwerk oder sind Barbiere und Wundärzte; die Männer dagegen besorgen die Milchwirtschaft, melken die Kühe, nähen und reinigen die Wäsche.

Am 17. Semptember brach Laing wieder nach Sierra Leone auf; er brachte vom Könige Geschenke mit und erreichte, nachdem ihm eine große Strecke weit eine zahlreiche Volksmenge das Geleit gegeben hatte, ohne Unfall die englische Niederlassung.

Laings Zug nach Timanni, Kouranko und Sulimana entbehrt immerhin nicht eines gewissen Wertes. Er eröffnete uns Länder, welche bis dahin noch keines Europäers Fuß betreten hatte, und unterrichtete uns über die Sitten, Erwerbszweige und den Handel der Einwohner ebenso wie über die Naturprodukte jener Gegenden. Gleichzeitig wurden der Lauf und die Quelle des Rokelle erforscht und man erhielt zum ersten Male Kunde von der Quelle des Djoliba (Niger). Wenn der Reisende dieselbe auch nicht mit eigenen Augen gesehen, so befand er sich doch nahe genug, um ihre Lage annähernd richtig angeben zu können.

Die Resultate, welche Laing mit dieser Reise erzielt hatte, gaben seinem Eifer für weitere Entdeckungen nur einen verstärkten Anstoß. Er beschloß also, den Versuch zu wagen, bis Timbuktu vorzudringen.

Am 25. Juni 1825 schiffte sich der Reisende von Malta nach Tripolis ein und verließ diese Stadt mit einer Karawane, zu welcher auch Hatita, ein Targhi- oder Touaregfürst und Freund des Kapitän Lyon, gehörte, der ihn bis Tuat begleitete. Nachdem er zwei volle Monate in Ghadames verweilt, verließ Laing diese Oase im Oktober und wandte sich nach Inçalah, dessen Lage er viel westlicher bestimmte, als man bisher angenommen hatte. In dieser Oase hielt sich der Major vom November 1825 bis zum Januar 1826 auf, gelangte dann nach Quadi Touat, wollte von hier aus nach Timbuktu gehen, den Djenne- oder Dibbie-See besuchen, das Land Melli in Augenschein nehmen und dem Laufe des Djoliba bis zu dessen Mündung folgen. Dann gedachte er bis Sockatu zurückzukehren, den Tchad-See zu berühren, und hoffte von hier aus bis zum Nil zu gelangen. Es war, wie man erkennt, ein weit angelegtes Projekt, dessen Durchführung freilich vielen Gefahren und Wechselfällen begegnen mußte.

Als die Karawane, der sich Laing angeschlossen, Touat verlassen hatte, wurde sie, nach Aussage der einen von Tuaregs, nach der von anderen von Berbichen, einem in der Nähe des Djoliba hausenden Stamme, überfallen.

»Laing, den man als Christen erkannte«, erzählte Caillié, »der diese Nachrichten in Timbuktu sammelte, wurde entsetzlich mißhandelt; man schlug ihn mit Stöcken, bis er scheinbar tot dalag. Ein anderer Christ, ich glaube jedenfalls ein Diener des Majors, wurde wirklich durch Stockschläge getötet. Die Mauren aus der Karawane Laings hoben jedoch dessen Körper auf und es gelang ihrer Sorgfalt, ihn ins Leben zurückzurufen. Sobald er das Bewußtsein wiedererlangt hatte, brachte man ihn auf sein Kamel, wo er festgebunden werden mußte, da er sich vor Schwäche unmöglich halten konnte. Die Räuber hatten ihm so gut wie nichts gelassen; der größte Teil seiner Waren war ihm entführt worden.«

In Timbuktu am 26. August 1826 angelangt, erholte sich Laing allmählich von seinen Wunden. Die Wiedergenesung ging zwar nur langsam vonstatten, doch ließen ihn wenigstens die Bewohner der Stadt in Frieden, was er wohl den von Tripolis mitgebrachten Empfehlungsbriefen und der aufmerksamen Fürsorge seines Wirtes verdankte, der selbst aus Tripolis stammte.

Nachdem, was ein Greis Caillié mitteilte, hatte Laing – ein Umstand, der höchst auffallend erscheint – die europäische Kleidung nicht abgelegt und sich überall als Abgesandten des Königs von England, seines Herrn, erklärt, der Timbuktu besuchen und die in dieser Stadt vermuteten Wunder beschreiben sollte.

«Es scheint«, fügt der französischen Reisende hinzu, »als habe Laing den Plan derselben vor aller Augen aufgenommen, denn der Maure erzählte mir in seiner naiven und treffenden Ausdrucksweise, daß er die ganze Stadt mit allem, was darin war, ›geschrieben‹ habe.«

Nachdem er Timbuktu eingehend besichtigt, ging Laing, der alle Ursache hatte, den Tuaregs zu mißtrauen, während der Nacht nach Cabra, um den Djoliba zu besuchen. Statt nach Europa durch die große Wüste zurückzukehren, wollte der Major lieber über Djenne und Sego nach den französischen Besitzungen am Senegal reisen; kaum ließ er darüber aber ein Wort gegen die ihn in Menge begleitenden Foulahs fallen, als diese erklärten, nicht zugeben zu dürfen, daß ein »Nazarener« den Fuß auf ihr Gebiet setze, und sie, wenn er es doch wagen sollte, es ihm schon zu verleiden wissen würden.

Laing mußte also den Weg nach El Arouan einschlagen, wo er eine maurische Karawane zu treffen hoffte, welche Salz nach Sansanding beförderte. Er hatte Timbuktu jedoch kaum seit fünf Tagen mit der Karawane, an der er teilnahm, verlassen, als diese von dem fanatischen Scheik Hamed ould Habib, dem Häuptling eines Stammes der Zaouats, überfallen wurde. Laing fesselte man sofort unter dem Vorwande, er habe das Gebiet des Stammes ohne Erlaubnis betreten. Zur Sühne sollte er sich zum Islam bekennen, welche Zumutung der Major auf das Bestimmteste verweigerte. Der Scheik und seine Helfershelfer berieten auf der Stelle über die Bestrafung ihres Gefangenen, und dieser wurde von zwei Sklaven erdrosselt, sein Leichnam aber in der Wüste liegengelassen.

Das war alles, was Caillié durch Erkundigung an Ort und Stelle kaum ein Jahr später über den Tod des Majors Laing erfahren konnte. Wir haben dem nur einiges aus dem Jahresbericht der Geographischen Gesellschaft hinzugefügt, denn mit dem Reisenden sind auch seine Reisetagebücher, gleichzeitig mit allen astronomischen Beobachtungen verlorengegangen.

Im Vorhergehenden wurde schon erwähnt, wie es Major Laing gelang, annähernd die Lage der Djoliba-Quelle zu bestimmen. Wir schilderten auch die Versuche Mungo Parks und Clappertons, den Mittellauf jenes Stromes zu erforschen. Jetzt ist also nur noch von den zum Zweck der Untersuchung des Unterlaufes und der Mündung desselben ausgeführten

Reisen zu berichten. Den ersten und wichtigsten Schritt in dieser Richtung tat Richard Lander, der frühere Diener Clappertons.

Richard Lander und sein Bruder John hatten der englischen Regierung angeboten, sich zur Erforschung des Niger bis zu dessen Ausmündung nach Afrika zu begeben. Jene nahm ohne Zögern das Erbieten an, und die beiden Brüder schifften sich auf einem Kriegsfahrzeuge nach Badagry ein, wo sie am 19. März 1830 landeten.

Der Beherrscher des Landes, Adouly, den Richard Lander von früher her in bestem Andenken hatte, war eben sehr traurig gestimmt. Seine Hauptstadt hatte man niedergebrannt; seine Anführer und besten Soldaten waren im Kampfe gegen die Lagos gefallen und er selbst nur mit genauer Not dem Feuer entgangen, das sein Haus und seine Reichtümer verzehrte.

Jetzt galt es ihm, seinen Schatz aufs neue zu füllen; er beschloß das auf Kosten der Reisenden zu tun. Zunächst erhielten diese die Genehmigung zu einem Zuge in das Landesinnere nur gegen Abtretung aller ihrer kostbarsten Waren. Außerdem mußten sie sich zur Bezahlung für ein Kanonenboot mit hundert Mann, für zwei Fäßchen Rum, zwanzig Barils Pulver und verschiedene andere Waren verpflichten, obwohl sie wußten, daß der ebenso habgierige wie trunksüchtige Fürst diese niemals liefern würde.

So wie der Herrscher mit dem schlimmsten Beispiele voranging, taten es ihm dessen Untertanen möglichst gleich, betrachteten die Engländer als gute Beute und benutzten jede Gelegenheit, sie zu berauben.

Am 31. März endlich konnten Richard und John Lander Badagry verlassen. Sie zogen über Wow, eine bedeutende Stadt, über Bidjie, wo Pearce und Morrison bei der vorhergehenden Expedition krank geworden waren, ferner über Jenna, Chow, Egga, lauter von Clapperton früher besuchte Ortschaften, über Engua, wo Pearce mit Tode abging, Asinara, die erste ihnen begegnende Stadt mit Umfassungsmauern, Bohu, die alte Hauptstadt von Yarriba, Jaguta, Leoguadda, Itcho mit weitberühmtem Markte, und gelangten, geführt von einer, ihnen vom Könige entgegengesandten Begleitmannschaft, am 13. Mai nach Katunga.

Nach herkömmlicher Sitte machten die Reisenden, bevor sie vom Könige empfangen wurden, an einem Baume halt. Bald begaben sie sich aber, des Wartens müde, nach der Wohnung Ebos, des Chefs der Eunuchen und der einflußreichsten Persönlichkeit am Hofe des Fürsten. Mansolah, so hieß der letztere, empfing sie unter einem Höllenlärmen von Cymbeln, Trompeten und Pauken, aber so wohlwollend, daß er Ebo befahl, jedem den Kopf abschlagen zu lassen, der es wagen würde, die Reisenden zu belästigen.

Da John und Richard Lander aber trotzdem fürchteten, Mansolah werde sie nur bis zum Eintritt der Regenzeit hier aufzuhalten suchen, erwähnten sie, auf Ebos Rat, dem Könige nichts von ihrer Absicht, den Niger zu erreichen. Sie gaben nur vor, es sei einer ihrer Landsleute vor zwanzig Jahren in Boussa gestorben, und der König von England habe sie an den Sultan von Yaurie abgesendet, um nach den Papieren des Verschollenen zu suchen.

Obwohl Mansolah die Gebrüder Lander nicht mit derselben Auszeichnung, wie früher Clapperton, behandelte, ließ er sie doch, acht Tage nach ihrer Ankunft, unbehelligt weiterziehen.

Von der weitläufigen Originalschilderung der Stadt Katunga und von Yarriba überhaupt geben wir hier nur folgenden kurzen Abschnitt wieder:

»Hinsichtlich des Reichtums und der Volksmenge entsprach Katunga keineswegs unseren Erwartungen. Die weite Ebene, in welcher die Stadt liegt, steht, wenn sie auch recht schön zu nennen ist, an Fülle der Vegetation, Fruchtbarkeit und malerischen Fernsichten dem minder gerühmten und doch so herrlichen Lande Bohou gegenüber wesentlich zurück. Der Markt hier ist zwar so leidlich ausgestattet, alles ist aber ausnehmend teuer. Die niedrigen Volksklassen müssen auf tierische Nahrung so gut wie ganz verzichten, oder sich mit dem widerwärtigen Fleische von Insekten, Reptilien und Würmern begnügen.«

Bei der Sorglosigkeit Mansolahs und dem schwächlichen

Kleinmute seiner Untertanen, ist es den Fellans oder Fellatahs gelungen, sich in Yarriba festzusetzen, in den befestigten Städten zu verschanzen und dort die Anerkennung ihrer Oberhoheit zu erzwingen, bis sie sich voraussichtlich einst die Herrschaft über das Land überhaupt anmaßen werden.

Die Gebrüder Lander reisten hierauf über Atoupa, Bumbum, eine Stadt, welche von den Kaufleuten aus Haoussa, Borgou und anderen Ländern, die mit Gonja und Kishi, an der Grenze von Yarriba, Handel treiben, häufig besucht wird, und über Moussu am gleichnamigen Flusse.

Jenseits dieser Stadt trafen sie wieder eine Eskorte, welche der Sultan von Borgou ihnen entgegengeschickt hatte.

Der Sultan Yarro empfing die Reisenden mit allen Zeichen von Befriedigung und Wohlwollen und schien vorzüglich erfreut, Richard Lander wiederzusehen.

Obwohl er dem Islam huldigt, nährt dieser Herrscher doch noch immer den alten Aberglauben seiner Vorväter. Fetische und Grigris hingen an seiner Tür und in einer der Hütten stand ein viereckiger Sessel, dessen Vorder- und Rückseite von vier menschlichen, aus Holz geschnittenen Figuren getragen wurden.

Was die Bevölkerung von Borgou angeht, so weicht diese bezüglich der Natur, Sitten und Gewohnheiten von den Yarribanis sehr wesentlich ab.

»Die letzteren«, so heißt es in dem Berichte, »sind fast immer unterwegs von einer Stadt zur anderen; die ersteren verlassen ihre Wohnstätten nie, außer im Kriege oder wenn sie auf Raub ausziehen. Die einen sind feig, aber großprahlerisch, die anderen kühn, mutig, unternehmend, voller Energie und befinden sich nur wohl, wenn sie einen Streit auszukämpfen haben. Die Yarribanis erscheinen im allgemeinen sanft, ruhig, höflich und ehrsam, aber kalt und teilnahmslos; die Borgounis dagegen hochmütig, stolz, zu eitel, um höflich, und zu scheu, um ehrlich zu sein; sie haben durchweg eine leidenschaftliche Natur, und sind ebenso ungestüm in ihrer Liebe wie unversöhnlich im Hasse.«

Am 17. Juni sahen die Reisenden endlich die Stadt Boussa. Sie erstaunten nicht wenig, dieselbe auf dem Festland liegend zu finden und nicht auf einer Insel, wie Clapperton angegeben hatte. Von Westen her zogen sie durch das Tor ein und wurden sofort dem Könige und der »Midiki«, d.i. der Königin, vorgeführt, welche ihnen versicherten, noch an demselben Morgen das Schicksal Clappertons beweint zu haben.

Der erste Besuch der Gebrüder Lander galt natürlich dem Niger oder Quarra, der am Fuße der Stadt vorüberfließt.

»Der Anblick des berühmten Flusses«, erzählt der Reisende, »wirkte auf uns geradezu enttäuschend. Schwarze, zerklüftete Felsen ragen aus der Mitte desselben empor und verursachen an der Oberfläche vielfache Wirbel und einander kreuzende Strömungen. Man versicherte uns, daß der Fluß oberhalb Boussa durch zwei fruchtbare Inseln in drei Arme geteilt sei, dann aber bis Funda ein einziges Bett habe. Hier ist der Niger an keiner Stelle über einen Steinwurf breit. Der Felsblock, auf dem wir uns befanden, liegt oberhalb der Stelle, wo Mungo Park mit seinen Gefährten den Tod fand.«

Richard Lander erkundigte sich anfänglich nur sehr behutsam nach den Büchern und Papieren, welche von Mungo Parks Reise her vielleicht noch vorhanden sein könnten. Ermutigt durch das Wohlwollen des Königs aber, entschloß er sich, diesen selbst darüber zu befragen. Der Sultan war zu jener Zeit freilich noch zu jung gewesen, um zu wissen, was sich unter der Regierung des vorletzten Herrschers begeben hatte; er bot jedoch alles auf, die etwaige Hinterlassenschaft des berühmten Reisenden aufzufinden.

»Im Laufe des Nachmittags«, schreibt Lander, »kam der König zu uns mit einem Manne, der ein Buch auf dem Arme trug, das nach unseres Landsmannes Schiffbruche auf dem Flusse schwimmend angetroffen worden sein sollte. Ein Stück Baumwollenstoff umhüllte dasselbe, und unsere Herzen schlugen lauter, als der Mann denselben langsam abwickelte, denn das Format des Buches ließ darauf schließen, daß es Mungo Parks Tagebuch sein könne. Desto niederschlagender wirkte die Entdeckung, als wir in dem Funde nichts als ein altes nautisches Werk aus dem vorigen Jahrhundert erkannten.«

An eine Wiederauffindung des Tagebuches des Reisenden

war nun kaum noch zu denken.

Am 23. Juni verließen die Gebrüder Lander Boussa voller Erkenntlichkeit für den König, der sie reichlich beschenkt und, aus Furcht vor Vergiftungsversuchen, gewanrt hatte, von niemand Speisen anzunehmen, als von den Gouverneuren der Städte, durch welche sie kämen. Sie gingen nun zu Lande am Niger bis Kagogie hinauf, wo sie sich in einem landesüblichen gebrechlichen Kanot einschifften, während ihre Pferde nach Yaourie weitergeführt wurden.

»Wir mochten kaum einige hundert Toisen zurückgelegt haben«, sagt Richard Lander, »als sich der Fluß allmählich erweiterte; soweit wir sehen konnten, maß derselbe wenigstens zwei Meilen von einem Ufer zum andern. Er bot ganz den Anblick eines breiten, künstlich angelegten Kanals, so umschlossen sein Bett lotrechte, aber nicht sehr hohe Wände, über denen sich üppige Vegetation zeigte. Das an manchen Stellen nur sehr seichte Wasser ist an anderen tief genug, um eine Fregatte zu tragen. Kaum läßt sich ein pittoreskerer Anblick denken, als ihn die Bilder darboten, welche wir während der ersten Stunden erblickten; die beiden Ufer waren buchstäblich von Weilern und Dörfern überdeckt. Ringsum neigten sich mächtige Baumriesen unter der Last ihrer Laubkronen, deren dunkler Ton, eine Erquickung für die von der Sonne geblendeten Augen, mit dem schillernden Grün der Hügel und Ebenen angenehm konstrastierte. Plötzlich aber veränderte sich die Szene. Anstelle des niedrigen, tonigen, gradlinigen Ufers traten schwarze, zerrissene Felsen und der weite Spiegel, der das Bild des Himmels zurückwarf, wurde durch zahllose Sandbänke in tausend kleine Kanäle geteilt.«

Etwas weiterhin stellte sich dem Strome eine dunkle Felswand so weit entgegen, daß nur eine enge Öffnung blieb, durch welche sich die schäumende Wassermasse drängte. Oberhalb dieser so gut wie unbefahrbaren Stelle nimmt der Niger wieder seinen ruhigen, majestätischen Lauf an.

Nach dreitägiger Fahrt erreichten die Reisenden ein Dorf, wo ihre Leute und Pferde sie erwarteten. Sie zogen nun ohne Aufenthalt durch ein allmählich emporsteigendes Land nach der Stadt Yaourie.

Hier wurden die Gebrüder Lander in einer Art Landgut von dem Sultan, einem dicken, schmutzigen und widerlichen Menschen, der das gute Leben zu lieben schien, empfangen.

Sehr ungehalten darüber, daß Clapperton ihn nicht besucht und bei der Rückreise auch Richard Lander es vermieden habe, ihm seine Aufwartung zu machen, erwies sich dieser Sultan wirklich empörend habgierig. Er wollte den Reisenden nicht einmal die nötigsten Provisionen liefern lassen und versuchte, sie durch allerlei Ränke und Schliche möglichst lange zurückzuhalten.

Hierzu nehme man noch, daß in Yaourie alle Lebensmittel sehr teuer waren und Richard Lander an Tauschwaren nichts mehr besaß als Nadeln, »welche garantiert superfein waren, den Faden nicht zu durchschneiden« – ohne Zweifel deshalb, weil sie überhaupt kein Öhr hatten, um einen Faden durch dasselbe ziehen zu können. So mußten die Reisenden auch diese als wertlos wegwerfen.

Dagegen machten sie ein gutes Geschäft mit mehreren alten Zinnbüchsen, welche Bouillontafeln enthalten hatten, und deren Etiketten, obwohl sie fettig und schmutzig waren, den Eingeborenen ausnehmend gefielen. Einer der letzeren erzielte an einem Markttage ganz besonders günstige Erfolge, weil er am Kopfe nach vier Seiten hin die Aufschrift trug: »Ausgezeichnete konzentrierte Bouillon«.

Da er die Engländer weder nach Nyffe noch nach Bornu ziehen lassen wollte, erklärte der Sultan von Yaourie, daß ihnen nichts übrig bleibe, als nach Boussa zurückzukehren. Richard Lander ersuchte infolgedessen brieflich sofort den König der letzten Stadt um die Erlaubnis, ein Boot ankaufen zu dürfen, um nach Funda zu fahren, da das Land von Fellans überschwemmt sei, welche alle schonungslos plünderten.

Am 26. Juli endlich traf ein Bote des Königs von Boussa ein, um sich über das auffallende Verfahren des Sultans von Yaourie und die Gründe zu unterrichten, warum er die Rückkehr der Engländer nach Boussa verzögerte. Nach fünfwöchiger Gefangenschaft endlich konnten die Gebrüder Lander die Stadt, welche jetzt fast ganz unter Wasser stand, verlassen.

Sie fuhren nun den Niger bis zu der Einmündung der Cubbie hinauf und begaben sich dann nach Boussa, wo der König erfreut, sie wiederzusehen, sie mit aufrichtiger Herzlichkeit aufnahm. Immerhin wurden sie hier länger, als in ihrer Absicht lag, aufgehalten, teils durch einen Besuch, den sie dem Könige von Wowou abstatten mußten, teils infolge der Schwierigkeiten, sich eine Barke zu verschaffen. Dazu kam die Verzögerung, welche die vom Könige von Boussa an die Fürsten der am Strome siedelnden Völkerstämme gesendeten Boten erfuhren, und endlich die Anfrage an den »Beken rouah« (das schwarze Wasser), der die Reisenden heil und gesund bis zum Meere zu führen versprach.

Beim Abschiede von dem König konnten die beiden Brüder nicht umhin, ihm ihren Dank auszusprechen für sein Wohlwollen, seine Gastfreundschaft und Aufmerksamkeit, seine Beflissenheit, ihre Interessen zu wahren, und für den Schutz, den er ihnen unausgesetzt hatte angedeihen lassen, während sie sich in allem fast zwei Monate in seiner Hauptstadt aufgehalten hatten. Auch die Eingebornen bedauerten offenbar die Trennung, denn sie warfen sich, als die beiden Lander fortzogen, in die Knie und riefen mit gen Himmel erhobenen Händen den Schutz ihrer Götter für die Fremdlinge an.

Nun begann die Talfahrt auf dem Niger. Gleich anfangs mußten die Reisenden bei der kleinen Insel Melalie anhalten, deren Häuptling ihnen eine wohlgenährte Ziege anbot, ein Geschenk, das sie natürlich gern annahmen. Die beiden Lander kamen nachher nach der großen Stadt Congi, dem Songa Clappertons, ferner nach Inguazilligie, den Kreuzungspunkte der Wege aller Händler, welche nach Nyffe und den im Nordosten von Borgou gelegenen Ländern ziehen oder von da zurückkehren, und landeten an Patashie, einer großen, reichen, wunderschönen Insel, welche mit Palmenhainen und anderen prächtigen Baumarten bedeckt war.

Da sie sich hier nicht weit von Wowou befanden, sandte Richard Lander einen Boten an den König dieser Stadt, der sich weigerte, das für seine Rechnung erkaufte Boot zu liefern. Der Bote vermochte nichts auszurichten und die Reisenden mußten sich selbst zu dem Fürsten begeben, erhielten aber, wie sich erwarten ließ, ebenfalls nur nichtssagende Ausreden als Antwort. Jetzt blieb ihnen, um die Reise fortsetzen zu können, nichts anderes übrig, als die ihnen in Patashie nur geliehenen Boote zu stehlen. Am 4. Oktober setzten sie nach fortdauernder Verzögerung endlich die Fahrt fort und verloren bei der raschen Strömung bald Lever oder Layaba samt seinen elenden Einwohnern aus dem Gesichte.

Nahe diesem Orte steigen die Uferwände des Flusses fast lotrecht gegen vierzig Fuß hoch an. Die ohne Hindernisse dahinströmende Wassermasse hält die Richtung genau nach Süden.

Die erste Stadt, welche die beiden Brüder nun trafen, war Bajiebo, eine ausgedehnte Ortschaft, die hinsichtlich der Unsauberkeit, des Lärmens und der dort herrschenden Unordnung kaum ihresgleichen finden dürfte. Dann kamen sie nach dem von Nyffenern bewohnten Litchie und nach Madjie, wo sich der Niger in drei Arme spaltet. Nach Verlauf einiger Minuten, eben als sie eine neue Insel passierten, sahen die Reisenden plötzlich einen zweihunderteinundachtzig Fuß hohen Felsen vor sich, den Kesa oder Kesy, der senkrecht aus dem Wasser emporsteigt. Von den Eingebornen wird derselbe hoch verehrt, weil diese annehmen, daß ein guter Geist jenen als Lieblingswohnstätte erwählt habe.

Ein wenig vor Rabba, bei der Insel Bili, erhielten die Gebrüder Lander den Besuch des Königs »des schwarzen Wassers«, des Herrschers auf der Insel Zangoshie, der ein Kanot von außerordentlicher Länge, ungewöhnlicher Sauberkeit und geschmückt mit scharlachrotem Tuch und goldenen Tressen benutzte. Am nämlichen Tage erreichten sie die Stadt Zangoshie, gegenüber von Rabba und nach Sockatu die zweite Stadt der Fellans.

Der König in dieser Stadt, Mallam Dendo, war ein Vetter Bellos, ein blinder schwächlicher Greis mit zerrütteter Gesundheit; überzeugt, daß er nur noch wenige Jahre zu leben habe, hatte er keine andere Sorge, als die, den Thron seinem Sohne zu sichern.

Obwohl er Geschenke von ziemlichem Werte erhalten, zeigte sich Mallam Dendo doch sehr unzufrieden und erklärte, daß er, wenn ihm die Reisenden nicht nützlichere und wertvollere Geschenke machten, ihre Gewehre, Pistolen und Pulver beanspruchen werde, wenn sie von Zangoshie wegreisen wollten.

Richard Lander wußte sich kaum zu helfen, als durch das Angebot der »Tobe« (des Rockes) Mungo Parks, den ihm der König von Boussa hatte aushändigen lassen, was Mallam so außerordentlich entzückte, daß er sich zum Beschützer der Europäer erklärte und alles aufzubieten versprach, sie bis zum Meere zu schaffen, und sie gleichzeitig mit bunten, geflochtenen Gerten, zwei Säcken Reis und einem Bananenzweige beschenkte. Diese Zugabe kam gerade zur rechten Zeit, denn ihr ganzer Vorrat an Tuch, Spiegeln, Schermessern und Pfeifen war erschöpft, und die Engländer besaßen nichts mehr wie Nadeln und einige silberne Armspangen zur Verteilung an die Häuptlinge, welche sie längs des Nigers treffen würden.

»Von Zangoshie aus gesehen«, sagt Lander, »erweckt der Anblick von Rabba die Vorstellung von einer sehr großen, schönen, reinlichen und gut gebauten Stadt, welche nicht zur Verteidigung eingerichtet, also auch ohne Mauern ist. Sie liegt unregelmäßig am Abhange eines Hügels, dessen Fuß der Niger bespült. An Ausdehnung, Bevölkerung und Reichtümern bildet sie die zweite Stadt der Fellans. Die Einwohner sind ein Gemisch von Fellans, Nyffenen, Ausgewanderten und Sklaven aus verschiedenen Ländern. Sie steht unter der Oberhoheit eines Gouverneurs, der den Titel König oder Sultan führt. Rabba ist berühmt durch sein Getreide, Öl und schönen Honig. Als unsere Leute den Markt daselbst besuchten, schien derselbe reichlich mit Rindvieh, Pferden, Maultieren, Eseln, Schafen, Ziegen und Geflügel versehen. Von allen Seiten bot man Reis, Getreide, Baumwolle, Tuche, Indigo, Geschirre und Zügel aus gelbem oder rotem Leder, Schuhe, Stiefeln und Sandalen an. Zweihundert Sklaven, welche schon am Morgen angeboten wurden, waren auch am Abend nicht verkauft. Als gewerbfleißig ist Rabba zwar nicht bekannt, doch steht die Fabrikation von Matten und Sandalen in hoher Blüte, während alle anderen Gewerbe in Zangoshie entschieden weiterentwickelt sind.«

Die Regsamkeit und Arbeitslust letztgenannter Stadt macht hier im Lande der Faulenzer einen recht angenehmen Eindruck. Gastfrei und zuvorkommend, sind deren Einwohner durch die Lage ihrer Insel gegen die Übergriffe der Fellans gesichert; ziemlich unabhängig, erkennen sie keine andere Regierung, als die des Königs des »schwarzen Wassers« an, und auch das nur, weil es in ihrem eigenen Vorteil liegt.

Am 16. Oktober endlich reisten Richard Lander und sein Bruder auf einer erbärmlichen Piroge, die ihnen der König sehr teuer verkaufte, weiter, nachdem sie sich einige Pagaien, die ihnen niemand ablassen wollte, gestohlen hatten. Jetzt kamen sie zum ersten Male in die Lage, den Niger ohne fremden Beistand zu beschiffen.

Sie fuhren den Fluß hinunter und vermieden soweit als möglich alle größeren Städte, da sie nicht imstande gewesen wären, die meist unverschämten Forderungen der betreffenden Gouverneure zu befriedigen.

Bis Egga ging diese friedliche Ruderfahrt ohne Zwischenfall vonstatten. Nur in einer Nacht, als die Reisenden wegen vieler Ufersümpfe nicht landen konnten und sich vom Strome weiter hinabtreiben lassen mußten, brach ein fürchterliches Unwetter los, während sie von Flußpferdherden, welche sich auf dem Wasser tummelten, fast versenkt worden wären.

Der Niger strömte, in einer Breite zwischen zwei und acht Meilen, fortwährend nach Osten oder Südosten, und dabei so schnell, daß ihr Boot mit einer Geschwindigkeit von fünf bis sechs Meilen in der Stunde hinabgeführt wurde.

Am 19. Oktober kam Richard Lander an der Einmündung der Cudunia vorüber, welchen Fluß er bei seiner ersten Reise in der Nähe von Cuttup überschritten hatte, und nicht lange darauf gelangte er nach Egga. Er erreichte bald den Landungsplatz, indem er durch eine ausgedehnte, von unzähligen großen und sehr festen Kanots besetzte Bucht hinfuhr, welch letztere, mit verschiedenen Waren beladen, mit Blut bestrichene und mit Federn geschmückte Vorderteile – ein Zaubermittel und Schutz gegen Diebe – hatten.

Der Chef, dem die Reisenden sofort zugeführt wurden, trug einen langen weißen Bart und würde ganz das ehrwürdige

Aussehen eines Patriarchen gehabt haben, wenn er nicht immer wie ein kleines Kind gelacht hätte. Die Einwohner liefen in hellen Haufen zusammen, um die Fremdlinge von so seltsamem Aussehen zu bewundern, und diese mußten drei Mann als Wache vor die Türe stellen, um die Neugierigen in gebührender Entfernung zu halten.

»Mehrere Bewohner von Egga«, sagt Richard Lander, »verkaufen Leinwand und Tuch aus Benin und Portugal, was darauf schließen läßt, daß zwischen dieser Stadt und der Küste eine gewisse Verbindung bestehen mag. Die Einwohner sind sehr spekulativ, unternehmend und, ununterbrochen auf dem Niger auf- und abfahrend, mit dem Handel beschäftigt. Sie leben gleich in ihren Kanots, wo ihnen eine Art kleiner Kajüte oder Schuppen als Wohnung dient. Die Überredungskunst der Landesbewohner, deren man sich bei uns nur unter wichtigen Verhältnissen bedient, machte uns zuerst wirklich Spaß; nach und nach wurde ihre Zudringlichkeit aber lästig. Sie verlangten von uns Zaubermittel zur Verhütung von Kriegen und anderen nationalen Unfällen, Talismane, um reich zu werden, solche zur Abwehr der Krokodile, welche zuweilen Menschen raubten, oder auch andere, um täglich reiche Fischzüge zu machen. Der letztere Wunsch wurde gegen uns von dem Chef der Fischer ausgesprochen und unter entsprechenden Gebeten, welche sich nach dem Werte des Dargebotenen richten, mit einem Geschenke begleitet... Die Neugier des Volkes, uns zu sehen, übersteigt alle Grenzen, so daß wir keinen Schritt aus der Hütte tun können; um frische Luft zu schöpfen, müssen wir stets die Tür offenlassen und in der Hütte umhergehen, die einzige Bewegung, welche uns, gleich wilden Tieren im Käfige, gestattet ist. Die Leute betrachten uns mit stierem, aus Schrecken und Bewunderung gemischtem Ausdrucke, etwa wie man in Europa die Tiger in der Menagerie ansieht. Wenden wir uns nach der Tür zu, so weichen sie erschreckt und heulend zurück, sobald wir aber nach rückwärts gehen, nähern sie sich schweigend und mit größter Vorsicht, so weit ihre Furcht es zuläßt.«

Egga ist eine Stadt von bedeutender Ausdehnung und muß sehr viele Einwohner haben. Wie fast alle am Ufer des Niger erbauten Städte, wird dieselbe alljährlich überschwemmt. Man darf wohl voraussetzen, daß die Eingebornen besondere Gründe haben, ihre Wohnstätten an Stellen zu errichten, die uns ziemlich ungeeignet und gesundheitswidrig erscheinen würden.

Wahrscheinlich sind dieselben aber nur darin zu suchen, daß die Umgebungen hier aus fettem schwarzem Erdreich bestehen, welches ihnen alle zur Lebensnotdurft nötigen Erzeugnisse ohne große Mühe liefert.

Obwohl der Häuptling von Egga über hundert Jahre alt zu sein schien, so war er doch immer voller Lust und Freude. Die hervorragendsten Persönlichkeiten der Stadt kamen in seiner Hütte zusammen und verbrachten ganze Tage unter fröhlichem Geplauder.

»Diese Gesellschaft Graubärte«, erzählt der Reisende, »lacht oft so laut aus vollem Herzen und freut sich über lustige Einfälle so außerordentlich, daß man fast stets die Vorübergehenden stehenbleiben und lauschen sieht, aber auch in das von innen heraustönende Gelächter mit einstimmen hörte; vom Morgen bis zum Abend donnerten uns von dorther unaufhörlich Beifallsbezeugungen ins Ohr.«

Eines Tages wollte der alte Häuptling seine Kunst als Sänger und Tänzer zeigen, um die Fremden zu überraschen.

»Trotz der Last seiner Lebensjahre lustig hüpfend und das weiße Haar schüttelnd«, heißt es in dem Berichte, »machte er unzählige Luftsprünge zum großen Vergnügen der Zuschauer, deren Gelächter, das einzige gebräuchliche Beifallszeichen der Afrikaner, der Eitelkeit des Greises höchlichst schmeicheln mußte, so daß er sogar eine Krücke zu Hilfe nahm, um die Vorstellung fortzusetzen. Er hinkte noch ein wenig hin und her, mußte aber aus Erschöpfung aufhören und sich neben uns auf die Schwelle der Hütte niederlassen. Um alles in der Welt wollte er uns seine Schwäche nicht merken lassen. Keuchend vor Anstrengung, suchte er doch möglichst ruhig Luft zu schöpfen und den pfeifenden Atem zu unterdrücken; er versuchte auch noch einmal zu tanzen und zu singen; die Natur forderte aber ihre Rechte und seine schwache, zitternde Stimme war kaum vernehmbar. Inzwischen setzten andere Sänger und Sängerinnen, Tänzer und Musiker ihr ohrbetäubendes Konzert fort, bis wir, müde vom Hören und Sehen, bei einbrechender Nacht sie baten, sich zurückzuziehen, zum großen Leidwesen des lustigen, eitlen Greises.«

Mallam Dendo riet den Engländern übrigens davon ab, weiter flußabwärts zu reisen. Egga, sagte er, sei die letzte Stadt von Nyffe; die Macht der Fellans reicht nicht weiter, und bis zum Meere hin würden wir nur wilde, barbarische, stets miteinander im Kriege liegende Völkerschaften treffen.

Diese Warnung und die Aussage der Einwohner gegen die beiden Lander, daß sie Gefahr liefen, ermordet oder gefangengenommen und als Sklaven verkauft zu werden, hatten deren Leute so erschreckt, daß sie sich weigerten, wieder auf das Boot zu gehen und erklärten, nach Kap Coast Castle auf dem früher eingeschlagenen Wege zurückkehren zu wollen.

Die beiden Brüder hielten jedoch an ihrem ersten Entschlusse fest, jene gaben nach und am 22. Oktober verließen alle Egga, von dem sie sich mit drei Flintenschüssen verabschiedeten.

Einige Meilen jenseits desselben flatterte eine Möwe über ihren Köpfen hin und her, ein Zeichen von der Nachbarschaft des Meeres und die fast gewisse Verheißung, daß sie sich dem Ende ihrer mühseligen Reise näherten.

Nach und nach kamen sie an mehreren kleineren, halb unter Wasser stehenden Dörfern und an einer großen Stadt am Fuße eines Berges vorüber, der jene fast zu erdrücken schien; den Namen der Stadt konnten sie nicht erfahren. Ferner kreuzten sie eine ungeheure Menge Kanots, in der Bauart denen von dem Bomy- und dem Calabarflusse entsprechend; die Besatzungen der letzteren sahen mit höchstem Erstaunen die weißen Männer, wagten aber nicht, mit ihnen zu sprechen.

Die niedrigen und auf weite Strecken hin sumpfigen Ufer des Niger wurden bald höher, reicher und fruchtbarer.

Kacunda, wo die Bewohner von Egga Richard Lander haltzumachen empfohlen hatten, liegt an der Westseite des Stromes. Von einiger Entfernung aus gesehen, bietet dasselbe wirklich einen malerischen Anblick.

Beim Erscheinen der Reisenden gerieten die Einwohner in

nicht geringe Aufregung. Ein alter Mallam, d.i. ein Priester und Lehrer des Islam, nahm jene aber unter seinen Schutz. Ihm hatten es die beiden Brüder zu verdanken, daß ihnen in der Hauptstadt eines von Nyffe unabhängigen Reiches ein recht guter Empfang zuteil wurde.

Was die Reisenden von dieser Stadt oder vielmehr der Vereinigung von vier Dörfern sehen oder über dieselbe hören konnten, stimmte mit dem überein, was sie schon in Egga erfahren hatten. Richard Lander entschloß sich auch, von hier aus nur des Nachts zu reisen und die vier Flinten und zwei Pistolen, welche ihnen noch verblieben, mit Kugeln und Rehposten laden zu lassen.

Zur größten Verwunderung der Bewohner von Kacunda, welche eine so augenscheinliche Verachtung jeder Gefahr gar nicht begreifen konnten, verließen unsere Forscher die Stadt mit drei schallenden Hochrufen und »legten ihr Schicksal in Gottes Hand«.

Mehrere große Städte, an denen sie vorüberkamen, ließen sie sorglich beiseite. Der Lauf des Flusses änderte sich jetzt wiederholt und wandte sich zu einer Reihe hoher Hügel, erst von Süden nach Südosten und dann nach Südwesten.

Am 25. Oktober befanden sich die Engländer an der Einmündung eines großen Flusses. Es war das der Tchadda oder Benoue. Hier erhob sich eine ausgedehnte Stadt, längs der Niger- und der Benoue-Seite, das war Cutumcuraffi.

Endlich, nachdem sie bald in einem Wasserwirbel umgekommen und ihr Boot an einem Felsen zerschellt wäre, entdeckte Richard Lander einen bequemen, unbewohnten Platz am rechten Stromufer, wo er einmal zu landen beschloß.

Diese Stelle war immerhin kurz vorher besucht gewesen, wovon noch die Reste eines Feuers, zerbrochene Kürbisflaschen und auf dem Boden zerstreute Scherben von irdenen Gefäßen zeugten, neben welchen sich auch Schalen von Kokosnüssen und Dauben von einem Pulverfäßchen vorfanden, die man mit freudigem Gefühle auflas, da sie die Gewißheit gaben, daß die Einwohner der Gegend mit den Europäern wenigstens einige Verbindung unterhalten mußten.

Vor drei Leuten aus dem Gefolge Landers, welche sich in

ein benachbartes Dorf begeben hatten, um Feuer zu holen, waren die Frauen erschreckt entflohen. Die ermüdeten Reisenden hatten sich eben auf die Matten gelagert, als sie sich plötzlich von einer Menge fast nackter Männer umringt sahen, welche mit Gewehren, Bogen, Pistolen, Messern und eisernen Lanzen bewaffnet waren.

Die Geistesgegenwart und Kaltblütigkeit der beiden Brüder verhütete allein einen scheinbar unvermeidlichen Kampf, dessen Ausgang nicht zweifelhaft sein konnte. Ihre eigenen Waffen niederlegend, gingen sie auf den Anführer des wütenden Haufens zu.

»Als wir näher kamen«, sagt Lander, »gaben wir ihm mit den Armen alle erdenkliche Zeichen, um den Wilden und seine Begleiter abzuhalten, auf uns zu schießen. Der Köcher schwankte an seiner Seite, der Bogen war gespannt und ein auf unsere Brust gerichteter Pfeil zitterte, zum Abschießen fertig, als uns nur noch wenige Schritte trennten. Die Vorsehung wandte das drohende Unheil ab, denn eben, als der Häuptling die gespannte Sehne losschnellen wollte, sprang ein dicht neben ihm stehender Mann hinzu und hielt ihm die Arme. Wir standen ihm jetzt Auge in Auge gegenüber und reichten ihm, zitternd wie Espenlaub, die Hand. Der Häuptling sah uns scharf an und – fiel in die Knie. Sein Gesicht nahm einen gar nicht zu beschreibenden Ausdruck an, in dem sich Furcht und Schrecken mischten und alle guten und bösen Leidenschaften zu kämpfen schienen; endlich ließ er den Kopf auf die Brust herabsinken, ergriff die dargebotene Hand und fing bitterlich an zu weinen. Von jetzt ab war die Freundschaft besiegelt, alle feindseligen Gedanken verdrängt und an deren Stelle trat das denkbar beste Einvernehmen.

»Ich glaubte, Ihr wäret aus den Wolken gefallene Kinder des Himmels«, sagt der Häuptling, um seine plötzliche Sinnesänderung zu erklären.

»Es war unser Glück«, fügt Lander hinzu, »daß unsere weißen Gesichter und unser ruhiges Auftreten diesem wilden Volke solchen Respekt einflößten. Eine Minute später wären wir mit mehr Pfeilen gespickt gewesen, als der Igel Stacheln hat.«

Der Ort, wo sich dieser Auftritt zutrug, ist der berühmte Marktflecken Bocqua, von dem die Reisenden öfter reden gehört hatten und wohin von der Küste her viel Händler kommen, um gegen Waren von den Weißen die aus Funda, am entgegengesetzten Ufer des Stromes hierher gebrachten Sklaven einzutauschen.

Hier erhielten die Reisenden nun recht erfreuliche Nachrichten. Das Meer sollte nur zehn Tagemärsche entfernt sein. Die Schiffahrt dahin, fügte der Häuptling von Bocqua hinzu, sei ohne alle Gefahr; nur die Uferbewohner wären »recht schlechte, böse Menschen«.

Dem Rate ihres neugewonnenen Freundes folgend, passierten die Reisenden die schöne und große Stadt Atta, ohne ans Land zu gehen, und gönnten sich erst einige Ruhe in Abbazaca, wo der Niger sich in drei Arme teilt und der Häuptling der Stadt sie durch seine unersättliche Habgier belästigte. Weiter fuhren sie an zwei oder drei Dörfern vorüber, obwohl man ihnen Zeichen machte, ans Ufer zu kommen; wahrscheinlich nur, um die Neugier der Eingebornen zu befriedigen, konnten eine Landung aber bei dem Dorfe Damuggo nicht umgehen, wo ein kleiner Mann in einer Soldatenweste sie in englischer Sprache anrief: »Hollah! He! Engländer, kommt hierher!« Es war das ein Bote des Königs von Bonny, der sich hier aufhielt, um für seinen Herrn Sklaven einzukaufen.

Der Häuptling der Stadt, welcher noch niemals Weiße gesehen hatte, empfing die Reisenden sehr gut, ließ ihnen zu Ehren öffentliche Lustbarkeiten anstellen und hielt sie unter lauter Festlichkeiten bis zum 4. November zurück. Obwohl der um Rat gefragte Fetisch vor Erreichung des Meeres tausend Gefahren prophezeite, stellte dieser Fürst ihnen doch ein anderes Boot, die nötigen Ruder und einen Führer zur Verfügung.

Die unheimliche Vorhersage des Fetisch sollte nur zu bald in Erfüllung gehen. John und Richard Lander fuhren jeder in einem besonderen Boote. Als sie nach einer großen Stadt – wie sie später hörten, Kirri – kamen, wurden sie von langen Kriegskanots angehalten, von denen jedes vierzig Mann in europäischer Kleidung (bis auf den Mangel an Beinkleidern) trug.

An langen Bambusstangen flatterten an denselben englische Flaggen; außerdem waren sie mit Stühlen, Tischen, Flaschen und anderen Gegenständen wunderlich aufgeputzt. Die schwarzen Matrosen führten jeder eine Flinte und im Vorderteile jedes Bootes befand sich ein langes vier- oder sechspfündiges Geschütz.

Die beiden Brüder führte man nach Kirri, wo über ihr Schicksal Rat gepflogen wurde. Glücklicherweise sprachen einige Mallams oder mohammedanische Priester zu ihren Gunsten und bewirkten auch die Rückgabe eines Teiles der ihnen geraubten Sachen, von denen die meisten freilich mit dem inzwischen versenkten Boote Richard Landers untergegangen waren.

»Zu meiner großen Freude«, schreibt Richard Lander, »entdeckte ich wenigstens die Kiste mit unseren Büchern und eine mit den Tagebüchern meines Bruders wieder; auch der Arzneikasten war noch vorhanden, freilich mit Wasser gefüllt. Ein großer gestickter Nachtsack, der vorrätige Kleidungsstücke enthielt, war geöffnet und geplündert; wir besaßen nur noch ein einziges Hemd, je ein paar Beinkleider und einen Rock; mehrere wertvolle Gegenstände blieben verschwunden. Meine Journale, mit Ausnahme eines Notizbuches, in dem ich von Rabba aus einige Beobachtungen aufgezeichnet hatte, waren verloren. Ferner fehlten vier Gewehre, davon eines, das Mungo Park gehört hatte, vier Seitengewehre und zwei Pistolen, neun Elefantenzähne, gerade die schönsten, welche ich je gesehen, die Geschenke der Könige von Wowou und Boussa, eine Menge Straußenfedern, einige schöne Leopardenfelle, verschiedene Sämereien, alle Knöpfe, Kaurimuscheln, unsere Nadeln, die wir nötiger brauchten als Geld, um dafür Nahrungsmittel zu kaufen, alles war verschwunden und wie die Leute behaupteten, im Niger versunken.«

Das war in der Tat ein Schiffbruch am Eingang zum Hafen! Ganz Afrika von Badagry bis Boussa durchzogen zu haben, den Gefahren der Schiffahrt auf dem Niger entgangen zu sein, sich glücklich den Händen so vieler habsüchtiger kleiner

Fürsten entzogen zu haben, um sechs Tagereisen vom Meere vielleicht alles scheitern zu sehen, in die Sklaverei geschafft, oder zum Tode verurteilt zu werden, gerade wo man Europa die wunderbaren Resultate der Reise nach so vielen Strapazen, so vielen überstandenen Gefahren und besiegten Hindernissen zu verkünden hoffte; den Lauf des Nigers von Boussa aus erforscht zu haben und so nahe daran, auch seine Mündung kennenzulernen, im letzten Augenblick sich von erbärmlichen Strompiraten aufgehalten zu sehen, das war doch zu viel, und die beiden Brüder mögen recht bittere Gedanken während jener langandauernden Verhandlungen über sie gehabt haben.

Wurden ihnen die gestohlenen Gegenstände auch zum Teil wieder ausgeliefert, und der Neger, der die Feindseligkeiten eröffnet hatte, zur Sühnung seiner Tat mit dem Tode bestraft, so betrachtete man die beiden Brüder immerhin als Gefangene; sie sollten zu Obie, dem Könige von Eboe, geführt werden, der über ihr Schicksal entscheiden sollte.

Offenbar waren die Räuber selbst hierzulande fremd und nur ausgezogen, um zu stehlen und zu plündern. Sie gedachten jedenfalls noch in anderen Ortschaften, wie in Kirri, ihr Handwerk zu treiben, wenn sie nicht mächtige Flottillen antrafen, die sich nicht ohne Gegenwehr plündern ließen. Alle Stämme längs des Nigers zeigten sich übrigens gegeneinander höchst mißtrauisch, und kein Handelsgeschäft ward anders als mit den Waffen in der Hand abgeschlossen.

Nach zweitägiger Fahrt kamen die Kanots vor Eboe an einer Stelle an, wo sich der Strom in drei Flüsse spaltet, die jeder noch sehr groß sind und flache, sumpfige, mit Palmen bedeckte Ufer haben.

Eine Stunde später, am 8. November, rief einer der Leute von der Mannschaft, als er Eboe erblickte: »Das ist meine Heimat!«

Hier erwarteten die Forscher neue Schwierigkeiten. Obie, der König von Eboe, war ein junger Mann von gewecktem intelligentem Aussehen, der die Reisenden freundlich empfing. Seine Kleidung, im ganzen der des Königs von Yarriba nicht unähnlich, war mit so vielen Korallen verziert, daß man ihn mit Recht hätte den »Korallen-König« nennen können.

Offenbar ging Obie die Erzählung des Überfalls, bei dem die Engländer ihre Waren eingebüßt hatten, recht nahe; leider entsprach die Hilfe seinerseits aber nicht dem Mitleid, das er empfand, und er ließ die Fremden fast Hungers sterben.

»Die Bewohner von Eboe sind, gleich den meisten Afrikanern, ungemein sorgloser Natur und bauen nichts als Yams, Mais und Bananen. Sie besitzen Ziegen und Geflügel, aber wenig Schafe und Rindvieh. Die sehr umfangreiche Stadt liegt in einer offenen Ebene und beherbergt eine zahlreiche Bevölkerung; als Hauptstadt des Königreichs führt sie nur den Namen »das Land Eboe«. Ihr Palmöl wird geschätzt. Sie bildet schon seit langen Jahren den Hauptsklavenmarkt, wo die Eingebornen sich versorgen, welche dieses Geschäft an der Küste zwischen dem Bonny- und dem Calabarflusse betreiben. Zu Hunderten kommen sie dann auf dem Strome hierher und die meisten bewohnen gleich ihre Kanots, welche vor der Stadt angelegt werden. Fast alles Palmenöl, welches die Engländer in Bonny und dessen Nachbarschaft kaufen, stammt von hier, ebenso wie die Sklaven, welche spanische, portugiesische und französische Schiffe an der Küste verfrachten. Von verschiedenen Seiten wurde uns mitgeteilt, daß die Bewohner von Eboe Anthropophagen seien, eine Ansicht, welche unter den Stämmen der Nachbarschaft mehr verbreitet ist als unter denen aus dem tieferen Innern des Landes.«

Nach allem, was den Reisenden zu Ohren kam, erschien es ausgemacht, das Obie sie nur gegen schweres Lösegeld wieder freilassen werde. Der Fürst gehorchte damit gewiß zum Teile den Einflüsterungen seiner Günstlinge, mehr aber trugen die Habsucht und das Drängen der Bewohner von Bonny und Braß dazu bei, welche sich darüber stritten, wer von ihnen die Fremden in ihr Land zurückbringen sollte.

Ein Sohn des letzten Häuptlings von Bonny, König Peper (Pfeffer), ein gewisser Gun (Flinte), der Bruder des Königs Boy (Junge) und deren Vater Forday, der Brassa im Verein mit dem König Jacket (Jacke) regiert, waren die hitzigsten. Sie brachten zum Beweise ihrer Rechtlichkeit Zeugnisse bei, die sie von europäischen Kapitänen, mit denen sie Geschäfte gemacht, erhalten.

Eines dieser Schriftstücke, unterzeichnet James Dow, Kapitän der Brigg »Susanne« aus Liverpool, und datiert vom ersten Flusse in Braß, September 1830, lautet wie folgt:

»Kapitän Dow erklärt hiermit, niemals erbärmlichere Kerle getroffen zu haben, als die Landeseingebornen im allgemeinen und deren Lotsen im besonderen.«

In demselben Tone geht es weiter; der Kapitän schildert sie als verächtliche Schurken, welche versucht hätten, sein Fahrzeug an den Klippen der Flußmündung scheitern zu lassen, um sich dessen Fracht zuzueignen. Der König Jacket wird als Erzspitzbube und verschmitzter Dieb dargestellt. Boy allein machte eine rühmliche Ausnahme und verdiente einiges Vertrauen.

Nach endlosen Verhandlungen erklärte Obie, daß er nach Gesetz und Landesgebrauch das Recht habe, die Gebrüder Lander und deren Gefolge als sein Eigentum zu betrachten; da er aber dieses Vorrecht nicht mißbrauchen wolle, so werde er sich begnügen, dieselben gegen englische Waren im Werte von zwanzig Sklaven einzutauschen.

Diese Entscheidung, deren Zurücknahme Lander vergeblich bei Obie durchzusetzen suchte, brachte die Brüder erst in volle Verzweiflung, welche bald einer derartigen Gleichgültigkeit und Apathie Platz machte, daß sie ganz unfähig wurden, überhaupt etwas zur Widererlangung ihrer Freiheit zu unternehmen. Fügt man dieser gedrückten Stimmung noch die physische Schwäche und den Mangel an Nahrung hinzu, so begreift man wohl, wie herabgekommen die beiden Reisenden sich fühlen mochten.

Ohne alle Hilfsmittel, ihrer Nadeln, Kaurimuscheln und Tauschwaren beraubt, sahen sie sich in die traurige Notwendigkeit versetzt, ihre Nahrung zu erbetteln.

»Wir hätten aber«, schreibt Lander, »ebensogut Bäume oder Steine anflehen können; wenigstens hätten wir dabei die Erniedrigung erspart, abgewiesen zu werden. In den meisten Städten und Dörfern von Afrika wurden wir als Halbgötter betrachtet, infolgedessen allgemein mit Verehrung, mindestens mit Achtung behandelt. Hier aber, ach, welcher Unterschied! wirft man uns mit den verächtlichsten Wesen, mit elenden Sklaven zusammen, und wir sind in diesem unaufgeklärten Lande der Gegenstand des Spottes einer Horde Barbaren.«

Endlich erlöste Boy die Reisenden, indem er sich verpflichtete, Obie das Lösegeld für die beiden Brüder und deren Gefolge zu bezahlen. Er selbst erwies sich sehr bescheiden und verlangte für seine Mühe und die Gefahren des Transportes bis Braß nur den Wert von fünfzehn Silberbarren oder fünfzehn Sklaven und ein Tönnchen Rum. Obgleich auch das eigentlich eine sehr hohe Forderung war, so zögerte Lander doch keinen Augenblick, eine Anweisung über sechsunddreißig Barren an Kapitän Lake, den Befehlshaber eines an der Mündung des Braßflusses stationierten englischen Schiffes, zu unterzeichnen.

Das Kanot des Königs, auf dem sich die beiden Brüder am 12. November einschifften, trug sechzig Personen, darunter vierzig Ruderer. Es war mit einem Vierpfünder im Vorderteile ausgerüstet, hatte starke Vorräte an großen Messern, Schießbedarf und Waren aller Art und war aus einem einzigen Stamme über fünfzig Fuß lang ausgehöhlt.

Die endlosen Felder, welche sich längs der Stromufer hinzogen, sprachen für eine größere Bevölkerung, als es zuerst schien. Das Land war flach, offen, abwechslungsreich und der schwarze Boden erzeugte Bäume und Sträucher in den verschiedensten Farbentönen.

Am 14. November gegen sieben Uhr abends verließ das Kanot den Hauptarm und lief in den Braßfluß ein. Eine Stunde später schon bemerkte Lander zu seiner größten Freude die Wirkung der Flut.

Etwas weiter hin traf Boys Kanot mit denen Guns und Fordays zusammen. Der letztere, ein Greis von ehrwürdigem Aussehen und sehr ärmlich, halb nach einheimischer Mode gekleidet, hatte eine ausgesprochene Vorliebe für Rum, den er in unglaublichen Mengen vertilgte, ohne daß man an seinem Benehmen und seiner Sprache etwas davon bemerkte.

Es war ein eigentümlicher Zug, der die Engländer bis zur Stadt Braß begleitete.

»Die Kanots«, sagt Lander, »glitten in regelmäßigen Abständen hintereinander her und hatten jedes drei Flaggen aufgezogen. Am Bug des ersten stand König Boy, den Kopf mit langen Federn geschmückt, welche bei jeder Bewegung des Körpers schwankten, und mit phantastischen, auf schwarzem Grunde weiß erscheinenden Flecken bemalt. Er stützte sich auf zwei ungeheure Lanzen mit Widerhaken, die er von Zeit zu Zeit in den Boden des Kanots niederstieße, als wollte er ein wildes, gefährliches Tier zu seinen Füßen töten. Im Vorderteile der Kanots führten Priester verschiedene Tänze auf und machten die tollsten Verrenkungen. Alle waren ebenso bemalt wie der König Boy, und, um dem Ganzen eine Krone aufzusetzen, beschäftigte sich Gun, der sich einmal an der Spitze, einmal am Ende des Zuges befand, damit, den imposanten Eindruck der Flottille durch unaufhörliches Feuern mit seiner Kanone zu erhöhen.«

Braß selbst besteht aus zwei Städten, deren eine Forday, die andere dem König Jacket gehört. Vor der Landung nahmen die Priester allerlei mysteriöse Zeremonien vor, welche sich offenbar auf die Weißen bezogen. Ob das Resultat der Fetischbefragung den Fremden günstig ausfiel, mußte das Benehmen der Eingebornen gegen sie dartun.

Als er kaum einen Fuß ans Land gesetzt, bemerkte Lander zu seiner größten Freude einen weißen Mann am Ufer. Es war das der Kapitän eines spanischen Schoners, der am Flusse vor Anker lag.

»Unter allen schmutzigen und widerlichen Ortschaften«, heißt es in dem Berichte, »möchte wohl keine in der Welt diese übertreffen, oder dem Auge des Fremden einen elenderen Anblick bieten. In dem abscheulichen Braß ist alles nur Unrat und Schmutz. Hunde, Ziegen und andere Tiere lagern auf den kotigen Straßen; auch jene sehen verhungert aus und wetteifern mit den unglücklichen menschlichen Geschöpfen mit blassen hageren Zügen und häßlichem Aussehen, deren Leib von großen Pusteln bedeckt ist und deren Hütten infolge von Vernachlässigung und Unreinlichkeit in Trümmer fallen.«

Eine andere Ortschaft, von den Europäern die Stadt der

Lotsen genannt, wegen der großen Menge von solchen, die daselbst wohnen, liegt an der Mündung des Flusses Noun oder Nun, siebzig Meilen von Braß.

Der König Forday erhob dagegen Einspruch, daß die beiden Brüder die Stadt verließen, bevor sie ihm nicht vier Barren Silber ausgeliefert hätten. Es wäre Brauch, sagte er, daß jeder weiße Mann, der nach Braß auf dem Flusse käme, diesen Tribut entrichte. Hier galt kein Widerstreben und Lander stellte eine neue Anweisung auf Kapitän Lake aus.

Um diesen Preis erhielt Richard Lander die Erlaubnis, sich auf dem Kanot des Königs nach der an der Mündung des Flusses liegenden englischen Brigg zu begeben. Sein Bruder und die übrigen Leute des Gefolges sollten erst nach der Rückkehr des Königs freigegeben werden.

Wie groß war aber, als er auf die Brigg kam, das Erstaunen und die Beschämung Landers, als er erfuhr, daß Kapitän Lake ihm all und jede Unterstützung verweigerte! Er übergab ihm deshalb seine Instruktionen vom Minister, um ihn zu überzeugen, daß er kein Betrüger ist.

»Wenn Sie glauben«, sagte der Kapitän, »es mit einem Schwachkopf oder einem Toren zu tun zu haben, so täuschen Sie sich! Ich gebe keinen Strohhalm auf Ihr Wort oder Ihre Anweisung! Was kümmert mich der ganze Handel! Der Teufel soll mich holen, wenn ich auch nur einen Heller hergebe!«

Fluchend und schwörend stieß Lake gegen die Engländer noch die gröbsten Beleidigungen aus.

Betäubt von Schmerz über diese unerwartete Weigerung und das unerklärliche Auftreten eines Landsmannes, ging Lander in das Kanot Boys zurück, ohne zunächst zu wissen, was er beginnen sollte, und bat diesen dann, ihn nach Bonny zu bringen, wo sich eine Menge englische Schiffe befinden mußten. Der König wollte davon aber nichts wissen. Richard Lander blieb also nichts übrig, als einen Versuch zu machen, den Kapitän zu erweichen, den er nun darum bat, zehn Flinten herzugeben, womit sich der König vielleicht begnügen würde.

»Ich habe Ihnen schon erklärt, daß ich nicht einen Feuerstein hergebe«, erwiderte Lake, »lassen Sie mich also in

Ruhe!«

»Aber mein Bruder und acht andere Personen sind noch in Braß«, fuhr Lander fort, »und wenn Sie denn den König bestimmt nicht bezahlen wollen, so bestimmen Sie ihn wenigstens, jene an Bord kommen zu lassen, sonst wird mein Bruder noch Hungers sterben und alle werden als Sklaven verkauft, bevor ich durch ein Kriegsschiff Hilfe bekommen kann!«

»Wenn Sie jene an Bord schaffen können«, versetzte der Kapitän, »will ich nichts dagegen haben; ich wiederhole Ihnen aber, daß Sie von mir nicht den Wert eines Zündhütchens dazu erhalten können!«

Endlich gelang es Richard Lander, Boys Zustimmung zur Abholung seines Bruders und der anderen Leute zu erhalten. Der König wollte dieselben zwar nicht vor Empfang einer Abschlagszahlung losgeben, und war nur mit Mühe zu bewegen, von dieser Forderung abzustehen.

Als Kapitän Lake hörte, daß Richard Landers Gefolge aus kräftigen, zum Ersatz seiner verstorbenen oder durch Fieber geschwächten Matrosen geeigneten Leuten bestand, wurde er etwas zuvorkommender. Es dauerte jedoch nicht lange Zeit, als er erklärte, wenn auch John und die übrigen noch nicht da wären, binnen drei Tagen absegeln zu wollen.

Obwohl Richard Lander ihm überzeugend nachwies, daß die Ärmsten in diesem Falle als Sklaven verkauft werden würden, so ließ jener sich doch nicht beeinflussen.

»Desto schlimmer für sie«, entgegnete er achselzuckend, »ich kann aber nichts dagegen tun und werde auf keinen Fall länger warten!«

Zum Glück ist eine solche Unmenschlichkeit nur selten. Ein solcher Elender, der nicht nur seinesgleichen, sondern sogar Leute, die weit über ihm stehen, in dieser Weise behandelt, verdient wirklich an den Pranger gestellt zu werden.

Am 24. November endlich, da eine starke vom Meere herwehende Brise das Wasser am Ufer gewaltig aufregte und eine Überfahrt fast unmöglich machte, kam John Lander an Bord.

Boy hatte ihn mit Vorwürfen und Beleidigungen überhäuft. Nachdem er die beiden Brüder und deren Gefährten mit seinem letzten Gelde von der Sklaverei losgekauft, sie in seinem Kanot weggeschafft und – wenn auch sehr unzureichend – ernährt hatte, nachdem ihm soviel Rum und Rindfleisch zugesagt worden war, als er trinken und essen könnte, seinen erhofften Verdienst so verschwinden und sich gleich einem Diebe behandelt zu sehen, das entschuldigt wohl, wenn er darüber unwirsch wurde, und mancher andere hätte es seinen Gefangenen viel teurer vergelten lassen, wenn ihm so viele Hoffnungen zunichte wurden und er so viel Geld nutzlos ausgegeben hätte.

Trotzdem entschloß sich Boy, John an Bord der Brigg zurückzuführen. Kapitän Lake empfing den Reisenden ziemlich freundlich, erklärte aber mit aller Bestimmtheit, den König heimzusenden, ohne ihm einen Heller zu verabfolgen.

Dieser ahnte wohl denselben Ausgang; sein hochtrabendes Wesen hatte einem unterwürfigen, fast kriechenden Auftreten Platz gemacht. Man trug ihm ein reichliches Mahl auf, das er kaum berührte.

Trostlos über die Knickerei und das Mißtrauen des Kapitän Lake, suchte Richard Lander, der seinen eingegangenen Verpflichtungen unmöglich nachkommen konnte, alle seine Habseligkeiten durch, wobei er noch fünf silberne Armbänder und einen im Lande verfertigten Säbel, den er aus Yarriba mitgebracht, vorfand, und bot diese Gegenstände dem Könige Boy an, der sie vergnügt annahm.

Endlich ermannte sich der König, seine Reklamation bei dem Kapitän selbst einzubringen. Mit einer wahren Donnerstimme, die man aus diesem schwächlichen Körper kaum zu hören geglaubt hätte, rief dieser jedoch kurzweg:

»Ich will aber nicht!«

Er begleitete diese Worte mit einer solchen Flut von Schwüren und Flüchen, daß der arme Boy den Rückzug antrat, und da er das Schiff segelfertig sah, eiligst in sein Kanot zurückkehrte.

So endigte die Reise der Gebrüder Lander. Noch auf der Reede liefen sie zwar Gefahr, unterzugehen, das sollte jedoch ihr letzter Unfall sein. Sie kamen nun glücklich nach Fernando-Po und nachher an den Calabarfluß; hier schifften sie sich auf der »Carnarvon« nach Jio de Janeiro ein, wo der Kommandant der Flottillenstation, Admiral Baker, sie auf einem Transportschiff unterbrachte.

Am 9. Juni landeten sie in Portsmouth. Nachdem sie einen Reisebericht an Lord Goderich, den Sekretär für das Departement der Kolonien, übermittelt, ließen sie es ihre erste Sorge sein, diesem auch das Benehmen des Kapitän Lake zu melden – ein Benehmen, welches das gute Vertrauen der englischen Regierung zu jenem nicht bloß erschütterte, sondern in das gerade Gegenteil umkehrte. Sofort erging der Befehl, die versprochenen Summen, als eine gerechte und begründete Forderung, auszuzahlen.

»So war also« – wir tun wohl am besten, hier gleich das Urteil eines befähigten Kenners, Desborough Cooleys, wiederzugeben, – »das geographische Problem, welches jahrhundertelang die gelehrte Welt beschäftigt und zu so viel Mutmaßungen Veranlassung gegeben hatte, endgültig und vollständig gelöst. Der Niger, oder wie ihn die Eingebornen nennen, der Djoliba oder Korra, verbindet sich nicht mit dem Nil, verliert sich nicht im Sande der Wüste oder im Gewässer des Tchadsees; er fällt in vielen Armen in den Ozean, an der Küste des Golfes von Guinea, und zwar an derjenigen Stelle der Küste, welche als Kap Formosa bekannt ist. Der Ruhm dieser, von der Wissenschaft allerdings vorausgeahnten Entdeckungen kommt voll und ganz den Gebrüdern Lander zu. Die weiten Landstrecken, durch welche sie von Yaouri bis zum Meere reisten, waren vor ihrem Zuge noch gänzlich unbekannt gewesen.«

Als Landers Entdeckungen mit allen Einzelheiten in England bekannt wurden, traten mehrere Kaufleute zusammen, um die Naturschätze jener Länder auszubeuten. Sie rüsteten im Juli 1832 zwei Dampfschiffe, die »Korra« und die »Alburka«, aus, welche unter Führung Lairds, Oldfields und Richard Landers den Niger bis Bocqua hinauffuhren. Die Erfolge dieser Expedition waren freilich sehr kläglicher Art. Mit den Eingebornen kam es zu gar keinen Handelsgeschäften, und die Mannschaften wurden dazu noch durch das Fieber dezimiert. Endlich erhielt auch Richard Lander, der wiederholt flußauf- und -abwärts gefahren war, am 27. Januar 1834 von den Eingebornen eine tödliche Verwundung, der er am 5. Februar in Fernando Po erlag.

Bezüglich Afrikas haben wir nun bloß noch die zahlreichen Forschungszüge anzudeuten, die längs des Niltales unternommen wurden, und unter denen die Cailliauds, Russegers und Rüppels die bemerkenswertesten sein möchten.

Friedrich Cailliaud, geboren 1787 zu Nantes, war, nachdem er Holland, Italien, Sizilien, einen Teil von Griechenland und von der europäischen und asiatischen Türkei besucht, am 2. Mai 1815 als Edelsteinhändler nach Ägypten gekommen. Seine geologischen und mineralischen Kenntnisse bereiteten ihm einen ausgezeichneten Empfang bei Mehemed Ali, der ihn sofort mit einer Forschungsreise längs des Nils und in die Wüste betraute.

Dieser erste Ausflug führte zur Entdeckung der Smaragdminen bei Labarah, welche bereits arabische Autoren erwähnen, die aber schon seit Jahrhunderten aufgelassen sind. Cailliaud fand in Aushöhlungen eines Baumes die Lampen, Hebel, Seile und Instrumente wieder, welche den Arbeitern des Ptolemäus bei der Ausbeutung dieser Minen gedient hatten. In der Nähe jener Steingruben entdeckte der Reisende auch die Trümmer einer kleinen Stadt, aller Wahrscheinlichkeit nach die Wohnung früherer Bergleute. Um gegen seine Entdeckungen keinen Zweifel aufkommen zu lassen, sammelte Cailliaud zehn Pfund Smaragde, die er Mehemed Ali überbrachte.

Ein anderes Resultat der Reise des französischen Forschers war die Wiederauffindung der über Coptos und Berenice führenden Handelsstraße nach Indien.

Vom September 1819 bis Ausgang 1822 besuchte Cailliaud in Begleitung des früheren Midshipman Letorzec im Osten Ägyptens alle bis dahin bekannten Oasen und folgte dem Laufe des Nils bis zum zehnten Breitengrade. Bei seiner ersten Fahrt bis Ouadi Oulfa gekommen, wählte Cailliaud diese Stelle als Ausgangspunkt für die zweite.

Ein zufälliger Umstand begünstigte seine Untersuchungen nicht wenig. Ismaïl Pascha, der Sohn Mehemed Alis, hatte eben das Kommando einer Expedition nach Nubien übernommen, und diesem Heerführer schloß er sich an.

Von Daraou im November 1820 abreisend, kam Cailliaud am 5. Januar des folgenden Jahres nach Dongola und besuchte den Berg Barka in der Landschaft Chagui, wo sich eine Menge Ruinen von Tempeln, Pyramiden und anderen Bauwerken befanden.

Der Name Merawe, den man dieser Stadt beigelegt, hatte die Vermutung entstehen lassen, daß man hier die alte Hauptstadt Äthiopiens vor sich habe; Cailliaud bewies das Irrtümliche dieser Ansicht.

Als Mineraloge im Gefolge Ismaïl Paschas, um Goldminen aufzusuchen, kam der französische Forscher jenseits Berber bis Chendy. Mit Letorzec bestimmte er die geographische Lage der Einmündung der Atbara (in den Nil) und entdeckte in Assour, unweit des 17. Breitengrades, die umfänglichen Trümmer einer alten Stadt. Das war Meroë.

Zwischen dem 16. und 15. Grade weiter nach Süden ziehend, untersuchte Cailliaud die Einmündung des Bahr el Abiad oder weißen Nils, die Ruinen von Saba, die Mündung des Rahad, das alte Astosaba, besichtigte Sennaar, den Lauf des Gologo, den Bezirk Fazoele und den Tumat, einen Nebenfluß des Nils; endlich erreichte er mit Ismaïl Pascha die zwischen den beiden Armen des Stromes gelegene Landschaft Singue.

Von dieser Seite her war noch kein Reisender dem Äquator so nahe gekommen. Browne hatte unter 16° 10′, Bruce unter 11° haltgemacht.

Man verdankt Cailliaud und Letorzec viele Längen- und Breitenbestimmungen, genaue Beobachtungen über die Abweichungen der Magnetnadel, wertvolle Kunde über das Klima, die Temperatur und die Natur des Bodens und gleichzeitig eine höchst interessante Sammlung von Tieren und Pflanzen. Endlich nahmen beide auch die Grundrisse der wichtigsten, jenseits des zweiten Kataraktes gelegenen Bauwerke auf.

Vor diesen Entdeckungen hatten die beiden Franzosen schon einen Ausflug nach der Oase von Siwah unternommen.

Gegen Ende des Jahres 1819 reisten sie von Fayum aus mit wenigen Begleitern ab und wandten sich nach der libyschen Wüste. Nach fünfzehn Tagen und nach einem Zusammenstoße mit Arabern, gelangten sie nach Siwah, maßen im Tempel des Jupiter Ammon alle einzelnen Teile und bestimmten, wie Browne, dessen astronomische Position. Diese Oase wurde kurz nachher das Ziel einer militärischen Expedition, während der Drovetti weitere, sehr wertvolle Nachrichten als Ergänzung der Resultate Cailliauds und Letorzecs sammelte.

Von hier aus gingen sie nach der Oase von Falafre, welche noch kein Reisender vor ihnen besucht hatte, nach der von Dakel und nach Khargh, dem Hauptorte der Oase von Theben. Die während dieses Besuches niedergeschriebenen Beobachtungen wurden nach Frankreich an Jomard gesendet, der sie in einem Berichte unter dem Titel »Reise nach der Oase von Siwah« veröffentlichte.

Einige Jahre später verwendete Eduard Rüppel, geboren zu Frankfurt am Main 1794, der schon 1817 in Ägypten bis zum ersten Wasserfalle des Nils vorgedrungen war, über sechs Jahre zur Erforschung von Nubien, Sennaar, Kordofan und Abyssinien und ging im Jahre 1824 längs des weißen Nils bis sechzig Meilen jenseits seiner Vereinigung hinauf.

Ein Österreicher endlich, der Bergverwalter Josef Russegger, geboren in Salzburg 1802, besuchte von 1836 bis 1838 den Unterlauf des Bahr el Abiad und leitete damit die ausgedehnten und erfolgreichen Untersuchungen ein, welche Mehemed Ali in den genannten Gegenden ausführen ließ.

Drittes Kapitel

Die wissenschaftlichen Bestrebungen im Orient und die Forschungen in Amerika

Entzifferung der Keilschrift und assyriologische Studien bis zum Jahre 1810. – Das alte Iran und Avesta. – Die Triangulation Indiens und die hindostanischen Forschungen. – Die Erforschung und Messung der Himalayakette. – Die Halbinsel Arabien. – Syrien und Palästina. – Zentral-Asien und Alexander von Humboldt. – Pike an den Quellen des Mississippi, des Arkansas und des Roten Flusses (Red River). – Die beiden Expeditionen des Major Long. – Schoolcraft an den Quellen des Mississippi. – Die Erforschung Neu-Mexikos. – Archäologische Reisen in Zentral-Amerika. – Naturgeschichtliche Untersuchungen in Brasilien. – Spix und Martius; Prinz Maximilian von Wied-Neuwied. – D'Orbigny und die amerikanische Menschenrasse.

Sind die Entdeckungen, von denen wir im Folgenden sprechen, auch nicht eigentlich geographischer Natur, so haben sie doch ein so neues Licht über viele alte Kulturzustände verbreitet und das Gebiet der Geschichtskunde so sehr vergrößert, daß wir es uns nicht versagen können, derselben wenigstens kurz Erwähnung zu tun.

Die Erklärung der Keil-Inschriften und die Entzifferung der Hieroglyphen sind Erscheinungen von solcher Folgewichtigkeit und haben uns eine so große Menge bisher unbekannter oder entstellter Tatsachen aus den Meisterwerken der alten Geschichtsschreiber, Diodorus, Ctesias und Herodot kennen gelehrt, daß es unmöglich ist, diese hochwissenschaftlichen Entdeckungen mit Stillschweigen zu übergehen.

An ihrer Hand machen wir Bekanntschaft mit einer neuen Welt, mit einer sehr vorgeschrittenen Zivilisation, und erfahren von Sitten und Gebräuchen, die von den unseren grundverschieden sind. Wie interessant ist es nicht, die Erzählungen des Intendanten eines mächtigen Herrn oder des Gouverneurs einer Provinz in den Händen zu haben und auch Romane zu lesen wie »Setna« und wie die »beiden Brüder«, oder Märchen wie das von dem »auserwählten Prinzen«!

Wenn die großartigen Bauwerke des Altertums, die prächtigen Tempel, die herrlichen Hypogäen, die schön bearbeiteten Obelisken für uns bisher nur Denkmäler einer verschwundenen Zeit waren, so erzählen sie uns jetzt, wo man die zahlreichen Inschriften derselben zu deuten versteht, von dem Leben der Herrscher, die sie errichteten, und von den Umständen, unter denen sie gegründet wurden.

Wie viele Namen von Völkerschaften, deren die griechischen Historiker nicht erwähnen, welch große Zahl untergegangener Städte, wieviel merkwürdige Tatsachen hinsichtlich des Kultus, der Kunst, Industrie, des täglichen Lebens, der politischen oder der kriegerischen Ereignisse offenbaren uns nicht die Hieroglyphen und Keil-Inschriften bis in alle Einzelheiten!

Und bezüglich dieser Völker, die wir bisher nur unvollkommen oder oberflächlich kannten, erlangen wir nun einen Einblick in ihr gewöhnliches Leben und eine Vorstellung von ihrer Literatur. Der Tag kann nicht mehr fern sein, an dem wir das Leben der Ägypter im 18. Jahrhundert vor unserer Zeitrechnung ebenso gut kennen, wie das unserer Väter des 17. und 18. Jahrhunderts nach Christus. Carsten Niebuhr hatte aus Persepolis Inschriften in unbekannten Schriftzeichen mitgebracht und dieselben zuerst genau und vollständig kopiert. So viel Versuche, sie zu erklären, auch gemacht wurden, sie blieben doch alle erfolglos, bis es dem gelehrten hannoverschen Philologen Grotefend im Jahre 1802 durch eine glückliche Eingebung des Genies gelang, das Geheimnis, welches sie umgab, zu ergründen.

Wie eigentümlicher Art und wie schwer zu deuten waren aber auch die Keilschriften! Man stelle sich eine Reihe von Nägeln oder spitzigen Pflöcken vor, welche in verschiedener Weise zusammengestellt, linienweise aneinandergereihte Gruppen bildeten. Welchen Wert besaßen diese Gruppen? Stellten sie Töne und artikulierte Laute oder ganze Worte vor, wie die Buchstabengruppen unserer Alphabete? Hatten sie dieselbe ideographische Bedeutung wie die Charaktere der chinesischen Schrift? Welche Sprache war überhaupt unter ihnen verborgen? Das sind ebenso viele Fragen als Rätsel, welche der Lösung harrten. Man konnte wohl vermuten, daß aus Persepolis stammende Inschriften in der Sprache der alten Perser abgefaßt seien; aber Rask, Bopp und Lassen hatten die iranischen Idiome noch nicht studiert und deren Verwandtschaft mit dem Sanskrit noch nicht nachgewiesen.

Es liegt unserem Thema zu fern, hier alle die geistreichen Deduktionen, Vermutungen und Versuche darzulegen, durch welche Grotefend dahin gelangte, in jenen eine alphabetische Schrift zu erkennen und gewisse Gruppen von Namen auszuscheiden, welche er für die des Xerxes und Darius hielt und wodurch er wiederum zur Kenntnis mehrerer Buchstaben kam, durch welche er andere Worte lesen und verstehen lernte. Jedenfalls war die Methode hiermit gefunden. Anderen blieb die Aufgabe, diese zu erweitern und zu vervollkommnen.

Mehr als dreißig Jahre verstrichen, bevor diese Studien bemerkbare Fortschritte machten. Der gelehrte Franzose Eugene Burnouf erst sollte sie um einen großen Schritt weiterfördern. Mit Benutzung seiner Kenntnisse des Sanskrit und des Zend gelang ihm der Beweis, daß jene persepolitanischen Inschriften in einem in Bactrien herrschenden Dialekt des Zend abgefaßt waren, den man noch im 6. Jahrhundert unserer Aera sprach und in welchem auch die Bücher Zoroasters geschrieben sind. Seine Denkschrift hierüber erschien im Jahre 1836. Gleichzeitig kam ein deutscher Gelehrter, Lassen in Bonn, der auch seinerseits denselben Untersuchungen oblag, zu einem ganz entsprechenden Resultate.

Bald waren nun die Inschriften, welche man besaß, alle gelesen, das Alphabet erklärt bis auf eine kleine Anzahl von Zeichen, über deren Bedeutung noch keine völlige Übereinstimmung herrschte.

Immerhin besaß man jetzt nur einen Grund, das eigentliche Gebäude war damit noch lange nicht errichtet. Man hatte nämlich gefunden, daß die persepolitanischen Inschriften sich in drei parallelen Reihen wiederholten. Sollte das auf einer dreifachen Wiedergabe derselben Inschrift in den drei Hauptidiomen des akhemenidischen Reiches, das heißt in persischer, medischer und assyrischer oder babylonischer Sprache beruhen? Diese Annahme hatte viel für sich; durch die Erklärung einer der Inschriften gewann man jedoch einen Vergleichungspunkt und konnte darauf weiter schließen, wie Champillon seinerzeit bezüglich des Steines von Rosette, der in griechischer Mundart zweimal dasselbe in der Volks- und der Hieroglyphenschrift enthielt.

In jenen beiden anderen Inschriften erkannte man die assyro-chaldäische Sprache, welche, ebenso wie die hebräische, die himjaritische und die arabische, zu der semitischen Sprachenfamilie gehören, und ein drittes Idiom, das man das medische nannte und mit dem türkischen und tatarischen in Beziehung brachte. Mit der Weiterverfolgung dieser Untersuchungen würden wir indes zu sehr in andere Gebiete übergreifen. Dieser Aufgabe widmeten sich, um nur die berühmtesten Namen zu nennen, der dänische Gelehrte Westergaard, die Deutschen W. v. Humboldt, Schlegel, Bopp, die Franzosen de Saulcy und Oppert, die Engländer Norris und Rawlinson. Wir kommen später hierauf noch einmal zurück.

Die Erforschung des Sanskrit, die Untersuchungen über die brahmanische Literatur, von denen später die Rede sein wird, hatten eine wissenschaftliche Regsamkeit erweckt, welche in gleichem Maße zunahm, wie die Studien an Klarheit und Tiefe gewannen. Ungeheuere, von den Orientalisten als Iran bezeichnete Ländergebiete, welche Persien, Afghanistan und Beludschistan umfaßten, waren lange Zeit, bevor Ninive und Babylon in der Geschichte auftraten, der Sitz einer vorgeschrittenen Zivilisation gewesen, mit der der Name Zoroasters als Eroberer, Gesetzgeber und Gründer einer neuen Religion eng verknüpft ist. Seine, zur Zeit der muselmanischen Eroberung verfolgten und aus ihrem alten Vaterlande, wo sie deren Kultus treu bewahrten, vertriebenen Schüler flüchteten sich, unter dem Namen Parsis, nach dem nordwestlichen Indien.

Gegen Ende des letzten Jahrhunderts hatte ein Franzose, namens Anquetil-Duperron, nach Europa eine in der Sprache

Zoroasters abgefaßte, genaue Abschrift der religiösen Bücher der Parsis mitgebracht. Er übersetzte dieselben auch, und sechzig Jahre hindurch schöpften alle Gelehrten aus dieser Quelle alle Kenntnis, die sie von der Religion und der Philologie in Iran besaßen. Diese Bücher sind bekannt unter dem Namen Zend-Avesta, ein Wort, das die Bezeichnung der Sprache, des Zend, mit Avesta, dem Titel des Werkes, verbindet.

Gegenüber den Fortschritten der Sanskritstudien bedurfte dieser Teil der Sprachwissenschaft jetzt einer Erneuerung und Behandlung nach den strengeren neueren Methoden. Der dänische Philosoph Rask, im Jahre 1826, und nach ihm Eugene Burnouf, gestützt auf seine tiefe Kenntnis des Sanskrit und mit Hilfe einer in letzter Zeit in Indien aufgefundenen Sanskritübersetzung, hatten zuerst das Studium des Zend von neuem aufgenommen. Im Jahre 1834 veröffentlichte Burnouf das epochemachende Werk über die Yacna (ein religiöses Buch der Parsis). Die daraus hervorleuchtende Ähnlichkeit des archäischen Sanskrit und des Zend führten zu der Annahme eines gleichen Ursprungs beider Sprachen und bewiesen die Verwandtschaft, um nicht zu sagen die Einheit der Völker, welche sie redeten. Ursprünglich haben beide Völker dieselben Namen für ihre Gottheiten, dieselben Traditionen, ohne die Übereinstimmung der Sitten zu erwähnen, ja sogar dieselbe Bezeichnung für sich selbst, da sie in allen Schriften beide Arier genannt werden. Es ist wohl überflüssig, auf die Wichtigkeit dieser Entdeckung, welche über den so lange Zeit gänzlich unbekannten Ursprung unserer Geschichte ein unerwartetes Licht verbreitete, besonders aufmerksam zu machen.

Mit Ausgang des 16. Jahrhunderts, d. h. seit der Zeit, wo die Engländer in Indien dauernd Fuß gefaßt hatten, wurde die physikalische Untersuchung des Landes mit allem, was einigermaßen mit ihm in Verbindung stand, eifrig betrieben. Sie war der Ethnologie und den verwandten Wissenszweigen, welche ein sicheres Terrain und ruhigere Zeiten zum Gedeihen brauchen, naturgemäß vorangeeilt. Die Aufklärung in jener Hinsicht erschien ja auch für die Regierung, d. h. für die Verwaltung ebenso wie für die kommerzielle Ausbeutung, in erster Linie von Bedeutung. So hatte z. B. der Marquis von

Wellesley, der damalige Gouverneur der Kompanie, in richtiger Erkennung des Wertes einer verläßlichen Karte der englischen Besitzungen, schon im Jahre 1801 den Brigadier der Infanterie, Wilhelm Lambton, mit der Aufnahme eines trigonometrischen, die Ost- und Westküste Indiens mit dem Observatorium in Madras verknüpfenden Netzes beauftragt. Lambton beschränkte sich jedoch nicht auf diese Aufgabe, sondern bestimmte auch genau einen Meridianbogen zwischen dem Kap Comorin und dem Dorfe Takoor Kera, fünfzehn Meilen südöstlich von Ellichpoor. Die Amplitude dieses Bogens umfaßte also mehr als zwölf Grade. Mit Hilfe seiner wohlunterrichteten Offiziere, unter denen der Oberst Everest einer besonderen Erwähnung verdient, hätte die indische Regierung schon im Jahre 1840 den Abschluß der Arbeiten ihrer Ingenieure erleben können, wenn die Annexionen weiterer Gebiete die Beendigung derselben nicht immer weiter verschoben hätten.

Fast gleichzeitig erwachte auch ein reges Interesse für die Literatur Indiens.

In London erschien im Jahre 1776 zum ersten Male übersetzt der »Codex der Gentoos« (d.h. Hindus), ein Auszug aus den wichtigsten Gesetzbüchern der Eingebornen.

Neun Jahre später wurde in Calcutta die Asiatische Gesellschaft gegründet, deren regelmäßige Veröffentlichungen, die Asiatic Researches, alle wissenschaftlichen Forschungen über Indien enthielten.

Bald nachher, im Jahre 1789, gab Jones seine Übersetzung des Dramas Sakuntala, jenes herrliche, gefühlvolle und zarte Musterstück der Hindu-Literatur, heraus. Grammatiken und Wörterbücher des Sanskrit erschienen in rascher Folge. Im britischen Indien erwachte ein förmlicher Wetteifer, der gewiß auch nach Europa übergestrahlt wäre, wenn die Kontinentalsperre nicht die Einführung fremder Bücher verhindert hätte. Jener Zeit studierte ein gefangener Engländer, Hamilton, die orientalischen Manuskripte der Pariser Bibliothek und gab mit Friedrich Schlegel Anleitung zur Erlernung des Sanskrit, das man nun nicht mehr an Ort und Stelle zu studieren brauchte.

Schlegel hatte Lassen als Schüler; er widmete sich mit ihm

dem Studium der Literatur und der Altertümer Indiens, der kritischen Untersuchung, Veröffentlichung und Übersetzung der Texte. Inzwischen beschäftigte er sich auch eifrig mit der Sprache, bearbeitete seine, allen zugänglichen Grammatiken und gelangte zu der überraschenden, jetzt aber allgemein anerkannten Schlußfolgerung: der Verwandtschaft der indo-europäischen Sprachstämme.

Man überzeugte sich bald, daß die Vedas – jene in hohem Ansehen stehende und deshalb von Einschaltungen verschont gebliebene Gesetzessammlung – in einem alten und sehr reinen Idiom geschrieben waren, dem alle sprachlichen Neuerungen fremd waren und dessen durchgehende Ähnlichkeit mit dem Zend erkennen ließ, daß diese heiligen Bücher aus der Zeit vor der Trennung der arianischen Familie in zwei Zweige herstammten.

Darauf studierte man die zwei Epopöen der brahmanischen Epoche, welche auf die Zeit der Vedas folgte, den Mahabharata und den Ramayana, ebenso wie die Parana. Die Gelehrten vermochten nun auch, Dank einer tieferen Kenntnis der Sprache und der Mythen des Landes, annähernd die Zeit der Entstehung jener Gedichte zu bestimmen, die unzähligen späteren Interpolationen zu bezeichnen und auszuscheiden, was in diesen herrlichen Allegorien auf Geschichte und Geographie Bezug hatte.

Durch geduldige und gewissenhafte Forschungen gelangte man zu der Erkenntnis, daß die keltische, griechische, lateinische, germanische, slawische und persische Sprache alle ein und denselben Ursprung haben, deren gemeinschaftliche Mutter keine andere ist als das Sanskrit. Wenn die Sprache aber dieselbe ist, muß auch das Volk dasselbe sein. Man erklärt die Verschiedenheiten, welche die Idiome jetzt zeigen, durch sukzessive Abzweigungen von dem Urvolk, für welche sich auch die Zeit annähernd feststellen läßt, durch die größere oder geringere Verwandtschaft jener Sprachen mit dem Sanskrit oder durch die Natur der diesem entliehenen Wörter, welche an sich selbst, je nach dem Fortschritte der Zivilisation, verschieden sein mußten.

Gleichzeitig gewann man eine klare und umfassende Vorstellung von der Lebensweise, welche die Väter der indo-europäischen Rasse geführt, und von den Veränderungen, welche diese doch allmählich erfuhr. Die Vedas zeigen uns, daß dieselben noch nicht überall in Indien Fuß gefaßt hatten, sondern vorzüglich auf das Pendjab und Kabilistan beschränkt waren. Diese Gedichte schildern die Kämpfe gegen die Urbevölkerung von Hindostan, deren Widerstand um so hartnäckiger war, als die Sieger sie bei ihrer Kasteneinteilung in die unterste und verächtlichste verwiesen. Man erfährt aus den Vedas alle Einzelheiten des Hirten- und Patriarchenlebens der Arier, wird vertraut mit der stillen, wenig abwechslungsreichen Familienexistenz und fragt sich, ob der hitzige Wettstreit unserer Tage den unschuldigen Lebensgenuß, den der Mangel an Bedürfnissen unseren Vätern gewährte, aufzuwiegen vermag.

Begreiflicherweise können wir nicht länger bei diesem Gegenstande verweilen; der Leser wird aus dem wenigen, was wir hier darüber sagten, die hohe Bedeutung jener Studien für die Geschichte, Ethnographie und Linguistik erkennen. Wir verweisen wegen weiterer Aufschlüsse auf die Spezialwerke der Orientalisten und auf die ausgezeichneten Handbücher der alten Geschichte von Robiou, Lenormant und Maspero. Alle Bereicherungen, welche die verschiedenen Zweige der hier einschlägigen Wissenschaften bis zum Jahre 1820 erfuhren, wurden mit Sachkenntnis und Unparteilichkeit von Walter Hamilton zusammengefaßt in dessen großer Arbeit unter dem Titel: »Geographische, statistische und historische Beschreibung Hindostans und seiner Nachbarländer«. Es gehört dieselbe zu den literarischen Erscheinungen, welche, indem sie sozusagen eine Etappe der Wissenschaft markieren, den Grad ihrer zu gewisser Zeit erreichten Entwicklung zuverlässig kennzeichnen.

Neben dieser flüchtigen Andeutung der auf das intellektuelle und soziale Leben der Hindus bezüglichen Arbeiten, verdienen eine Erwähnung auch die Studien, welche die physikalische Kenntnis des Landes förderten.

Eines der überraschendsten Ergebnisse der Reise Webbs und Moorcrofts war die außerordentliche Höhe, welche die

Genannten den Bergen des Himalaya zuschrieben. Nach Schätzung der Reisenden sollten diese mindestens die höchsten Spitzen der Anden erreichen. Oberst Colebrooks Berechnungen ergaben für die Bergkette 22000 Fuß, und auch diese Rechnung schien noch hinter der Wahrheit zurückzubleiben. Webb seinerseits hatte einen der bemerkenswertesten Gipfel der Kette, den Jamunavatari, gemessen und für denselben eine Höhe von 20000 Fuß über dem Plateau, auf welchem er sich befand und das selbst die Ebene um 5000 Fuß überragte, herausgefunden. Unbefriedigt von einer Messung, die er selbst nur für approximativ ansah, maß Webb später mit aller mathematischen Genauigkeit den Dhawalagiri oder »Weißen Berg« und fand, daß dessen höchster Gipfel 27500 Fuß (8154 Meter) emporstieg.

Was an der Himalaya-Kette am meisten in die Augen fällt, ist jene Aufeinanderfolge von Bergen, jene Reihe von Projektionen, welche eine immer die andere überragen. Das erweckt eine lebhaftere Vorstellung von ihrer Höhe, als der Anblick eines isolierten Kegels, der aus einer Ebene emporsteigt, um seinen schroffen Gipfel in den Wolken zu verbergen.

Webbs und Colebrooks Rechnungen wurden bald durch mathematische Beobachtungen des Oberst Crawford bestätigt, der acht der höchsten Gipfel des Himalaya gemessen hatte. Seiner Messung nach wäre der höchste unter ihnen der Chumulari, nahe den Grenzen von Bouthan und Thibet, dessen Spitze sich gegen 30000 Fuß (8883 Meter) über das Meer erheben soll.

Obschon diese Resultate miteinander übereinstimmten und nicht wohl anzunehmen war, daß alle Beobachter sich gleichmäßig getäuscht hätten, erweckten dieselben doch die Verwunderung der gelehrten Welt. Der Haupteinwurf, den man erhob, bestand darin, daß die Schneegrenze etwa 13000 Fuß über dem Meere liegen müsse. Danach erschien es unmöglich, daß die Berge des Himalaya noch mit riesigen Fichtenwäldern bedeckt sein könnten, wie das doch alle Forscher anzuführen beliebten.

Und doch gab die Erfahrung der Theorie unrecht. Bei Gelegenheit einer zweiten Reise stieg Webb bis zum Niti Gaut, dem höchsten Gebirgsrücken der Erde, hinauf, dessen Höhe er zu 16840 Fuß bestimmte. Hier aber fand Webb nicht nur keinen Schnee, sondern auch die ihn noch um 300 Fuß übersteigenden Felsen zeigten während des Sommers davon nichts. Hier, wo auf den jähen Abhängen schon die Atmung schwierig wird, grünten vielmehr noch prächtige Wälder von Fichten, Zypressen, Zedern und Weiden.

»Webb«, sagt Desborough Cooley, »schreibt die auffallend hohe Lage der Grenze des ewigen Schnees in den Himalaya-Bergen der großen Erhebung des Bodens zu, von dem aus deren letzte Gipfel aufsteigen. Da die Hauptursache der Wärme unserer Atmosphäre in der Rückstrahlung von der Oberfläche der Erde zu suchen ist, so liegt es auf der Hand, daß die größere oder geringere Entfernung und die Ausdehnung umgebender Ebenen von größtem Einflusse auf die Temperatur eines hochgelegenen Punktes sein müsse. Diese Betrachtungen scheinen uns hinreichend, die Einwürfe mancher Gelehrten bezüglich der Höhe der Himalaya-Berge zu widerlegen, welche also als die höchste Bergkette der ganzen Erde anzusehen sind.«

Hier ist noch eines Ausfluges nach den von Webb und Moorcroft schon besuchten Gegenden Erwähnung zu tun. Der betreffende Reisende, Fraser, besaß freilich weder die nötigen Instrumente, noch hinreichende Kenntnisse, um die hohen Berggipfel zu messen, zwischen denen er hinzog; dafür war ihm ein lebhaftes Gefühl eigen und sein interessanter Bericht deshalb doppelt unterhaltend. Er besuchte die Quelle der Jumna, und obschon er sich in einer Höhe von 25000 Fuß befand, traf er doch überall auf Dörfer, welche malerisch an schneebedeckten Bergwänden hingen. Fraser begab sich auch nach Gangoutri, trotz des Widerspruchs seiner Führer, welche ihm den Weg als außerordentlich gefährlich schilderten, weil daselbst ein pestilenzialischer Wind wehe, der jeden sich dahin wagenden Reisenden der Sinne beraube. Der kühne Wanderer war entzückt über die Großartigkeit und Schönheit der Landschaften, welche er auffand, und fühlte sich durch wirklich künstlerische Genüsse belohnt für die deshalb ausgestandenen Strapazen.

»Die Himalaya-Kette«, sagt Fraser, »zeigt einen ganz eigentümlichen Charakter, was jeder Reisende der sie einmal gesehen, bezeugen wird. Sie ähnelt wirklich keiner anderen Bergkette, denn ihre Gipfel von phantastischer Form, ihre Nadeln von wunderbarer Höhe rufen, von hohem Standpunkte aus gesehen, bei dem Fremden, dessen Blicke sie auf sich ziehen, ein solches Erstaunen hervor, daß er sich von einem trügerischen Spiegelbilde getäuscht glaubt.«

Wir vertauschen nun die Ganges-Halbinsel mit der arabischen, um die Ergebnisse einiger interessanten Züge durch dieselbe zu verzeichnen. In erster Linie gehört da hierher die Reise des Kapitän Sadlier von der indischen Armee. Im August 1819 von dem Gouverneur von Bombay mit einer Mission an den gegen die Wahabiten Krieg führenden Ibrahim Pascha betraut, durchzog dieser Offizier die ganze Halbinsel von dem Hafen El Katif am Persischen Golf bis nach Yambo am Roten Meere.

Der Bericht über diese merkwürdige Reise nach Arabien, welche bisher noch kein Europäer ausgeführt hatte, ist leider nicht besonders veröffentlicht worden, sondern in einem fast unauffindbaren Werke, den Transactions of the Literary Society of Bombay, vergraben geblieben.

Fast zur nämlichen Zeit, von 1821 bis 1826, ließ die englische Regierung durch die Schiffskapitäne Moresby und Haines hydrographische Arbeiten zum Zwecke einer vollständigen Aufnahme der Küsten von Arabien ausführen. Dieselben sollten zur Unterlage der ersten verläßlichen Karte dienen, welche bis dahin von jener Halbinsel mangelte.

Der Vollständigkeit wegen erwähnen wir hier noch die beiden Züge zweier französischer Naturforscher, Aucher Eloys nach Oman, und Emil Bottas nach Yemen, sowie die Arbeiten eines französischen Konsuls in Djedda, Fulgence Fresnels, über die Idiome und Altertümer Arabiens. Der letztere, der seine Briefe über die Geschichte der Araber vor der Zeit des Islam im Jahre 1836 herausgab, war der erste, der die himyaritische oder homeritiscdhe Sprache studierte und erkannte, daß dieselbe mit den alten hebräischen und syrischen Dialekten mehr Ähnlichkeiten aufwies als mit dem heutigen Arabischen.

Zu Anfang dieses Bandes schilderten wir Seetzens und Burckhardts Forschungen und archäologische und geschichtliche Studien in Syrien und Palästina. Hier haben wir nun noch einiges über eine kleinere Reise nachzutragen, deren Ergebnisse vorzüglich die physikalische Geographie berühren. Es betrifft die Fahrt des bayrischen Naturforschers Heinrich Schubert.

Ein strenger Katholik und begeisterter Gelehrter, fühlte Schubert sich von den melancholischen Landschaften des heiligen Landes mit seinen wunderbaren Legenden und von den sonnenbeglänzten Ufern des geheimnisvollen Nils mit dessen historischen Erinnerungen mächtig angezogen. In seinem Berichte findet man gleichzeitig die tiefen Eindrücke des Gläubigen und die wissenschaftliche Voreingenommenheit des Naturforschers wieder.

Im Jahre 1837 betrat Schubert, nachdem er Unter-Ägypten und die Halbinsel Sinaï durchstreift, das heilige Land. Zwei Freunde, ein Arzt, Doktor Erdl, und ein Maler, Martin Bernatz, begleiteten den gelehrten bayrischen Reisenden.

In El Akabah am Roten Meere gelandet, begab sich die Gesellschaft mit einer kleinen, arabischen Karawane nach El Khalil, dem alten Hebron. Den Weg, den sie benutzten, hatte noch keines Europäers Fuß betreten. Es war das ein breites, flaches Tal, das am Toten Meere endigte und diesem früher als Ausläufer nach dem Roten Meere gedient zu haben schien. Burckhardt und manche andere, welche dasselbe nur einmal gesehen hatten, huldigten ganz derselben Ansicht und schrieben die Unterbrechung dieses Ausflusses einer Hebung des Bodens zu. Die von den Reisenden gemessenen Höhen sollten das Irrige dieser Hypothese erweisen.

Geht man nämlich von dem aelanischen Golf (d.i. von Akabah) aus, so steigt der Weg zwei bis drei Tage lang bis zu einer Stelle, welche die Araber den »Sattel« nennen, und fällt von hier aus nach dem Toten Meere zu ab. Dieser Scheitelpunkt liegt gegen 700 Meter über dem Meere. Das fand wenigstens im folgenden Jahre ein französischer Reisender, der Graf de Bertou, der dieselbe Gegend besuchte.

Auf dem Wege nach dem Asphaltsee hinunter nahmen Schubert und seine Gefährten wiederholte barometrische Messungen vor und waren nicht wenig erstaunt, als sie ihr Instrument plötzlich 91 Fuß »unter« dem Roten Meere und weiterhin immer eine tiefere Niveaulage des Landes anzeigen sahen.

Zuerst dachten sie bei dieser Wahrnehmung natürlich an einen Beobachtungsfehler, überzeugten sich aber doch bald von deren Richtigkeit und erkannten daraus, daß der Asphaltsee niemals habe nach dem Roten Meere abfließen können, einfach deshalb, weil das Niveau des ersteren weit unter dem des letzteren liegt.

Diese Senkung des Toten Meeres ist noch auffallender, wenn man sich von Jerusalem nach Jericho begibt. Dabei kommt man durch ein langes Tal mit starkem Gefälle, das wegen der bergigen Hochflächen von Judäa, Peräa und Haouran – die letzteren erheben sich bis zu dreitausend Fuß über den Meeresspiegel – noch bedeutender erscheint.

Der Anblick der Umgebung und die Angaben der Instrumente widersprachen aber so sehr den bisherigen landläufigen Anschauungen, daß Erdl und Schubert den erhaltenen Resultaten immer noch mißtrauten und sie auf einen Fehler ihres Barometers und vielleicht eine unbemerkbare plötzliche Störung in der Atmosphäre bezogen. Während der Rückreise nach Jerusalem erreichte das Barometer indes wieder dieselbe mittlere Höhe, welche es vor ihrer Abfahrt nach Jericho angegeben hatte. Man mußte also wohl oder übel annehmen, daß das Tote Meer sechshundert Fuß *unter* dem Mittelmeere liege, eine Zahl, welche spätere Beobachter noch als um die Hälfte zu klein nachgewiesen haben.

Offenbar war hiermit eine glückliche Berichtigung gewonnen, welche vorzüglich dadurch folgenreich werden sollte, daß sie die Aufmerksamkeit gelehrter Kreise einer Erscheinung zuwandte, deren tatsächliches Vorhandensein spätere Forschungen bald bestätigen sollten.

Gleichzeitig gewann nun auch die physikalische Erforschung des Beckens des Toten Meeres ebenso an Umfang wie an Gründlichkeit. Zwei amerikanischen Missionären, Edward

Robinson und Eli Smith, verdankte die biblische Geographie 1838 eine ganz neue Anregung. Sie bildeten die Pioniere jener Phalanx von reisenden Naturforschern, Geschichtsschreibern, Archäologen und Ingenieuren, welche, teils unter den Auspizien der englischen Gesellschaft, teils auch neben dieser, das Land der Patriarchen nach allen Seiten untersuchen, verläßliche Spezialkarten desselben ausarbeiten und die mannigfachsten Entdeckungen machen sollte, die über jene alten Völkerschaften und einander ablösenden Besitzer des berühmten Landes am Ende des Mittelmeeres neues und helles Licht verbreiteten.

Aber nicht zur diese, durch die Erinnerungen, welche sie in jedem Christenherzen erweckt, so besonders interessante Gegend allein wurde das Studienziel der Gelehrten und Reisenden; ganz Kleinasien vielmehr sollte jetzt der Wißbegierde der gelehrten Welt die in seinem Schoße verborgenen Schätze offenbaren. Reisende durchstreiften dasselbe nach allen Richtungen. Parrot besuchte Armenien; Dubois de Montpéreux wanderte im Jahre 1839 durch den Kaukasus; Eichwald erforschte, 1825 bis 1826, die Ufer des Kaspischen Meeres; Alexander von Humboldt endlich vervollständigte, dank der edlen Opferwilligkeit des russischen Kaisers Nikolaus, in Asien und im Uralgebirge seine allgemein physikalischen und geographischen Beobachtungen, die er so muthvoll in der Neuen Welt begonnen. In Begleitung des Mineralogen Gustav Rose, des Naturforschers Ehrenberg, der sich schon durch seine Reisen in Ober-Ägypten und Nubien einen Namen gemacht hatte, ferner des Barons Helmersen, eines Genie-Offiziers, durchzog Humboldt Sibirien, besuchte die Gold- und Platingruben des Ural und erforschte die Steppen in der Umgebung des Kaspischen Meeres und der Altaï-Kette bis zur Grenze von China. Diese Gelehrten hatten die Arbeiten untereinandern geteilt: Humboldt widmete sich den astronomischen, physikalischen, magnetischen und allgemein naturwissenschaftlichen Beobachtungen; Rose dagegen führte das Reise-Tagebuch, welches von 1837 bis 1842 zuerst in Deutschland veröffentlicht wurde.

Die wissenschaftlichen Ergebnisse dieser, übrigens ungemein schnellen Reise – in neun Monaten wurde dabei eine Wegstrecke von 11500 Meilen (= 17526 Kilometer) zurückgelegt – waren höchst beträchtlich.

In einer vorläufigen Broschüre, welche 1838 in Paris erschien, verbreitete sich Humboldt nur über die Klimatologie und Geologie Asiens; dieser fragmentarischen Arbeit folgte im Jahre 1843 aber das meisterhafte Hauptwerk unter dem Titel »Zentral-Asien«.

»Er hat in demselben«, sagt La Roquette, »die wichtigsten wissenschaftlichen Ergebnisse seiner asiatischen Reise systematisch geordnet niedergelegt und sich höchst geistvollen Untersuchungen über die Gestaltung des Landes und der Berge in der Tatarei gewidmet; vorzüglich behandelt er darin die weite Bodendepression, welche sich vom Norden Europas bis zum Zentrum Asiens und bis jenseits des Kaspischen Meeres und des Aralsees hinzieht.«

Wir verlassen nun Asien, um uns den verschiedenen Expeditionen zuzuwenden, die in der Neuen Welt seit Anfang dieses Jahrhunderts einander folgten. Zur Zeit, als Lewis und Clarke das nördliche Amerika von den Vereinigten Staaten bis zum Stillen Ozean durchzogen, hatte ein junger Offizier, der Leutnant Zabulon Montgomery Pike, von der Regierung im Jahre 1807 den Auftrag erhalten, die Quellen des Mississippi zu erforschen. Er sollte dabei gleichzeitig mit den ihm begegnenden Indianern freundschaftliche Beziehungen anzuknüpfen suchen.

Von dem ersten Häuptlinge des mächtigen Sioux-Stammes wohlwollend empfangen und beschenkt mit einer Friedenspfeife – ein Talisman, der ihm den Schutz aller verwandten Stämme sicherte – ging Pike den Mississippi hinauf und kam am Chippeway und dem St. Peters-Strome, zwei bedeutenden Zuflüssen jener mächtigen Wasserader, vorüber. Stromaufwärts von der Mündung des letzteren aber, bis zu den Katarakten von Saint Antoine, fand er das Bett des Mississippi durch eine ununterbrochene Reihe von Wasserfällen und Stromschnellen gesperrt. Unter dem fünfundvierzigsten Breitengrade angelangt, mußten Pike und seine Gefährten ihre Boote verlassen und die Reise mittels Schlitten fortsetzen. Zur

Unbill eines besonders strengen Winters gesellten sich bald die Qualen des Hungers. Nichts vermochte jedoch die unerschrockenen Forscher aufzuhalten, welche, indem sie unbeirrt dem bis auf dreihundert Ruten verschmälerten Mississippi folgten, im Februar am Blutegel-See eintrafen, wo sie in einem Lager von Trappern und Pelzjägern aus Montreal mit größter Freude aufgenommen wurden.

Nachdem er noch den Rote-Zedernsee besucht, kehrte Pike nach Port Louis zurück. Seine beschwerliche und gefahrenreiche Fahrt hatte nicht weniger als neun Monate gedauert und war, obwohl deren eigentliches Ziel unerreicht blieb, doch nicht ohne Früchte für die Wissenschaft.

Die Geschicklichkeit, Kaltblütigkeit und der Mut Pikes konnten nicht unbeachtet bleiben, und die Regierung betraute ihn, nach vorheriger Erhebung in den Majorsgrad, mit der Führung einer neuen Expedition.

Diesmal war ihm aufgegeben, die weiten Gebiete zwischen dem Mississippi und den Felsengebirgen zu erforschen und die Quellen des Arkansas und des Roten Flusses aufzusuchen. Mit dreiundzwanzig Personen fuhr Pike den Arkansas hinauf, ein schöner Strom, der bis zu seinem Quellengebirge hin, d. h. über zweitausend Meilen weit, schiffbar ist, außer im Hochsommer, wo vielfache Sandbänke sein Bett erfüllen.

Während der langen Wasserfahrt brach inzwischen der Winter herein, Beschwerden aller Art, wie sie Pike schon bei seiner ersten Reise zu erdulden hatte, erneuerten sich nun in verdoppelter Strenge. Wild fand sich so wenig, daß die Gesellschaft einmal vier Tage lang der Nahrung gänzlich entbehren mußte. Mehreren erfroren die Füße, ein Unfall, der natürlich auch den Gesundgebliebenen noch weitere Hindernisse bereitete. Nachdem der Major die Quelle des Arkansas erreicht, wendete er sich nach Süden hinab, wo er auf einen schönen Wasserlauf traf, den er für den Roten Fluß hielt.

Es war das jedoch der Rio del Norte, der in Colorado, einer damals spanischen Provinz, entspringt und in den Golf von Mexico mündet.

Von den Schwierigkeiten her, welche Humboldt zu überwinden hatte, um die Erlaubnis zur Bereisung der spanischen

Besitzungen zu erlangen, weiß man, mit wie scheelen Augen jenes Volk es ansah, wenn Fremdlinge dessen Gebiet betraten. Bald wurde Pike denn auch von einer Abteilung spanischer Soldaten umringt und samt seinen Leuten nach Santa Fé als Gefangener abgeführt. Der Anblick, den ihre zerrissenen Kleider und abgemagerten Gesichter boten, sprachen nicht zugunsten der Amerikaner, welche die Spanier zuerst für Wilde hielten. Nach Aufklärung dieses Irrtums wurden Pike und seine Gefährten jedoch durch die inneren Provinzen nach Louisiana geschafft, wo sie am 1. Juli 1807 in Natchitotches eintrafen.

Der verfehlte Ausgang dieser Expedition lähmte zeitweilig den Eifer der Regierung, nicht aber den einzelner Personen, wie Kaufleute und Jäger, welche täglich mehr im Lande auftauchten. Viele drangen selbst Schritt für Schritt durch ganz Amerika, von Kanada bis zum Pazifischen Ozean. Unter diesen einzelnen Reisenden verdient besonders Daniel William Harmon hervorgehoben zu werden, der, ein Teilhaber der Kompanie des Nordwestens, zwischen dem 47. und 58. Grade nördlicher Breite reisend, den Huron-, den Oberen-, den Regen-, Holz-, Manitoba-, Winnipe-, Athabaska- und den Großen Bärensee besuchte und auch bis zum Pazifischen Ozean kam.

Die Pelzhändlergesellschaft von Astoria, eine Niederlassung an der Mündung des Columbia, leistete ebenfalls viel zur Erforschung der Felsengebirge.

Vier Mitglieder dieser Gesellschaft waren von Astoria im Juni 1812 aufgebrochen, den Columbia hinaufgezogen, hatten die Felsengebirge überschritten und langten, nach Auffindung einer der Quellflüsse des Platte, auf dem sie bis zum Missouri durch ein von niemand vor ihnen besuchtes Gebiet hinabfuhren, am 30. Mai 1813 in St. Louis an.

Im Jahre 1811 war eine neue, aus sechzig Mann bestehende Expedition den Missouri hinauf bis zu den Ansiedelungen der Ricaras vorgedrungen, welche, nachdem sie die härtesten Entbehrungen erduldet und wegen Nahrungsmangels mehrere Leute verloren hatte, gegen Anfang 1812 Astoria erreichte.

Diese Reisen ergaben als Resultat nicht allein die topographische Erforschung des Landes; sie führten daneben auch zu ebenso merkwürdigen als unerwarteten Entdeckungen. So stieß man im Ohiotale von Illinois bis Mexiko auf Ruinen von befestigten Werken mit Wällen und Gräben, von denen manche ein Terrain von fünf bis sechs Ackern einnahmen. Es ist ein schwieriges Problem, das noch immer seiner Lösung harrt, zu sagen, welchem Volke diese Arbeiten zuzuschreiben sind, die von einer, der der heutigen Indianer weit überlegenen Zivilisation zeugen.

Schon bedauern Historiker und Philologen in gleichem Maße das Verschwinden von Indianerstämmen, die bisher nur sehr oberflächliche Beachtung fanden, wobei das Studium der Sprachen derselben gänzlich vernachlässigt wurde. Vielleicht hätte gerade die bessere Kenntnis dieser Idiome im Vergleich mit denen der Alten Welt über den Ursprung jener nomadisierenden Horden ein unerwartetes Licht verbreitet.

Gleichzeit begann man damals das Studium der Flora und Geologie des Landes, ein Wissenszweig, der späteren Forschern noch so wunderbare Überraschungen bereiten sollte.

Für die Regierung der Vereinigten Staaten war es zu wichtig, die weiteren Gebiete zwischen diesen und dem Pazifischen Ozean schnell und verläßlich kennenzulernen, als daß dieselbe mit der Entsendung einer neuen Expedition hätte längere Zeit zögern können.

So beauftragte der Staatssekretär des Krieges im Jahre 1819 den Major Long, das Land zwischen dem Mississippi und den Felsengebirgen zu bereisen, den Lauf des Missouri und seiner bedeutenderen Zuflüsse zu erforschen, durch astronomische Beobachtung die Lage der wichtigsten Punkte festzustellen, sich über die Indianerstämme des Landes zu unterrichten und alles zu beschreiben, was das äußere Ansehen des Bodens oder die Erzeugnisse der drei Naturreiche Merkwürdiges bieten sollten.

Von Pittsburg am 5. Mai 1819 mit dem Dampfboote »Der Ingenieur des Westens« ausgehend, erreichte die Expedition am 30. desselben Monats die Vereinigung des Ohio mit dem Mississippi, den sie bis Saint Louis hinauffuhr.

Am 29. Juni wurde die Mündung des Missouri erreicht. Während des Juli durchstreifte Say, ein Teilnehmer der Expedition, mit geologischen Untersuchungen beschäftigt, das Land bis zum Fort Osage hin, wo ihn das Schiff erwartete. Major Long benutzte den Aufenthalt an dieser Stelle, um eine Abteilung seiner Leute zur Besichtigung der Terrains zwischen dem Kansas und dem Plattestrom (Nebraska-River) auszusenden, dieses Detachement wurde aber angegriffen und beraubt und mußte, nach Verlust aller Pferde, unverrichteter Sache umkehren.

Nachdem an der Kuh-Insel eine Verstärkung von fünfzehn Mann Soldaten eingetroffen, gelangte die Gesellschaft am 19. September nach dem Fort Lisa, nahe den Council Bluffs, wo sie ihr Winterquartier aufschlug. Hier überfiel die Amerikaner der Scorbut, durch den sie, bei dem Mangel aller zweckmäßigen Heilmittel, hundert Mann, d. h. nahezu den dritten Teil ihrer Effektivstärke verloren.

Major Long, der sich inzwischen auf einem Boote nach Washington begeben hatte, brachte von da die Ordre mit, die Reise auf dem Missouri fortzusetzen, nach den Quellen das Plattestromes vorzudringen und auf dem Arkansas und dem Roten Fluß nach dem Mississippi zu segeln.

Am 6. Juni verließen die Forscher also das Kantonnement der Ingenieurs, wie sie ihr Winterquartier getauft hatten, und zogen über hundert Meilen im Tale des Platte hinab, ein Stück Land mit üppigen Wiesen und ungeheuren Herden von Bisons und Damwild, die ihnen Nahrungsmittel im Überfluß lieferten.

Auf diese endlosen Prärien, deren Monotonie nicht ein einziger Hügel unterbricht, folgt eine Sandwüste, die sich gegen vierhundert Meilen weit in sanfter Steigung bis zu den Felsengebirgen hinzieht. Durchschnitten von steilen Klüften, von Cañons und Abgründen, in deren Tiefe unter magerem, vereinzeltem Buschwerk ein dürftiger Bach dahinmurmelt, erzeugt diese Einöde keine anderen Gewächse als Kakteen mit scharfen, gefährlichen Stacheln.

Am 6. Juli hatte die Expedition den Fuß der Felsengebirge erreicht. Doktor James erstieg einen schroffen Gipfel derselben, den er nach seinem Namen nannte, und der bis 11 500 Fuß über das Meer emporragte.

»Von diesem Gipfel aus«, schreibt der Botaniker, »schweift der Blick nach Nord- und Südwesten zu über zahllose, schneebedeckte Berge, von denen die entferntesten bis zum Fuße weiß erscheinen. Unmittelbar uns zu Füßen und nach Westen hin lag das enge Tal des Arkansas, dessen Lauf wir nach Nordwesten zu über sechzig Meilen weit übersehen konnten. Den Nordabhang des Berges verhüllten ungeheure Massen von Eis und Schnee; nach Osten zu breitete sich die weite Ebene aus, welche in der Entfernung scheinbar höher und höher anstieg, bis sie am Horizonte mit dem Himmel in einer Linie verschmolz.«

Von hier aus trennte sich die Expedition nun in zwei Teile. Der eine sollte, unter Leitung des Major Long, die Quelle des Roten Flusses aufsuchen, der andere, unter Führung des Kapitän Bell, den Arkansas bis zum Port Smith hinabziehen. Am 24. Juli gingen die beiden Detachements voneinander. Das erstere hielt, getäuscht durch die Angaben einiger Kaskaias-Indianer und die Unzuverlässigkeit der Karten, den Canada für den Roten Fluß und ward den Irrtum auch vor dessen Vereinigung mit dem Arkansas nicht gewahr. Diese Kaskaias nehmen unter den Wilden vielleicht die niedrigste Stufe ein; als geschickte Reiter verstehen sie sich aber vortrefflich darauf, mit dem Lasso die wilden »Mustangs«, d.s. Pferde, welche von den durch die Spanier in Mexiko eingeführten herstammen, einzufangen.

Von dem zweiten Detachement entwichen vier Soldaten, die neben einer Menge wertvoller Gegenstände aller Art auch die Reise-Tagebücher Says und des Leutnant Swift mitnahmen.

Beide Abteilungen litten übrigens furchtbar an Nahrungsmangel in den ausgedehnten Sandwüsten, wo die Flüsse nur salziges oder schlammiges Wasser führen.

Die Expedition brachte nach Washington etwa sechzig Felle wilder Tiere, mehrere Tausend Insekten, darunter fünfhundert neue Arten, ein Herbarium mit vier- bis fünfhundert bisher unbekannten Pflanzen, zahlreiche Ansichten von

Landschaften und die Vorarbeiten zu einer Karte der durchreisten Gegenden mit heim.

Dem Major Long, dessen Verdienste volle Anerkennung fanden, wurde im Jahre 1828 die Leitung einer neuen Expedition anvertraut. Mit dieser verließ er Philadelphia im April, begab sich nach dem Ohio und segelte durch den gleichnamigen Staat, durch Indiana und Illinois. Nachdem er in den Mississippi gelangt, folgte er diesem bis zur Mündung des Saint Pierre, den vor ihm schon Carver, nach ihm der Baron La Hontan besuchte. Long befuhr diesen bis zu seiner Quelle, fand dabei den Travers-See auf, erreichte den Winnipeg-See, besichtigte den gleichnamigen Fluß, nahm den Holz- und den Regen-See in Augenschein und gelangte nach der Hochebene, welche die Wasserscheide zwischen der Hudson- und der Saint Laurent-Bai bildet. Endlich kam er über den Kalten See und den Hunde-Fluß nach dem Oberen See.

Obwohl kanadische Waldläufer, Trapper und Jäger diese Gegenden schon seit langen Jahren durchstreift hatten, war es doch das erste Mal, daß eine offizielle Expedition sie mit dem Zwecke, eine Karte derselben aufzunehmen, besuchte. Die Reisenden erstaunten vorzüglich über die Schönheit der von dem Winnipeg bewässerten Landschaften. Das durch Stromschnellen und höchst pittoreske Wasserfälle häufig unterbrochene Bett dieses Flusses windet sich zwischen steilen, waldbedeckten Felsenmauern hin. Die wunderbaren Reize des Landes entzückten die Reisenden desto mehr, als sie bisher nur durch einförmige Ebenen und Savannen gezogen waren.

Die seit der Fahrt Montgomery Pikes aufgegebene Untersuchung des Mississippi wurde durch General Caß, den Gouverneur von Michigan, im Jahre 1820 wieder aufgenommen. Ende Mai von Detroit mit einem Gefolge von zwanzig Mann, lauter als frühere Waldläufer erprobte Leute, ausgehend, erreichte er, nach einem Besuche des Huron-, Oberen und Sandy-Sees, den Oberlauf des Mississippi. Hier mußte seine erschöpfte Mannschaft rasten, während er selbst die Erforschung des Stromes mittels Bootes fortsetzte. Fünfhundert Meilen weit fand er eine zwar schnelle, aber von eigentlichen Hindernissen freie Strömung; von da aus aber füllten etwa zwölf Meilen weit ausgedehnte Stromschnellen das Bett bis zu dem Falle von Peckgama.

Oberhalb des letzteren wand sich der Strom in langsamerem Laufe durch endlose Savannen bis zum Blutegel-See hin. Nachdem er den Winnipeg-See erreicht, entdeckte Caß am 21. Juli auch noch einen bisher unbekannten See, der seinen Namen erhielt; bei seinen geringen Vorräten an Lebensmitteln und Munition verzichtete er jedoch darauf, mit der wenigen Begleitmannschaft noch weiter vorzudringen.

Man war zwar in die Nähe der Mississippiquelle gekommen, hatte diese selbst aber nicht erreicht. Der verbreitetsten Annahme nach entsprang der Strom aus einem kleinen, sechzig Meilen von dem Caß-See entfernt liegenden See, dem sogenannten Hirschkuh-See. Erst im Jahre 1832 aber, als General Caß Staatssekretär des Krieges war, nahm man die endliche Lösung dieses wichtigen Problems wieder in die Hand.

Damals wurde die Leitung einer aus dreißig Personen bestehenden Expedition, darunter zehn Soldaten, ein mit den hydrographischen Aufnahmen betrauter Offizier, ein Arzt, ein Geolog, ein Dolmetscher und ein Missionär, dem Reisenden Schoolcraft übergeben, der im Vorjahre das Land des Chippeways, im Nordwesten des Oberen Sees, erforscht hatte.

Schoolcraft brach am 7. Juni 1832 von Sainte Marie auf, besuchte die am Oberen See siedelnden Stämme und segelte darauf in den Saint Louis ein. Bis zum Mississippi hatte Schoolcraft von hier aus noch fünfhundert Meilen zurückzulegen. Wegen vieler Stromschnellen und enger Schluchten nahm diese Fahrt zehn Tage in Anspruch. Am 3. Juli erreichte die Expedition die Faktorei eines Kaufmanns namens Aitkin, am Ufer desselben Stromes, und feierte am folgenden Tage das Fest der Unabhängigkeitserklärung der Vereinigten Staaten.

Zwei Tage später befand sich Schoolcraft am Peckgama-Falle und lagerte daselbst neben der Eichen-Spitze. Der Fluß beschrieb hier viele Krümmungen in den Savannen; die Führer der Expedition schlugen jedoch Fußstege ein, welche den Weg bedeutend abkürzten. Darauf fuhr Schoolcraft über den

Crosse- (Krummstab-) und Winnipeg-See und erreichte am 10. Juli den Caß-See, über den vorher noch kein Reisender hinausgekommen war.

Eine Gesellschaft Chippeways führte die Reisenden nach ihrem Lager, das sie auf einer Insel des Sees hatten. Überzeugt von den friedlichen Gesinnungen der Wilden, ließ der Befehlshaber hier einen Teil seiner Begleiter zurück und reiste in Begleitung des Leutnants Allen, des Doktor Houghton, eines Missionärs und mehrerer Wilden in einer Piroge ab.

Die Fahrt ging über den Tascodiac- und den Travers-See. Ein wenig oberhalb des letzteren teilt sich der Mississippi in zwei Arme oder bildet eine Gabel. Der Wegweiser führte Schoolcraft auf dem östlichen weiter und über den Marquette-, den Lasalle- und den Kubbakunna-See nach der Einmündung der Naiwa, des Hauptzuflusses dieses Gabelzweiges, der aus einem See voller Schlangen mit kupferfarbenen Köpfen entspringt. Nachdem sie noch den kleinen Usawa-See passiert, gelangte die Expedition nach dem Itasca-See, aus dem der itascanische oder westliche Zweig des Mississippi seinen Ursprung nimmt.

Der Itasca- oder Hirschkuh-See – wie ihn die Franzosen nannten – hat nur eine Ausdehnung von sieben bis acht Meilen und ist von Hügeln umgeben, welche dunkler Fichtenwald beschattet. Er soll, nach Schoolcraft, 1500 Fuß über dem Meere liegen, doch ist auf diese und ähnliche Angaben nicht viel Wert zu legen, da sie nicht auf Messungen durch geeignete Instrumente beruhen.

Auf dem Rückwege nach dem Caß-See folgte die Expedition dem westlichen Flußarme und besichtigte die wichtigsten Nebenflüsse desselben. Schoolcraft selbst unterrichtete sich über die diese Gegenden bewohnenden Indianer, mit denen er Verträge abschloß.

Alles in allem war das von der Regierung vorgeschriebene Ziel erreicht und der Mississippi hiermit von der Ausmündung in das Meer ab bis zu seiner Quelle erforscht. Die Expedition brachte vielfache, interessante Aufschlüsse über die Lebensweise, Sitten, Geschichte und Sprache der Eingebornen mit heim; auch die Naturwissenschaft wurde durch Auffindung vieler neuer oder wenig bekannter Species bereichert.

Die Tatenlust des Volkes der Vereinigten Staaten begnügte sich aber nicht mit jenen offiziellen Expeditionen. Durch die neu aufgeschlossenen Gegenden streiften bald zahlreiche Trapper, welche freilich zum weitaus größten Teil wegen Mangels an Vorbildung der Wissenschaft keine nennenswerten Dienste leisteten. Eine Ausnahme hiervon macht Jacques Pattie, der einen Bericht seiner romantischen Erlebnisse und gefährlichen Fahrten in dem Gebiete zwischen Neu-Mexiko und Neu-Kalifornien veröffentlicht hat. Längs des Rio Gila bis zu dessen Mündung hinabziehend, besuchte Pattie zahlreiche, fast noch unbekannte Volksstämme, wie die Jotans, die Eiotaros, Papawars, Mokees, Yumas, Mohawas, die Nabahos u. a., mit denen man nur selten in Berührung gekommen war. An den Ufern des Rio Eiotario entdeckte er Überbleibsel von uralten Bauwerken, Mauerresten, Gräben und irdenen Geschirren, in den Berggegenden aber Kupfer-, Blei- und Silbergruben.

Ein merkwürdiges Reisetagebuch verdankt man auch dem Doktor Willard, der während seines dreijährigen Aufenthaltes in Neu-Mexiko den Rio del Norte von dessen Quelle bis zur Mündung besuchte.

Endlich erforschten der Kapitän Wyeth und sein Bruder im Jahre 1831 Oregon nebst den benachbarten Teilen der Felsengebirge.

Seit Humboldts Reise nach Mexiko folgen sich die Forscher in Zentral-Amerika auf dem Fuße. Schon 1787 hatte Bernasconi die heute berühmten Ruinen von Palenque aufgefunden; Antonio Del Rio lieferte 1822 eine eingehende Beschreibung derselben, die er auch mit einigen Zeichnungen Friedrich Waldecks, des späteren Erforschers dieser toten Stadt, schmückte.

Der Kapitän Wilhelm Dupaix und der Zeichner Castañeda hatten von 1805 bis 1807 drei Reisen nach Chiapa und Palenque ausgeführt. Die Ergebnisse ihrer Forschungen erschienen 1830 in einem prachtvollen Werke, zu welchem Augustine Aglio auf Kosten des Lord Kingsborough die Illustrationen lieferte.

Von 1832 ab verweilte endlich Waldeck zwei volle Jahre in Palenque, stellte daselbst Nachgrabungen an, nahm die Aufrisse und Durchschnitte vorgefundener Baudenkmäler auf, bemühte sich, die noch unerklärten Hieroglyphen, welche jene bedecken, getreu wiederzugeben, und sammelte eine Menge vollkommen neuer Aufschlüsse sowohl im Gebiete der Naturwissenschaften, als auch bezüglich der Sitten der Ureinwohner.

Hier verdient auch noch der Oberst Don Juan Galindo, der Erforscher von Palenque, Utatlan, Copan und anderer, tief in den Tropenwäldern verborgener Städte ehrenvolle Erwähnung.

Nach dem langandauernden Aufenthalte Humboldts im äquinoktialen Amerika wurde der Aufschwung, den seine Forschungen dem Studium der Erdkunde verleihen zu sollen schienen, durch die Kämpfe zwischen den spanischen Kolonien und deren Hauptstadt auffallend gehemmt. Kaum bildeten sich aus dem Wirrwarr aber nur scheinbar beständigere Zustände heraus, als auch schon unerschrockene Reisende in jene bisher unbekannte Welt vordrangen, welche die ängstliche Eifersucht der Spanier der Erforschung durch die Gelehrten stets verschlossen hatte.

Naturforscher und Ingenieure durchstreifen Mittel- und Südamerika oder siedeln sich daselbst dauernd an. Von 1817 bis 1820 senden, nach vorhergehender Verständigung, die Regierungen von Österreich und Bayern eine wissenschaftliche Expedition nach Brasilien, deren Führung sie den Doktoren Spix und Martius anvertrauen, welche zahlreiche Aufschlüsse über die Pflanzenwelt, die Ethnographie, Statistik und Geographie jener so wenig bekannten Gebiete zu erlangen wissen, und Martius schreibt über die Flora des Landes ein wahrhaft epochemachendes Werk, das, herausgegeben auf Kosten der österreichischen und bayerischen Regierungen, als Musterleistung in diesem Fache gilt.

Gleichzeitig bringen Spezial-Zeitschriften, wie Malte-Bruns Annales de voyages und das Bulletin de la Société de Géographie alle ihnen zugehenden Mitteilungen, vorzüglich über Brasilien und die Provinz Minas Geraës, zur öffentlichen

Kenntnis.

In derselben Zeit widmete sich ferner ein hoher preußischer Offizier, der Generalmajor Prinz von Wied-Neuwied, dem der Friede von 1815 hinlängliche Muße gewährte, dem Studium der Naturwissenschaften, der Geographie und der Geschichte. In Verbindung mit den Naturforschern Freireiß und Sellow unternahm er eine Forschungsreise nach dem Innern von Brasilien und beschäftigte sich dabei hauptsächlich mit der Naturkunde und Zoologie des Landes. Die Resultate derselben sind niedergelegt in seiner »Reise nach Brasilien in den Jahren 1815–17«, sowie den »Abbildungen zur Naturgeschichte Brasiliens« und den »Beiträgen zur Naturgeschichte von Brasilien«.

Einige Jahre später, 1836, erhielt Alcide d'Orbigny, ein zwar noch junger, aber schon berühmter Naturforscher, von der Akademie der Wissenschaften in Paris den Auftrag, eine naturwissenschaftliche Reise durch Südamerika zu unternehmen. Acht volle Jahre durchstreifte d'Orbigny infolgedessen Brasilien, Uruguay, Argentinien, Patagonien, Chile, Bolivien und Peru.

»Eine solche Reise«, äußert sich Damour in seiner Rede bei Bestattung d'Orbignys (1857), »eine solche Reise durch viele, an Erzeugnissen, Klima, Bodenbeschaffenheit und Landessitten so verschiedene Ländergebiete bietet bei jedem Schritte neue Gefahren. Mit seiner kräftigen Konstitution und seinem rastlosen Eifer überwand d'Orbigny zahllose Schwierigkeiten, welche wohl manchen anderen Reisenden bald zurückgeschreckt hätten. In den kalten Landstrichen Patagoniens angelangt, sah er sich sogar, inmitten der dort stets miteinander im Kriege liegenden Völkerschaften gezwungen, unter dem Stamme, dessen Gastfreundschaft er genoß, am Kampfe teilzunehmen. Zum Glück neigte sich der Sieg auf die Seite, wo er stand, so daß er seinen Zug bald fortzusetzen vermochte.«

Die Ergebnisse so ausgedehnter Forschungen nahmen, um veröffentlichungsfähig zu werden, dreizehn Jahre mühevoller Arbeit in Anspruch. Dieses Werk, welches die Gebiete fast aller wissenschaftlichen Fächer berührt, läßt alles weit hinter sich, was bisher über Südamerika publiziert worden ist. Geschichte, Archäologie, Zoologie und Botanik nehmen darin ihren Ehrenplatz ein; der weitaus wichtigste Teil des Werkes ist der (eigentlich im Anschluß an die anderen) erschienene »l'Homme américain«. Der Reisende hat darin alle von ihm selbst gesammelten Unterlagen zusammengestellt, und die ihm aus zweiter Hand zugehenden kritisch gesichtet, welche über den physiologischen Charakter, die Sitten, Sprachen und Religionen in Südamerika Aufschluß geben. Ein Werk von so anerkanntem Werte dürfte genügen, den Namen dieses französischen Gelehrten zu verewigen, und gereicht auch der Nation, die ihn zu ihren Kindern zählt, zur hohen Ehre.

COLLECTION JULES VERNE

1. Von der Erde zum Mond
Direkte Fahrt in 97 Stunden 20 Minuten
2. Reise um den Mond
3. Reise um die Erde in 80 Tagen
4. Reise zum Mittelpunkt der Erde
5. Fünf Wochen im Ballon
6./7. Zwanzigtausend Meilen unter dem Meer
8. Abenteuer von drei Russen und drei Engländern in Süd-Afrika
9./10. Abenteuer des Kapitän Hatteras
11./12./13. Die Kinder des Kapitän Grant
14./15./16. Die geheimnisvolle Insel
17./18. Das Land der Pelze
19. Eine schwimmende Stadt
Die Blockadebrecher
20. Eine Idee des Doktor Ox
Meister Zacharius
Ein Drama in den Lüften
Eine Überwinterung im Eis
Eine Mont-Blanc-Besteigung
21. Der Chancellor
Tagebuch des Passagier J. R. Kazallon
22./23. Der Kurier des Zaren
Michael Strogoff
24. Schwarz Indien
25./26. Reise durch die Sonnenwelt
27./28. Ein Kapitän von 15 Jahren
29./30./31. Die Entdeckung der Erde
32. Die fünfhundert Millionen der Begum
33. Die Leiden eines Chinesen in China
34./35. Die großen Seefahrer des 18. Jahrhunderts
36./37. Das Dampfhaus

38./39. Der Triumph des 19. Jahrhunderts
40./41. Die Jangada
42. Die Schule der Robinsons
43. Der grüne Strahl
44./45. Keraban der Starrkopf
46. Der Südstern oder das Land der Diamanten
47. Der Archipel in Flammen
48./49./50. Mathias Sandorf
51. Robur der Sieger
52. Ein Lotterie-Los
53./54. Nord gegen Süd
55./56. Zwei Jahre Ferien
57. Kein Durcheinander
58./59. Die Familie ohne Namen
60./61 Mistreß Branican
62. Das Karpatenschloß
63. Claudius Bombarnac
Notizbuch eines Reporters
64./65. Der Findling
66./67. Meister Antisers wunderbare Abenteuer
68./69. Die Propeller-Insel
70. Vor der Flagge des Vaterlandes
71. Clovis Dardentor
72./73. Die Eissphinx
74./75. Der stolze Orinoco
76./77. Das Testament eines Exzentrischen
78./79. Das zweite Vaterland
80. Das Dorf in den Lüften
81. Die Historien von Jean-Marie Cabidoulin
82./83. Die Gebrüder Kip
84./85. Reisestipendien
86. Ein Drama in Livland
87. Der Herr der Welt
88. Der Einbruch des Meeres
89. Der Leuchtturm am Ende der Welt
90./91. Der Goldvulkan
92./93. Reisebüro Thompson & Co.
94. Die Jagd nach dem Meteor
95. Der Pilot von der Donau
96./97. Die Schiffbrüchigen der Jonathan
98. Wilhelm Storitz' Geheimnis
99./100. Cäsar Cascabel